人们寻找答案，但世界并无答案。

为什么读小说
系列04

爱与孤独

朱天文 朱天心 骆以军 等著

向阳 主编

北京时代华文书局

目 录

第一章

人生没有永远

一封未寄的情书

李 昂

> 我们那时候太忙着谈恋爱了，哪里还有
> 工夫恋爱。

人类的语言、文字，在现代社会中，不断受到日常的陈腔滥调、各种意识形态、不实宣传的污染，而至丧失它们的真义。

G.L.：

现在是夜里三点，我躺在床上，窗外的雨声仍不断。这是怎样多雨的一个春天，那潇潇的春雨从一月的冷寒里直下到二月，甚至早该有暖意的三月天，四处郁积着一片湿苦，像抑郁的泪，流久了，也会有这般湿滞的感觉。

是这样的天气及这样的深夜，给了我如许感动，让我想写这封信。你大概还不知道我是谁，我只不过是你生命中极其短暂的一个过客，甚至不会占有任何位置，人们会说："连手都不曾拉过的爱情。"的确是这样的。因而，我也不会在信后留下我的名字，如果你看完了信甚至回忆不起我是谁，我也将只感到一阵无言的凄苦。如果信都不足以传达出我想与你诉说的，那语言又如何！更何况，你我间隔着一整个太平洋，间隔着十多年的时日，即使真要与你诉说，也无从说起。

倒是渴望给你写这封信，已有很长的一段时间，只不曾真正去着手。我总是在夜里，在独处时会有这样的想望，也总是压抑着，因为知晓明晨醒来，又是阳光璀璨的另一天，那夜里深挚的感动已远去，会知觉昨夜想做的全然不必要，还不免些微地要嘲讽起自己。

当然也为着那免除不去的心中惊惧。过往对你的情爱已使我一度成为公众的笑谈，再给你写这样的一封信，是否又会引起不必要的困扰，特别是我现在的身份已然不同，这些，十分困扰我。

台湾社会正处于转型期，也即是说，由农业社会要转入工商业社会，在这个阶段，社会价值观自然会有很明显的变化，表现于男女问题方面，双重价值标准成为重要的讨论课题。

然而我对你还有着一份不变的信心，使我在这个落雨的三月天深夜中，终于提笔给你写这封信。在说出为何写这封信的缘由之前，我要先告诉你，G.L.，你在我的过往中造成怎样重大的、时间都不易克服的影响。

认识你的时候我未满二十岁，对许多女孩子来说，原该是怎样明丽的青春！她们喜爱漂亮的衣服，等待着去赴约会，在家中偷偷阅读情书或等电话，再对着镜子看到自己焕发的脸庞、焦灼的一双眼睛，或者怔怔地瞧着镜中的自己，梳了上千次头发，但心神早飞回到过往无数甜蜜的时刻。

比较不幸的是（的确是不幸，我真正明确知晓意义地在用这两个字），我过早地有了一向为人们所称许的才智，使得我整个少女时期，不曾看重那直接、简单的欢乐，而一味地迷恋更高深的某种东西，某种所谓人类的精神领域。可是我要特别说明的是，我并非蓄意如此，只是被一股莫名的力量推着前往，我本身并不快乐，甚至怅然于我不能享有那样年轻的欢乐。

于是，在大部分少女忙于约会的时候，我独自作为一个旁观者，并将自己藏身在无尽的小说中。是的，我读小说，各式各样的小说，从在此地被推崇为世界文学名著的女作家作品，读到坊间的各式畅销小说，有一类作品至今仍可笑地深深感动着我，带出廉价的眼泪与欢笑，那是一些中外通俗作家的畅销书。

在这类小说中，我看到星星和火花，看到所有超乎实质生活的美好事物，在这些小说中，男女主角存活的目的和主要生命就是为了爱情。多美妙的一件事啊！爱情，特别是遭遇挫折与困境，再被强化的爱情——那有着无数拥抱、热泪、爱与恨的爱情，是怎样激动了我少女的心怀。只是，我无论如何都不曾料到，这类爱情故事，已不知不觉沉积于我的心中，造成怎样巨大的影响。

G.L.，你是否可以了解如此被爱情污染的少女心怀？你看，我又用了"污染"这个大字眼。但的确是的，我及其他许多同时期成长的妇女，的确被污染了，不只被这类小说，还有其他各式媒体宣扬的恋爱方式。原因无他，在我们的成长过程中，通常先从阅读中知道爱情，往后有机会再去谈恋爱，我们从来不是与男性在一起，自然地培养出爱恋。我们的恋爱，永远过早地被一些文字描写的爱情模式先行决定，再不知不觉地依照着去实行。

人类直接、自然、必要的关系即是男人与女人的关系，这是无须多说的。The direct, natural, necessary relation of human creatures is the relation of man to woman. The case could not be better stated.

就在这种情形下我认识了你。那是怎样光耀的一年呢！我现在回想起来，记忆中是个亮丽的秋天，你站在台北市街，蓬蓬的金色阳光像帘幕幕般的充当你的背景，辉耀了你的颜面。那一年你刚自美国回来，由于早现的才华，在三十岁即拿得了比较文学的博士学位，并以殉道者的姿势，宣布你要回台湾，回到你南部的故乡。

"在美国不论做成什么对我来说都是假的，因为都是旁人的。"

你抑郁的脸通过演讲、电视在叙说。

"可是回来，不管做多少就算多少。"

我想你是深深地感动了我。二十世纪六十年代末期，我和一些自命有见地、思想的朋友，玩耍的方式大体仍是长夜饮酒清谈歌唱，偶去赶几场电影或到中山堂看表演（记不记得在那个时代里，孙中山纪念馆尚未落成一个作为表演艺术的场所）。当时存在主义与心理分析虽然已不再是流行的热门话题，我们仍会谈到萨特、加缪、荣格，还有那个前卫的不结婚女子西蒙·德·波伏娃。

我们虽然一大伙男男女女常在一起，甚至彻夜不归，但我们之间的关系真正是十分清白，我们对感情仍十分执着。总之，你一定还记得，那时被认为前卫的，大不了是女子留有一头长直的黑发，颓散地掩住大半边脸，在"野人""天才"坐上半天，做作姿态地抽根烟、饮酒。

可是我们却是茫漠、不抱持任何希望的，我们不见得很快乐，但也不会纵情纵欲到要感到悲伤。那真是一个思想与精神的谷底，我们不会像二十世纪六十年代的知识分子，为"存在"课题辩论得声嘶力竭，要为虚无而自杀，这些问题已经过辩证，确认无效并寻不到出路。另一方面我们也不可能像西方的青年，干脆彻底地说，那我们就依赖迷幻药吧！于是我们只有在台北市街的咖啡馆坐下来，淡淡地说，那我们就过活吧！

　　而我们知道我们活得十分迷茫。就在这个时候，我认识了你，是缘于一次演讲吧！在南海路的美国新闻处。那时候，乡土文学的潮流尚未起来，美国在中国台湾文艺圈作为文化引导者的地位未失，从海外回来的留学生是否到美国新闻处演讲，多少关系着能否跻身某个社交圈，某个讲话夹用英文、吃晚餐的时候懂得喝葡萄酒、能吃各类奶酪的社交圈。

　　就如同台北有这样的社交圈，我和朋友们当时也喜欢与来台的美国人交往，我们会认识的多半是些中断学业到此生活，或来学中文的学生，对美国的文化及许多事情，我抱着一种好奇与羡慕的心情。

　　写到这里，G.L.，我要告诉你一件事情，我知道你一定会感到好笑。但，又有什么关系呢？在我的少女时代，我对世界上其他地方同龄的青少年生活，曾极为羡慕，当中最让我向往的是嬉皮。我并没有勇气模仿或学习他们的生活方式，但我却向往他们离弃社会、文化、家庭的那种反叛精神。

　　所以看到你来自美国，来自那个勇于尝试、做种种新的追求的开放国家，看到你站在美国新闻处演讲厅的讲台上，以及看到你穿着一身十分美国式成衣剪裁的简便格子西装，蓝衬衫打上暗红色的领带，我想我的确是被迷惑了。

　　我聚精会神地听你演讲，仔细地搜集你讲的每一个字句，听完演讲后，我因为太过专注而脑中微感空茫，我继续在椅子上坐了一会儿，看着有人走向你私下问问题，看着你在一伙朋友护拥下离去，才站起身走出已显空荡的美国新闻处演讲厅。

　　南海路秋天的夜晚十分美丽，只是秋风中已有了凉意，我拉拉毛衣外套，没什么意识地朝植物园的方向走去，脑中回荡的仍是你的演讲。

我承认我当时的确感到震惊，你讲演的拉丁美洲文学题目，不仅我过去从未曾触及，你讲演的方式也让我吃惊，你分析拉丁美洲的政治、经济、社会与文化，你谈拉丁美洲的被殖民、被侵略与被掠夺，可是我总觉得你隐藏了什么。在你那黑框眼镜后闪烁的眼睛中，有一种什么东西，或者是叫痛苦或不安的某种东西，阻止了你的每句话，压制了你的思想而转换出一种抑郁的凄苦神情。

是的，是这抑郁的凄苦神情真正地打动了我的心，唤起了我作为一个女性，在过去从未被触发的某种内在心怀，最重要的是，这因而让我对你感到爱怜，是的，的确是爱怜。

我不自觉地怜惜着你的不快乐，怜惜着你每谈到那些被压迫的民族时脸上有的悲悯神情，怜惜着你对台湾整个文化发展动向的忧心。在我那初次被唤醒的母性胸怀中，我多么希望能抚平你愁苦的脸容，能带给你安慰与欢笑，哪怕只是片时片刻，任何的代价我都会愿意付出。

根据 Margaret Mead 女士对南太平洋土著所做的男女性格的研究和推论，显示男性的"阳刚"与女性的"阴柔"，都是社会与文化塑造出来的某种类型，并不一定是天性使然。

于是，我成为你讲演的最忠实的听众，任何一场演讲，只要是公开的，为我所得知，我一定去听，我总选择中间的人丛中的位置，可以仔细地凝望你又不担心被你发现。每回我都怀着满心感动，远远地、隔段距离地看着你，在灯光辉煌的演讲大厅中，在丛丛的人群中，我有着隐秘的、心疼的快乐。

这情形从秋天持续到冬末。每次听完演讲，我总喜欢看着你离去，再独自步行回家，由于你演讲的场所并不固定，我几乎在夜里走遍大半个台北市，我走过新生南路一段段被填满的琉公圳，看着面积逐渐缩小的水流与原种植杜鹃的两岸，化为平整、齐一、八线道的柏油路面；看到青田街、丽水街一带，一幢幢巨大、老气森然的日式房子被铲平，耸立起五层楼的高级公寓。

G.L.，我那时看到的，应该是整个台北，或者说台湾的变迁，只是我当时未曾知晓，我的眼中只有你，只有你那抑郁凄苦的脸庞。

甚至你演讲谈论的，在听过无数次后，也已失去它原有的震撼。毕竟，拉丁美洲太过遥远，被压迫与被剥削在我看到的当时经济日益成长、生活愈来愈富足的台湾社会，在我作为一个大学生的心中，无论如何都不具体。我虽知觉到隐藏在你演讲后面某些你不会直接言说的东西，但因着讯息不够清楚，我仍然无从多做猜想。

因着谈论这些问题，我发现你整个人似乎有了一个清楚的目标，我同样不能明白那究竟是什么，但能感到因此你与我们有着巨大的差别。你沉稳、平宁，并愿意真正着手去从事些事情，不像我们一伙朋友，只一天天工作完后，课余由一个咖啡馆坐到另一个咖啡馆，永远只是无尽地清谈。

我是怎样满心地敬爱着你呵！你成了我整个生活的中心与心神上的支持。就这样，我追随着你，从秋天到隆冬到春天临近，从美国新闻处到各大专院校，甚至中学的演讲厅，我永远坐在台下，隔段距离看着台上的你，你也永远遥不可及。

在我少女的心中毫无提防会有这样的爱情产生，我放纵自己为你在台上的形象深自感动，任由自己思念你，渴望见到你。直到过完寒假，同样是个潇潇春雨不断的暮春时节，我得知你已经开始减少演讲，准备接任一个综合性杂志的主编。

然后我发现我不能再隔一段时间再见到你，不能再听到你用略低沉的声音谈黑人文学、拉丁美洲文学，不能再看到你那抑郁凄苦的神情，欲说还休地牵引到台湾当时的现状。发现不能再见到你时，那无边无尽的思念波涛汹涌，无以排遣，我才知觉到你已如此深切地存在我的心中，挥除不去。

我这才开始感到痛苦。

我想我对爱情是太缺乏经验，不能及时尽力将你忘怀。相反，我反倒利用我少女的细心与聪颖，找到继续再见到你的机会。

我的朋友知晓我偶去听你演讲，对你颇有好感（当然没有人知道我竟会那般狂乱地迷恋上你，我是不喜欢吐露心事的个性，使我将对你的情感掩饰得很好，我也欢喜将这伤感的隐秘深埋于内心）。朋友只知道我对你演讲的问题深感兴趣，常说我是你的粉丝，一个写稿的朋友在得知你将出任《回顾与超越》的主编时，即告诉我有机会要带我去见你。

如此，我终于第一次站在你的面前，这么临近，我可以看到你黑框眼镜后闪烁变化的眼眸，随着谈话闪变出千千万万种神情。怎么会有这样的一个男人，有着这样一双眼睛，无时无刻不在显现最微细的心意，诉说着欲语还休的最深切的感怀，而由于如此临近，那片时间闪换的变化竟使我应接不暇。

那时节同样也是落雨的暮春三月，潇潇的春雨淋落了仁爱路正盛开的木棉花，从杂志社三楼的窗户往外看，原设计为林荫大道的仁爱路，由于绿树新植不久，少葱郁的苍绿，倒是那木棉花，绵延一街橙红的花朵，火烧一样掠过整条市街。

真正的爱情是建立在两个自由人的彼此了解和认识上的，爱人们应该去体会彼此间相同和相异之处，任何一方都不应该放弃因为自我而造成的差异，因而任何一方都不会遭受摧毁。

那个下午伴随着窗外的雨声，我听着你谈台湾的乡土文物、式微的农村生活、转型期的社会，这是我第一次听到你不再透过麦克风的话语，而我留意到你原来的声音绵密低沉，十分动听。

G.L.，我当然不再一一记得你说过的话，但这许多年来，当时你一再复述的，我仍印象深刻。

"在文学艺术的创作上，如果我们一味跟随西方，不管怎样努力，绝对超越不了，因为我们只在学习西方。"你常喜欢这样说，"将这类作品送到西方社会，同样得不到重视，西方人怎么会看这类模仿的作品，他们要有中国特性的东西。"

然后我记得你总是一再强调：

"为什么我们不以自己本身的文化，来创造属于中国人的文学、艺术？为什么我们一定要跟着西方？"

在二十世纪八十年代近中期，在事隔十几年的今天，G.L.，我自然可以很清楚地看出你当时立论上的缺乏信心。今天在台湾，有不少人已有了这样的自信：第三世界的文学、艺术，由于评断的价值取向不同，并不一定要经过第一世界的认同才证明其存在价值。而在当时，你虽提出对自己文化的重视，但最终的目的，仍为了要以此得到西方的认可；回归自己民族的特性，多少也只为以一些异域情调，吸引西方人的重视罢了。

这种心态，就如同你会到美国新闻处讲演拉丁美洲文学，丝毫不曾感受到当中的嘲讽意味，以及你会那般致力于将所谓有特性的民族文化推广到西方，想求得西方的认可再回头来说服中国人这自身文化的可贵。

G.L.，我知道你看到这里，一定会感到不高兴了，特别是你曾为你所做的付出如此之多。我也知道，我没有权力对你做这样的批评，不，事实上，我并不是在批评你，我只在陈述一项事实。我们每个人，大都受限制于我们的时代，而你，我曾如此敬仰并疯狂地爱恋过的你，也自有着你的限制。

当时，在饥渴的我们的心中，你又引燃了怎样的热情啊！也许基本上是出自对你的爱恋（这我并不想否认），我自愿地随同杂志社去进行许多田野采访。G.L.，你还记不记得那真是整个回归乡土的起点呢！通过你主编的杂志一连串的追踪采访，你引介了对古老乡土文物的缅怀，是你开始一连串介绍面临拆除命运的老厝、即将没落的捏面人行业、流离的野台戏。虽则那时候的文章总有着过度"夕阳、古厝"式的感怀，但你真正带领我们走出台北的咖啡馆，这无论如何都是个重要的起步。

你常鼓励我写文章，我总羞怯地告诉你，我怕自己没有这样的才华。你会平和地笑笑说，又不要你写诗写小说，从报道着手吧！不难呢！

我却始终迟迟不敢动笔，只自告奋勇地在杂志社帮忙做些校对等零星工作。在人手不足时，我是怎样地希望能分担你的辛劳，只要让你眉眼间的抑郁有片时舒缓，哪怕怎样辛苦的工作，我都愿意为你担承。

在杂志社我有了经常见到你的机会，我隐秘的情爱暂时得到安置，我也十分自足于只要能经常见到你，可是G.L.，也就在杂志社我得知了其他关于你的一切。

我得知你已结婚，深爱你的太太，为着某些原因，她必得暂时留在美国不能随同你回来。这会对我造成怎样巨大的、摧折心怀的伤痛啊！我记得那时节已然是夏天，连着几个月天气晴朗，整个台北市街火焚般地燥热着，在没有冷气的办公室里，我却一阵阵禁不住地冷汗直流。

G.L.，在我当时涉世未深的少女心怀中，有的是怎样未沾尘俗的洁净。得知你已结婚，我的第一个反应是无论如何你将不可能再爱我（我不否认我一再持留在你身边，模糊地总希望终有一天你会知晓并能回报相等的情爱）。而你已结婚的事实，对当时的我，即意指着痴心妄想的爱恋已然失去所有的可能性。

Montaigne 认为，婚姻是神圣的结合，任何从中取得的快乐应加以节制，并需以认真与严肃的态度处之。

齐克果则指出，爱情是由衷而出的自然感情，结婚则是一种决心；爱并不等于要结婚，爱很难成为责任。

我是怎样地将婚姻认为是情爱永恒、唯一的归宿，而完全不曾考虑到婚姻的变化或婚姻外的情爱关系，因而那时候我唯一知觉的是，不管你将来是否会愿意回报我相同的情爱，我也绝不可能扮演第三者的角色。

我这才真正体会到情爱可以造成怎样巨大的伤害，特别明白知晓爱情已无望，可是又无从将自身的情感减低一丝一毫。我在床上躺了几天，不想也无从起身，那绝望的爱情如何分分秒秒在扎痛我的心，剧烈的痛苦使我甚至失去存活的意愿，我躺到我的家人惊以为我染上不知名的重病，而要送我住院，才从床上起来。然后，另一个困境又立即圈限住我。

当我从床上下来，一个疯狂的念头在我心中持留不去，那意念简单地一再重复：我想见你，我要见到你，只是要见到你。

我同自己争执了一天一夜，终还是敌不过心头想见你的渴望，最后，我告诉自己（虽然多少知道在欺瞒自己），我只想再见你最后一次。

我略做收拾，才在镜中看到自己。我多么吃惊我整个样子的巨大改变，我本来就不是一个美丽的女孩，这几天以来大量的泪水与不得片刻安宁的心神，使得我失去了仅有的少女的光彩。我枯槁憔悴，但在其时，我没有能力顾及这些，仅有的心意是无论如何再见到你。

你不在办公室，编辑说你同朋友出去喝咖啡，至此我感到所有凝聚的心力耗竭，脚步不稳地跌坐下来，而我还能同办公室里的人解释，我得了重感冒，我家人一直想送我到医院，我不肯，还溜出来玩。

我支撑着回到家才病倒下来，我多希望就此一病不起，像那些爱情小说中所描写的，可惜我只有轻微的发烧与感冒，几天便好了。

我知道我必须慢慢将你忘怀。

我仍到杂志社去，告诉你我病了一段时间，你关怀地要我多注意身体，自己却微微地咳嗽起来。我这才刻意醒觉到，你回来这一年，有了怎样巨大的改变！你那焕发的精神已然被台北的生活所磨损，你的热情与对事物尖锐的看法逐渐消逝，你不再像刚回来时指着一切看不惯的措施要求改革，你整个人明显地委顿了下来。

"我好累，我需要休息。"你常常告诉我，"我真想回我南部的故乡，到一个中学、小学教书，安静地生活，什么事都不用管。"

"回得去吗？"我小心翼翼地问。

你看我一眼，眼中瞬时逃过一抹极古怪的神采，叹口气缓缓道：

"我想是回不去了。"

我珍惜与你之间有的这种了解，发现要将你忘怀是如何不容易。

那无望的情爱像扎入肉中的尖刺，痛楚无比，但要拔除却更困难，新滋生的肉已与它长在一起，再难挑除。

如此秋季到来、冬天过去，转眼又是潇潇春雨不断的暮春时节，那记忆中站在台北市街，蓬蓬金色阳光充当背景的焕发身影不再，转为的是疲累与困顿。

如果不是发生那件事，我不知道我将如何自这场情爱中挣离。G.L.，在过了如许多年，每当回想起来，那整个事情仍是那样突兀和纷乱！现在再重提当年的情形，也许对你仍是个极不愉快的记忆，但我仍相信，走过这段路，你会有更多的宽容和体谅。

我现在仍清楚地记得，那时候由于刚赶完一期杂志，我有几天不会到杂志社，有个深夜，一位助理编辑突然来电话，说你几天前已被捕，杂志社则在那天下午受到全面搜查。

某一个阶级可以完全统治另一个阶级，其原因大半在于这两种阶级的人的数目不同，多数持强压迫少数。但女人并不像在美国的犹太人或黑人是少数民族；地球上女人和男人的人数一样，甚至过之。

一般而论女人在今日的地位是低于男人的，她们的环境给她们较少的可能性去发展。很多男人希望这情势继续下去；保守的资产阶级仍然认为女人的解放对他们的道德观和利益是一种威胁。

那夜，我睁眼到天亮，等待到估计有人上班的时间，我赶到杂志社。推开杂志社的门，首先我看到每一寸地方都有极力翻寻过的痕迹，办公室空无一人，只有在你的办公桌前，坐着一个妇人，正低头缓缓收拾凌乱的书稿。

听到开门声，那女人抬起头来，强烈的日光灯照着一张脂粉未施、苍白的脸，那片刻中无须言语，我即认出那是你的妻子。

我站在那里，隔着一屋子搜索过的凌乱，与你的妻子相面对，而你不知正面临怎样的处境，我甚至不知道你身在何方。屋外春雨稍歇，虚幻地浮现蒙蒙的日光，似乍然天明，所有的时间全错置了起来。

是你妻子先出声招呼，并站起身来，我直觉到她的瘦削，她的身量相当高，然后我才注意到她的五官端正，有一头近肩的剪得整整齐齐的短发，整个人平常清丽。

纷乱中我焦虑地问询你的状况，她平平地说尚不清楚，她的声音轻和，听来十分宁静，只是尾音有些嘶哑。我反倒絮絮说起我在杂志社帮忙，才会认得你种种。她仍淡淡点头，平和地倾听。然后我不知该再说什么，只有表示没什么特别的事情要离去，她站在原处，但深深地朝我点头，清楚地一字字说：

"谢谢你来。"

走出杂志社，有片刻我真不知要到哪里，我的心急剧地跳动，明显感到双颊发红但手脚酸软，极度疲累中只茫茫走了一小段路，即在仁爱路中央喷水池旁的椅子上坐下来。

雨歇后的天蒙蒙发白，但天空仍抑郁昏灰，我坐了一会儿，林荫道旁车子疾驰，碾过潮湿的地面，闷闷的水湿声响。也不知有多少时间过去，不经意中偶抬起头来，看到一街木棉花开得极不整齐，有的一树花朵悉数被雨淋落地面，树干已长满新叶；有的光秃的树干仍挂着残花；有的花才盛开。我模糊地想到该是较往常多的春雨，天气难得放晴，木棉花不曾得到适度开展的天时，才会有如此残像。

却是在一年前，同样的这条街道上，我曾看到一街匀匀盛开的木棉花，而那片刻中，于逐渐清澄起来的思绪中，我真正感觉到你在从我的生命中远去，我纠缠的情结开始舒解。

可是，我丝毫不快乐：心中有的只是无尽的虚空。

看到你太太坐在你书桌前的刹那间，我明白了我对你的情爱已然不在。只有她，你生命中合法的妻子，能在你去处未明的时候，坐在你的位置上，一张张、一页页地替你整理被搜寻过的书稿；在将来，不管你将遭到怎样的对待，也只有你合法的妻子，能站在法庭上替你辩护；甚至如果你被判刑，也只有她，你的妻子，能去探望你，为你送衣送食。

我第一次深切知觉夫妻间超越一切、无以取代的爱，特别是当患难时刻到来时。也由此，我得以挣离了那纠缠我一年多的激情。

可是G.L.，这并不表示我不再爱你，请相信我，在那些日子里，我才知道我对你的情爱有多深远。随着时间过去，那心中空虚的失落感觉被平抚，我才开始真正懂得对你的爱，只是这情爱超越了与你在一起的想望，除去了纷乱纠缠的痴心妄想，成为沉积在心中最深刻的深情，清朗无痕，却也波澜不起。

如此，在众人摒弃你，深恐被牵连时，我胸中坦然，四处打听关于你的一切，期望能知道你的近况，或可以对你有最微小的帮助。十分可笑的是，当我已从这场情爱中挣离出来，才有传言纷纷笑弄我对你的爱情。

我无暇顾及这些，我只关怀着你的安危，逐渐地，你在台湾的行为得到澄清，杂志社不再被视为是有特殊目的创办的，同样风格的杂志照常发行，除却主编不再是你。

暮春里春雨落尽，夏天到来，随着天气转热，关于你的事情不再是人们心口中隐秘的禁忌。最后传出消息，你并非被捕，只是约谈，缘由是你在美国熟识的一个朋友有不寻常的举动，才找你了解相关的一切。

从纷纷的传言中我得知你回到家中，你已获美国籍的太太协助你申请去美国，终于在五月底，我听到你回美国的消息。

我一直不曾去见你，虽然曾为你的平安无事十分欣喜，我总觉得一切俱已过去，再见你也只是徒然。

六月初我自大学毕业，来年春天，我答应下嫁一个家里为我安排的丈夫。

大部分人都生长在一个典型的核心家庭里：爸爸赚钱养家，妈妈照料家事与小孩，但现在，已经没有标准家庭这回事了。

二十世纪八十年代家庭的多元性就像魔方一样复杂。想要把它转回原来的状态，也和魔方一样困难。

我的答应下嫁并非像小说、电影中的爱情故事，心灰意冷的女主角任性地放弃自己。相反，我是在对婚姻与家庭的崇高向往下做了这样的决定。那一天在你办公桌前看到你太太为你整理书稿时认定的亲密关系，是怎样地感动我，也使我以为在对你有过那般狂乱的爱恋后，除了婚姻生活中的长期伴侣外，将没有人能取代我对你有过的情感。

我的丈夫善良、上进，兼具许多做丈夫的美德，我则尽心做好一个妻子。除却新婚之夜，当我要承接我生命中第一个男人，充满心怀的是你抑郁的颜面与你那瞬息间闪换千万种神采的眼神。

然而我婚后的生活也平和安适，我的丈夫伙同朋友开始做贸易，那时，台湾对外的贸易仍有市场可供开发，特别是所谓落后的地区。婚后六年，我们有了一个家庭所追求的汽车、房子、用人，我则以我外文系毕业的英文能力，在我丈夫的公司里做些英文书写、翻译工作，而在我丈夫逐渐因事业繁忙迟归的夜晚里，我开始写作。

是的，G.L.，我开始写作，如同你曾鼓励我的，我不试图写小说、诗，我开始学习写报道。过去杂志社熟识的关系，使我有机会继续四处去做采访，其时"回归乡土"的口号响遍全台湾，过去的生活、古老的行业、古厝，成了报纸争相报道的热门话题。

由着以往同你工作的经验，当许多人极力颂扬所谓火热热的乡土之情时，我已然可以扬弃这些，我深入到北门去探寻黑脚病的根源；我同山地服务队到山地去，看到少数民族的文化是如何被摧残；我到精神病院，体会到什么是非人的生活。G.L.，在做这些采访的时候，我发现我更能了解你，了解你为何总喜欢谈拉丁美洲、黑人文学，以及你曾尝试未竟的努力。

可是也由此，我知觉到我的婚姻生活在出问题。

走出穷困的山地部落，为了能及时赶回家，从南部搭飞机返回台北，回到我坐落在敦化南路、有用人的家，我无法立即变换出另一种情绪和扮演另一个角色。同时我发现，我同我的丈夫之间相同的话题愈来愈少，我对如何将台湾的产品推广到非洲毫不热衷，他则尽心事业，不耐烦听我谈孤儿、雏妓。

我曾努力想改进这种关系，也许我努力得不够，因为不多久，我得知我的丈夫在外面另有女人，是个酒廊的小姐，据说年轻而且性感。当然更嘲讽的是，我还曾在探讨色情问题的报道中，呼吁给风尘女郎适切的关怀和补助。

但这些都不重要，G.L.，我相信你能了解，给予我最大震撼的是我当时那种猛地被惊醒的惊吓。我所信奉的、给予最崇高认定的婚姻中至亲的关系，我认定最深刻的爱情，竟然只是欺骗。我再度感到我的世界分崩离析。

　　我的丈夫同我解释，这只不过是逢场作戏，他生意上往来的朋友皆如此，因为酒廊是个较容易谈成生意的地方，他也只不过在那里有个固定陪伴的女人，随时可以终止这种关系。

　　我的抉择自然十分困难，考虑再三，我提出从家人到朋友没有任何人赞成的解决方式：我希望分居一段时间。略微僵持后，我的丈夫同意了我的决定。

　　分居后我搬到他为我新租赁的较小公寓，他仍常来看我，出乎我原先想望的是，我无从拒绝地仍同他履行夫妻关系，虽则不免因想到他亦与其他女人做这样的事而不快，但我发现拒绝并不容易。然后，在结婚许多年后，我知觉性在情爱关系中可以有怎样的关联。

　　分居使得我们的关系逐渐改善，如同当初谈恋爱，我们又开始谈许多事情，从我丈夫闪烁的话语间，我大致猜得他对婚姻的看法。他不会愿意离婚，除了他爱我外，他和他的朋友们一样相信，婚姻是一种生活方式，家庭不可侵犯，玩耍则是逢场作戏。

　　曾几何时，我善良、上进的丈夫无视婚外关系的责任，是他的个性、他的工作环境，还是整个社会风气使然？只短短几年间，难道所有的一切俱有了如此巨大的改变？我感到十分茫然。

　　一般而言，女性的自觉对妇女是否迈向解放之道有必然的关联，只有当妇女能提出质疑，不再断然地相信女人的命运完全被生理的、心理的、经济的情况决定，只有当妇女对传统宗教、哲学，甚至神话中所塑造的"永恒的女性""真正的女性化"产生怀疑，并探求这类说法的基础根源，妇女才算走出了第一步。

　　于是，多少为逃避面临的诸多问题，我又专心地开始我的报道工作，写了这么多年，在写一篇文章即可称为作家的台湾文坛，我还算略有人知晓，分居后全心地努力，使我的成就获得更多的肯定，就这样我认识了夏。

夏是一本经济性杂志的发行人，像一些创业的年轻人，从学校毕业后因为适当的时机与眼光，在杂志创刊不久，即打开销路并赢得赞赏。几年来辗转投资，在我认识他时，资产已然颇富。

认识夏是因为工作的关系，他找我为他的杂志写山区建水泥工厂对生态影响的报道，能在这样有权威的杂志上写文章，老实说，我感到受宠若惊。我全心地投入工作，因而有许多与他接触的机会。我们一同到山区去探看工厂预定地，一起找寻专家开座谈会，然后，我发现他与你相类似。

只有他有和你一样敏细的知觉，永远可以猜测到我最微细的情感变化；只有他像你那般的需要大量的注意、关怀与爱，却又永远觉得不够，孩子似的要求更多；也只有他如同你在忙碌后，不小心感冒了，会赌气似的，却又万分珍惜自己地同我这样说：“这几天不预备出门，我要安心并专心地去生病，生病对我也是难得的休息。”

G.L.，你一定会知道这些事情对我的意义，我先是感到突然，接着是一阵惊惧，因为随即我发现这与你的相类似，已然激发我狂乱的情爱，特别是当我发现这情感并不只属于我单方面时。

我知道我爱他，如同我当年迷恋你一样狂乱地爱着他，只是，在结婚八年后，我已能清楚地知道这回我所面临的情况。除却他已婚、有两个孩子外，我的身份也不是当年痴恋你的小女孩，我同我丈夫之间，还有待解决的婚姻关系。

我也不再像当年对爱情全无经验，我知道与夏之间的情感再发展下去，有一天我们必然不会满足于只是知心地谈话和了解，我们会要求进一步的相属，到那个时候关联到的将不只是两个人，而是两个家庭，至于受到伤害的是否会是我，我更全然没有把握。

我感到害怕了。

每个人都觉察到我的不安，也以为是分居必然的结果，许多人劝我不妨到岛外走走。开放观光护照初期，旅游原是社会上时髦与有钱有闲的表征，曾几何时，亦开始成为逃避的最好借口。希图着有所逃离，我决定到美国去。

选择美国并非刻意想再见到你，G.L.，这许多年来，少了你的音讯，只知道你在美国东部一所大学教书，我原安定的婚姻生活，也使我不会想着再见你。因而，当在纽约、在那严寒的雪夜中完全不期然地见到你，我不能自禁地热泪盈眶。

见到你是在那次全美亚洲研究会议。到纽约后，我去拜访以前在台湾曾采访过的一位知名学者，他颇有兴致地要带我去"瞧瞧热闹"，参加一次盛会。由于对这圈子不熟，到了那混杂着中美人群的大厅，我站在一旁悠闲地浏览起周遭。

窗外隆冬的大雪纷飞，飞雪中行来，在冷寒中自有着纷闹的喜意，进入屋内，暖气和人群更显纷杂。然后，突然间，在全然无备中，我看到人群中的你。

那先是一种熟悉的感觉，却又恍若无尽远遥，立即在心头引发一阵震颤，像心口猛地遭到重击，待回过神来，才能确定果真是你。你显然变了许多，虽然你还是穿着我初次见到你时的那类十分美国式剪裁的西装，仍戴着黑框眼镜，头发未曾灰白，脸上也未见皱纹，这许多年的岁月，似乎在你身上静止了。可是你整个人却十分不同，不仅毫无过往飞扬的神采，也没有当你过度工作后的那种疲累和困顿，只是一片清寂、一种繁华过后的寂寞，甚至该说是事过境迁的寂静。

我静静看了你几分钟，在突来的一阵盈眶热泪中，快步离开会场。屋外大雪纷飞，轻柔的雪片飘落脸面，寂然无声，等到开始融化，冷冽的水珠混着热泪，纷然流下。时间稍久，只余下冷寒的刺痛，再分不清是雪是泪。

泪眼中看着白色的雪片漫入积雪的雪地中不见了踪影，我清楚地知觉到，我的整个少女时期、整个与你相关联的过往，至此已然全数过去。

我不否认以往在我的生活中，我仍会想到你，那未曾终结的爱恋像午后梦回床前青白的月光，清清冷寒总也未尽未了。特别是认识夏后，他与你的相类似更使我不能自禁地要想起你。直到那雪夜里，在异乡异地里，在四周冰天雪地的隔绝荒寒中，间隔了近十年再见到你，却似只为将一切做最后的终结，离去你持留在我心中的身影，并了却最后一丝牵挂。

而在那片刻中，另一个奇异的意念排除所有的纷乱思绪清晰地浮现出，我不能不再想起，当年只为听闻你结婚，在巨大的心神摧折下，我立即想到该离开你。过几年后，已婚的身份，我却曾想不顾一切地同有妻、有子的夏相恋，这当中该是怎样的改变！

人总在离弃一些东西，只那片刻中站在白茫茫的雪地里，泪眼中想到我离去了的少女时期的梦和感觉。第一次清楚意识到，在这当中，我必然也已失去许多。

男性无止无尽的堕落，表现在他对什么是"女性"的认可上（他可能因误解"女性"而压迫女性）……人与人间直接、自然而必需的关系，即是男人与女人间的关系。

The infinite degradation in which man exists for himself is expressed in this relation to "the woman"…The direct, natural, necessary relationship of man to man is the relationship of man to woman.

　　回到台北，走在仁爱路上，才猛地发现这些年来，当时林荫道上的矮树已然成荫，两旁添了许多高楼，也有了更多车辆与人群。而我，也不再是昔日对你痴迷的小女孩。

　　这就是为什么我会给你写这封信。G.L.，在过了许多年后，我终于能真正面对过往，并愿意自己来告诉你我所走过的这一长段路。而我相信，你会了解并珍惜你曾在我生命中造成怎样重大的、时间都不易克服的影响！提笔写这封信，我更要告诉你，虽则其时对你的情爱，使我曾深受痛苦并一度遭到嘲弄，可是现今，我终能很确切地说，我依旧断然无悔。

　　也因而，如果有一天我接纳了夏，G.L.，请相信我，那绝非我企图在夏身上找寻过往未曾得到的情爱作为补偿，而只是因为我爱他。自那个雪夜里再见到你，见到你那般了然于心却未再动心的寂静，我才刻意知觉间隔在你我间十年的岁月与差异，至此我也方能真正离弃过往，无怨无尤。

　　也许夏的确与你相类似，那并不重要，我们每个人心中都有着某种执意的爱恋对象，只是幸或不幸的，夏与你一样都属于这类型，因而在我心中引发如此激情。另一方面，G.L.，我知道我也不会忘怀或忽视与我相互扶携、共同生活多年的丈夫，及那样长时间培育起来的、我一向给予最崇高认可的感情。

　　我知道终有一天，我必须有所选择，也知道我将有一段漫长的路要走。可是，G.L.，如同我对你至今无悔的爱，我知道不管做何选择，我都会毫不后悔地、坚决地走下去，我对自己有这样的信心。

希望你能记起我是谁。

G.T.

——收入洪范书店《一封未寄的情书》

【导读】

李昂，本名施淑端，一九五二年生于彰化鹿港。作家施叔青之妹，二十世纪六十年代即以弗洛伊德性本能的理论为基础，完成了极具现代主义精神的短篇小说集《花季》。二十世纪七十年代她以写实主义的手法，关注传统文化框架中的女性位置，一系列的鹿城故事正说明了她的写作是如何从对家乡鹿港矛盾的爱恨情感出发，以性爱为主轴来批判礼教道德意识与父权舆论的荒谬残酷。二十世纪九十年代的《迷园》借后现代叙事写台湾殖民历史的文化变迁，总结了她为处于现代化与西化风潮下的台湾文化，寻找一种可以植根和新生契机的意图。《一封未寄的情书》虽然没有李昂小说里著名的奇诡象征，也不围绕着性别、政治与性爱等权力场域，但还是呈现了她一贯对女性情爱位置的关注。

一封娓娓自剖的情书，满纸尽是对爱情与理想的青春追索。从少女的憧憬到破碎的婚姻，从讲台上亢奋的信念到亲炙乡土的现实，G.L.之于G.T.，无疑是少女踏上生命旅途初始，那个由信念所勾勒且充溢着想象和热望的理想型。然而诚如我们终究要发现所追索的爱情，不过是："通常先从阅读中知道爱情，往后有机会再去谈恋爱，我们从来不是与男性在一起，自然地培养出爱恋，永远过早地被一些文字描写的爱情模式先行决定，再不知不觉地依照着去实行。"那么这些由各种知识断言简化建构而成的爱情信念，就必然要被这多变的世界、繁复的感情和各种世俗框架颠覆破灭。

在这封不断被各种判断诠释介入的情书里，女性的感觉式独白在不断重述自身情感的同时，也确认了自己的发言位置。而与之相对的充满权威感的断言诠释，则因其自曝的狭隘而更加凸显了知识话语的虚无。

事实上，人类建构的知识体系从不曾赋予或界定理想与爱情的真正内涵。知识信念的价值正是由它从来无法涵括的生命悲喜与残破现实而确立。通过滔滔自白的话语，女子终于能摆脱由知识话语演绎的爱情，为自己重构出真切的情爱图景。也许就如《倾城之恋》里范柳原对白流苏所说的那句："我们那时候太忙着谈恋爱了，哪里还有工夫恋爱。"这篇看似幻灭的成长故事也从空洞无物的知识信念里取回了属于自己的爱情。

——许琇祯撰文

陪他一段

苏伟贞

这一炉沉香屑点完了，我的故事也该说完了。

费敏是我的朋友，人长得不怎么样，但是她笑的时候让人不能拒绝。

一直到我们大学毕业她都是一个人，不是没有人追她，而是她都放在心里，无动于衷。

毕业后她进入一家报社，接触的人愈多，愈显出她的孤独。后来，她谈恋爱了，跟一个学雕塑的人，从冬天谈到秋天，那年冬天之后，我有三个月没看到她。

春天来的时候，她打电话来："陪我看电影好吗？"我知道她爱看电影，她常说那是一个活生生的世界在你眼前过去，却不干你的事，很痛快。

她整个人瘦了一圈，我问她去哪里了，她什么也没说，仍然昂着头，却不再把笑盛在眼里，失掉了她以前的灵活。那天，她坚持看《午后曳航》，戏里有男女主角做爱的镜头，我记得很清楚，不仅因为那场戏拍得很美，还因为费敏说了一句不像她说的话——她至少可以给他什么。

一个月后，她走了，死于自杀。

　　我不敢相信像她那样一个性格鲜明的人，会突然消失，她父亲老年丧女，更是几乎无法自持。昨天，我强打起精神，去清理她的东西，那些书、报道和日记，让我想起她在学校的样子；费敏写得一手洒脱不羁的字，给人印象很深，却是我见过最纯厚的人。我把日记都带回了家，我不知道她的意思要怎么处置，依她的个性，走前应该把能留下的痕迹都抹去，她却没有，我想弄懂。

　　费敏没有说一句他的不是，即使是在不为人知的日记里。

　　她是在一个"现代雕塑展"上碰到他的——一个并不很显眼却很干净的人；最主要的是他先注意到她的，注意到了费敏的真实。费敏完全不当这是一件严重的事，因为他不久就要离开了，她想，时间无多，少到让他走前恰好可以带点回忆又不伤人。

　　但是，有一天他说："我不走了。"那天很冷，他把她贴在怀里，叹着气说："别以为我跟你玩假的。"口气里、心里都是一致的——他要她。费敏经常说——一个人活着就是要活在熟悉的环境里，才会顺心。这是一件大事，他为她做了如此决定，她想应该报答他更多，就把几个常来找她的男孩子都回绝了，她写着——我也许是，也许不是跟他谈恋爱，但是，这也该用心，交一个朋友是要花一辈子时间的。

　　费敏在下决心前，去了一趟兰屿，单独去了五天。白天，她走遍岛上每个角落，看那些她完全陌生的人和事；入夜，她躺在床上，听浪涛单调而重复的声音，她说"怨憎会苦，爱别离苦"，这么简单而明净的生活我都悟不出什么，罢了。

　　我想起她以前常一本正经地说：恋爱对一个现代人没有作用，而且太简单又太苦！

　　果然是很苦，因为费敏根本不是谈恋爱的料，她从来不知道"要"。

　　他倒没有注意到她的失踪，两人的心境竟然如此不同，也无所谓了，她找他出来，告诉他：我陪你玩一段。

我陪你玩一段？！

从此，他成了她生活中的大部分。费敏不愧是我们同学中文笔最好的，她把他描绘得很逼真，其实她明白他终究是要离开的，所以格外疼他，尤其他是一个想要又不想要，是一个深沉又清明，像个男人又像孩子的人，而费敏最喜欢他的就是他的两面性格和他给她的悲剧使命，让她过足了扮演施予者这个角色的瘾。费敏一句怨言也没有。

他是一个需要很多爱的人，有一天，他对费敏说了他以前的恋爱，那个使他一夜之间长大的失恋，那个教会他懂得两性之间爱欲的热情。费敏就是那个时候认识他的——他最痛苦的时候。他说：也许我谈恋爱的心境已经过去了，也许从来没有来过，但是我现在心太虚，想抓个东西填满。费敏不顾一切地试上了自己的运气：他对她没有对以前女友的十分之一好，但是，费敏是个容易感动的人。

开始时，他陪费敏做很多事，台北的许多长巷都彻夜走遍了，黑夜使人容易掏心，她写：他是一个惊叹号，看着你的时候都是真的。有次，他们从新店划船上岸时已经十一点了，两个人没说什么，开始向台北走去，一路上他讲了些话，一些是她一辈子忘不了的——我需要很多很多的爱。费敏见他眼睛直视前方，一脸的恬静又那么炽热，就分外疼惜起他来。她一直给他。

他们后来好得很快，还有一个原因——他是第一个吻费敏的男孩。

她很动心。在这之前，她也怀疑过自己的爱，那天，他们去世纪饭店的群星楼，黄昏慢慢簇拥过来，费敏最怕黄昏，一脸的无依，满天星星升上来，他吻了她。

有人说过：爱情使一个人失去独立。她开始替他操心。

他有一个在艺术界很得名望的父亲，家里的环境相当复杂。他很爱父亲，用一种近乎崇拜的心理，所以，把自己几乎疏忽掉了，忘记的那部分，由费敏帮他记得，包括他们交往的每一刻和他失去的快乐。她常想：他把我放在哪里？也许忘了。

他是一个不太爱惜自己的人，尤其喜欢彻夜不眠；她不是爱管人的人，却也管过他几次，眼见没效，就常常三更半夜起床，走到外面打电话，他低沉的嗓音在电话里、在深夜里让她心疼，他说："我坐在这里完全不知道该怎么办。"费敏就到他那儿，用力握着他的手，害怕他在孤寂时死掉。因为他的生活复杂，她开始把世故、现实的一面收起来，用比较纯真、欢笑的一面待他。那到底是他可以感受的层次。

费敏是一个很精致的人，常把生活过得新鲜而生动；我记得以前在学校过冬时，她能很晚了还叫我出去，扔给我一盒冰激凌，就坐在马路上吹着冷风，边发抖边把冰激凌吃完，她说：冷暖在心头。有时候，她会拎瓶米酒，带包花生，狠命地拍门说：快！快！醉乡路稳宜频到，此外不堪行！生活对她而言处处是转机。她不是一个多话的人，却很能笑，再严重的事给她一笑，便也不了了之，但是她和他的爱情，似乎并不如此。

刚开始的时候，费敏是快乐的，一切都很美好。

春天来了，他们计划到外面走走，总是没有假期，索性星期五晚上出发，搭清晨四点半到苏澳的火车。他们先逛遍了中山北路的每条小巷，费敏把笑彻底地撒在台北的街道上，然后坐在车厢里等车开。春天的夜里有些凉意，他把她圈得紧紧的，她体会出他这种在沉默中表达情感的方式。东北部的海岸线很壮观，从深夜坐到黎明，就像一场幻灯片，无数张不曾剪裁过的形象交织而过，费敏知道一夜没合眼的样子很丑，但是他亲亲她的额头说：你真漂亮。她确信他是爱她的。

南方澳很静，费敏不再多笑，只默默地和他躺在太平洋的岸边晒太阳，爱情是那么没有颜色、透明而纯净，她心里满满的、足足的。他给了她很多第一次，她一次次地把它连起来，好的、坏的。费敏就是太纯厚，不知道反击，好的或坏的。

回程时，金马号在北宜公路上拐弯抹角，他问她："我还小，你想过什么时候结婚吗？"她明明被击倒了，却仍然不愿意反击，是的，他还年轻，比她还小，他拿她的弱点轻易地击倒了她，车子在转弯时，她差点把心都吐出来。车子又快到世俗、热闹的台北时，她笑笑："交朋友大概不是为了要结婚吧？"样子真像李亚仙得知郑元和高中金榜时说"我心愿已了，银筝，将官衣诰命交予公子，我们回转长安去吧，了我心愿与尘缘"那般剔透。

晶莹剔透的到底只是费敏，他给了她太多第一次，抵不上他说一句"我需要很多很多爱"时的震撼，是的，她不忍心不给。

回到台北，她要他搭车先走，她才从火车站走路回家。第一次，她笑不出来，也不能用笑诠释一切了。

第二天，他就打电话来叫她出去，她没出门，她不能听他的声音，费敏疼他到连他错了也不肯让他知道以免他难过的地步。他倒找上她家，看到费敏仍然一张笑脸，就讲了很多话，很多给她安全感和允诺的话。费敏在日记里写着：都没有用了，他虽然不是很好，却是我握不住的。费敏的明净是许多人学不来的，很少有人能像她一样把事情的各层面看得透彻，却不放在心上，而她的善解人意，便是多活她二十岁的人也不容易做到。

以后，她还是笑，却只在他眼前，笑容从来没有改变过，两个人坐着讲话，她常常不知不觉地精神恍惚起来，他说："唉！想什么？"她看着他，愈发恍如隔世。她什么也不要想。

她常常问他：怎么跟李眷佟分手的？他从来不说，就是说了，也听出多半是假的。他总说：她太漂亮，或者她太不同于一般人，我跟不上。即使是假的，费敏也都记在心里，她希望有天开奖时，试试自己手上的运气。跟他谈恋爱后，她把一切生活上不含有他的事物都摒弃一边，看他每天汲汲于名利，为人情世故而忙，她就把一切归于世俗的东西也摒弃。跟他在一起，家里的事不提，自己的工作不提，自己的朋友不提，他们之间的浓厚是建立在费敏的单薄上，费敏的天地只有他，所以他的天地愈扩大，她便愈单薄，完全不成比例。日子过得很快，他们又去了一趟溪头，也是夜半。他对她呵护备至，白天，他们在台中恣意纵情，痛快地玩了一顿，像放开缰绳的马匹。

溪头的黄昏清新而幽静，罩了一层朦胧的面纱。他们选了很久，选了一间靠近林木的蜜月小屋，然后去黄昏的溪头走走，黄昏的光散在林中，散在他们每一寸细胞里；他帮她拍了很多神韵极好的黑白照片，她仰着头一副旁若无人、唯我独尊的神气。费敏的确不美，然而她真是让人无法拒绝。我们一位会看相的老师曾说过，费敏长得太灵透，不是福气。但是，她笑的时候，真让人觉得幸福不过如此，唾手可得。

夜晚来临，他们进了小屋，她先洗了澡，简直不知道他洗完时，该用什么表情来面对他。她看了看书，又走到外面吸足了新鲜空气，她真不知道怎么跟他单独相处。

他洗完澡出来时，她故意睡着了，他熄了灯，坐在对面的沙发上抽烟，就那样要守护她一辈子似的。在山中，空气宁静得出奇，他们两个呼吸声此起彼落，特别大声，她直起身说——我睡不着。他没扭亮灯，两个人便在黑暗里对视着。夜像是轻柔的掸子，把他们心灵上的灰，掸得干干净净，留下一眼可见的真心。

她叫他到床上躺着，起初觉得他冷得不合情理，贴着他时，也就完全不是了，他抱着她，她抱着他，她要这一刻永远留住的代价，是把自己给了他。

现在轻松多了，想想再也没有什么能给他了。而第一次，她那么希望死掉算了，爱情太奢侈，她付之不尽，而且愈用愈陈旧，她感觉到爱情的负担了。

回去以后，她整天不知道要做什么，脑子里唯一持续不断的念头，就是不要去想他。夜里没办法睡，就坐在桌前看他送的蜡烛，什么也不想地坐到天亮。她不能见他，想到自己总有一天会全心全意占有他方才罢手，就更害怕，她的清明呢？她一次次不去找他，但是下一次呢？有人碰到她说："费敏，你去哪里啦？他到处找你。"她像被人抓到把柄，抽了一记耳光，但她依旧是一张笑脸。他曾经要求她留长发，她头发长得慢，忍不住就要整理，这次，倒是留长了些。她回到家里，又是深夜，用心不去想那句诗——拣尽寒枝不肯栖。拿起电话，她一个号码慢慢地拨，七一〇一二一八一九一七一四。四字落回原处时，她面无表情，那头：喂——，她说：嗨——，两个人没有声音，终于她说：我头发留长了些。他仍然寂寞地想用力抱住她。他情绪不容易激动，这次却只叫了"费敏"，便说不下去。如果能保持清醒多好，就像坐在车里，能不因为车行单调而昏昏欲睡，随时保持清醒，那该有多好？她太了解他了，她不是他车程中最醒目的风景。费敏不是一个精打细算的人，对于感情更是没有把握。放下电话，她到了他的事务所，在六楼，外面的车声一辆辆滑过去，夜很沉重。他看着她，她看着他，情感道义没有特别的记号，她不顾一切地重新拾起，再行进去。有些人玩弄情感于股掌，有些人局局皆败，她就属于后者。

有一天，她见到李眷佟，果然漂亮，而且厉害。她很大方地从他们身边走过，拿眼睛瞅着他——没有爱、没有恨，也不把她放在眼里，他原本牵着她的手，不知不觉收了回去。费敏沉住气走到天桥上时，指指马路，叫他搭车回去，转过头不管他怎么决定，就走了。人很多，都是不相干的；声音很多，不知道都说些什么。费敏一开始便太不以为意，现在觉得够了。车子老不来，她一颗颗泪珠挂在颊上，不敢用手去抹，当然不是怕碰着旧创，那早就破了。车子来了，她没上，根本动不了，慢慢人都散光了。她转过身去，他就站在她后面，几千年上演过的故事，一直还在演，她从来没有演好，连台步都不会走，又谈什么台词、表情呢？真正的原因，是剧本太老套，而对手是个没有情绪的人，他牵着她，想说什么，也没说，把她带到事务所，只是紧紧地抱着她，亲她，告诉她：我不爱她。

费敏倒宁愿他是爱李眷佟的，他的感情呢？

她觉得自己真像他的情妇，把一切都看破了，义无反顾地跟着他。

后来费敏随记者团到金门采访，那时候中美刚建交，全中国人心沸腾。她人才离开台北，便每天给他写信，在船上晕得要死，浪打在船板上，几千万个水珠开了又谢。她趴在吊床上，一面吐，一面写：人鱼公主的梦为什么会幻灭，我现在知道了。到了金门，看到料罗湾，生命在这里显得悲壮有力，她把台湾的事忘得干干净净，她喜欢这里。

就在那一个月，她把事情看透了。"这一生一世对我而言永远是一生一世，不能更好，也不会更坏。"她写着。每天，他们在各地参观、采访，日程安排得很紧凑，像在跟炮弹比进度。她累得半死，但是在精神上却是独立的。离爱情远些，人也生动多了，不再是黏黏的、模模糊糊的，那里必须用最直觉、最原始的态度活着，她看了很多刻苦的生活；看到最多的，是花岗岩，是海，是树，是自己。

住在县委会的招待所楼上，每天，吃完晚饭，炮击前，有一段休闲时间，大家都到外面走走，三五成群，出去的时候是黄昏，回来时黑暗已经来了。她很少出去，坐在三楼的阳台上，脑子里一片空白，看着这些人从她眼帘里出现、消失。团里有位男同事对她特别好，常陪着她，她放在心里。碰到过太多人对她好，现在，却宁愿生活一片空，她把一切都存起来，满满的，不能动，否则就要一泻千里。

她写信时，不忘记告诉他——她想他。

她买了一磅毛线，用一种异乡客无依无靠的心情，一针一针织起毛衣来，灰色的，毛绒的，织到最后就常常发呆。写出去的信都没回音，她还是会把脸偎着毛衣，泪水一颗颗淌下来。那男同事看不惯，拖着她，到处去看打在堤岸上的海浪，带她去马山播音站看对面的山色，带她去和住在碉堡里的战士聊天，去吃金门特有的螃蟹、高粱，但是从来不说什么。一个对她好十倍、宠十倍、了解十倍的感情，比不上一句话不说让她吃足苦头的感情，她恨死自己了，十二月的风，吹得她心底打战。

毛衣愈织到最后，愈不能织完，是不是因为太像恋爱该结束时偏不忍心结束？费了太多心，有过太多接触，无论是好是坏，总没有完成的快乐。终于织完了，她寄去给他。

回到台北，她行李里什么都没增加，费敏从来不搜集东西，但是她带回了一种精神，不想再去接触混沌不明的事，他们的爱情没有开始，也不用结束。

他现在更不放心在她身上了！

有一天，采访一件新闻，费敏三更半夜坐车经过他的事务所，大厦几乎全黑，只有他办公室那盏罩着黄麻罩子的台灯亮着，光很晕黄，费敏的心像压着一块大石头透不过气来。他父亲是个杰出的艺术家，有艺术家的风范、骨气、才情、专注和成就，但是在生活上很多方面却是个低能的人，他母亲则是一个完全属于这个世界的人。很多人不择手段地利用他父亲，他父亲常常不明就里，全力以赴地去吃亏上当，家里的一切都靠他母亲安排，他母亲愈加磨炼了一副如临大敌、处处提防别人的性情。他父亲的际遇使他母亲用全副精神关照他，让他紧张。他很敬重父亲，自己的事加上父亲的事，忙得喘不过气来。现在，夜那么深了，不知道他又在忙什么，一定是坐在桌前，桌上的计划堆了老高，而他一筹莫展。无论做什么，他都不愿意别人插手。

费敏需要休息一阵了，她自己知道，他一定也知道。

费敏从此把自己看守得更紧。日子过得很慢，她养成了走路的习惯，漫无目的地走。她不敢一个人坐在屋里，常常吃了晚饭出去走到报社，或者周末、假日到海边吹风，到街上被人挤得更麻木。

从金门回来后两个月，她原本活泼的性情完全失去了，有一天，她必须去采访一个文艺消息，到了会场，才知道是他和父亲联合办雕塑展的开幕酒会，海报从外面大厦一直贴到画廊门口，设计得很醒目。她不能不进去，因为他的成功是她要见的。展出的作品没有什么，由他父亲的作品，更加衬托出他的年轻，但是，她看得出，他的作品是费心挣扎出来的，每一件都是他告诉过她的——让我们的环境与我们所喜爱的人生紧紧地结合在一起。人很多，他站在她一进门就可以看见的地方，两个月没见，他一定是倒下过又站了起来，站得挺直。她太熟悉他了，他的能力不在这方面，所以总是在挣扎，很苦。这些作品不知道让他又吃了多少苦，但是，他没有把它们放在眼里，她不敢再造次。真的要忘掉他说的——我需要很多很多的爱。他们之间没有现代式恋爱里的咖啡屋、毕加索、存在主义，她用一种最古老的情怀对他，是黑色的、人性的。他们两人都能理解的，矛盾在于这种形式，不知道是进步了，还是退步了。

他走了过来，她笑笑。他眼里仍然是寂寞，看了让她愤怒，他到底要什么？

他把车开到大直，那里很静，圆山饭店像梦站在远方，他说：费敏，你去哪里了，我好累。她靠着他，知道他不是她的支柱，她也不是他的，没有办法，现在只有他们两人，不是他靠着她，就是她靠着他，因为只有人体有温度，才不会被爱情冻死。

他问费敏：那些作品给你感觉如何？费敏说：很温馨。他的作品素材都取自生活，一篮水果、一些基本建材，或者随时可见的小人物，把它们整理后发出它们自己的光，但是，艺术是不是全盘真实的翻版呢？是不是人性或精神的再抒发呢？以费敏跑过那么久文教采访的经验来说，她清楚以人性的眼光去创造艺术，并不就代表具有人性，艺术品本身必须具备了这样的能力，才可以感动人。他的确年轻，也正因为他的年轻，让人知道他挣扎的过程，有人会为他将来可见的成熟喝彩的。

她不愿意跟他多说这些，她是他生活中的，不是思想层次中的，他不喜欢别人干涉他的领域，他更有权利自己去历练。夜很深，他们多半沉默着、对视着。两个月没见，并没有给他们彼此的关系带来陌生或者亲近。他必须回家了，他母亲在等门。以前，由费敏说：太晚了，走吧！现在，他的夜特别珍贵，不能浪掷。他轻轻地吻了她，又突然重重地拥她在怀里，也许是在为这样没结果的重逢抱歉。

之后，她开始用一种消极的方式抛售爱情，把自己完全亮在第一线，任他攻击也好，退守也好，反正是要阵亡的，她顾不了那么多了。

他的生日到了，他们在一起已经整整度过一年，去年他生日，费敏花了心思，把他常讲的话、常有的动作和费敏对他的爱，记了一册，题名：意传小札。另外，用录音带录了一卷他们爱听的歌，费敏自己唱，有些歌很冷僻，她花了心血找出来。她生日时，他给了她一根蜡烛，费敏对着蜡烛哭过几百次。这次，费敏集了一百颗形状特殊的相思豆给他；那天晚上，他祖母旧病复发，他是长孙，要陪在跟前，他们约好七点见，他十一点才来，费敏握着相思豆的手，因为握得太紧，五指几乎扳不直，路上人、车多，时间愈过去，她的懊悔愈深。

他突然出现在她眼前时，费敏已经麻木了。他把车停在外双溪后，长长吁了一口气，开始对她说话，说的不是他的祖母，而是李眷侬，她父亲病了，她连夜打电话叫他去，他帮她想办法找医生，西医没办法，找中医，白天不成，晚上陪着，而他自己家里祖母正病着。费敏不敢多想，有些人对自己爱着的事物浑然不觉，她想到那次在街上李眷侬的神情，她捏着相思豆的手几乎把相思豆捏碎。他看费敏精神恍惚，摇摇她，她笑笑，他说："费敏，说话啊？"

费敏没开口，她已经没有话可说了。她真想找个理由告诉自己：他不要你了！

可是她有个更大的理由——她要他。

他问费敏："有钱吗？借我两万。她爸爸的事情要用钱，不能跟妈要。"费敏没有说话，他就没有再问了。

第二天，费敏打电话给他：钱还要用吗？她给他送去了。他一个人在事务所里，那里实在就是一个艺廊，他父亲年轻时和目前的作品都陈列在那儿，整幢房子是灰色的，陈列柜是黑色的，费敏每次去，都会感觉呼吸困难，像他这一年来给她的待遇。他伸了长长的腿靠坐着书桌，问费敏："钱从哪里来的？"从那个对她很好的男同事手里。费敏当然不会告诉他，淡淡地说："自己的。"这一次，他很晚了还不打算回去，费敏看他累了，想是连夜照顾祖母，或者李眷侬生病的父亲？她要他早点回去休息，临走时，他说："费敏，谢谢。"看得出很真心。

费敏知道李眷侬父亲住的医院，莫名地想去看看她，下班后，在报社磨到天亮，趁着晨曦慢慢走到医院，远远地，他的车停在门外。

他是个怀旧的人？还是李眷佟是个怀旧的人？而她呢？她算是他的新人吗？那么，那句"只见新人笑，不见旧人哭"，该要怎么解释呢？

太阳出来了，她的心也许已经生锈了。

费敏给他最大的反击也许就是——那笔钱是从他的情敌处借来的。说来好笑，她从他情敌处借来的钱给她的情敌用。

情至深处无怨尤吗？这件事，费敏只字不提。

过年时，她父母表示很久没见到他了。为了他们的期望，费敏打电话给他：来拜年好吗？费敏的父母亲很满意。然后她随他一起回他家。那天，他们家里正忙着给他大姊介绍男朋友，他祖母仍然病着，在屋内愈痛愈叫，愈叫愈痛，家里显得没有一点秩序，她被冷落在一旁，眼看着生老病死在她眼前演着。她一个人走出他们家，巷子很长，过年的鞭炮和节奏都在进行，费敏一直很羡慕那些脾气大到随意摔别人电话、发别人疯的人，恋爱真使一个人失去了自己吗？

后来在报上看到李眷佟父亲的讣闻，他们终于没能守住她父亲出走的灵魂。她打电话去，他总不在，那天李的父亲公祭，她去了，他的车停在灵堂外，李眷佟哭得很伤心，那张漂亮的脸，涂满了悲恸的色彩，丧父是件大恸的事，李需要别人分摊她的悲哀，正如费敏需要别人分摊她的快乐，同样不能拒绝。而他说：我不爱她。

是吗？她不知道！

多少年来，她在师长面前、在朋友面前，都是个有分量的人；在他面前，费敏的心被抽成真空，是透明的。在日记里，费敏没有写过一次他说爱她的话，但是，他会没说过吗？即使在他要她，她给他的情况下？费敏是存心给他留条后路？他们每次的"精神行动"不能给他更多的快乐，但是他太闷，需要发泄，她便给他，她自己心理不能平衡；实体的接触，精神的接触，都给她更多的不安，但是，她仍然给他。

事情并没有因此结束，费敏放心不下，怕误会了他，却又不敢问，怕问出真相。他们保持每个星期见一次面，现在费敏是真正不笑了，从什么时候开始她不会笑的？她也不知道。两个人每次见面，几乎都在他车里，往往车窗外是一片星光，费敏和他度过的这种夜，不知道有多少。她常常想起群星楼外的星星，好美，好远。他们之间再没有提起李眷佟，除了完全放弃他才能拯救自己外，其他的方法费敏知道不会成功，她索性不去牵扯任何事情。有一天，费敏说："出去走走好吗？"那段时间他父亲正好出门，事情比较少，他母亲眼前少了一个活靶子，也很少再攻击他，他便答应了。

他们没走远，只去了礁溪，白天，他们穿上最随便的衣服，逛街，逛寺庙，晚上去吃夜市，小镇给费敏的感觉像沉在深海中的珍珠，隐隐发光；入了深夜，慢慢往旅馆走，那是一幢古老的日式建筑。月光沉淀在庭园里，两个人搬了藤椅，拿了花生和最烈的黄金龙酒，平静地对酌着，浅浅地讲着话。"开始"和"结束"的味道同出一辙，爱情的滋味，有好有坏，但是费敏分不出来。

回到台北，等待他的是他父亲回来的消息，等待费敏的是南下采访新闻的命令。

费敏临行时，给他打了电话，他说："好，我来送你。"费敏问："一定来？"他答："当然。"她从十二点最后一班夜车发出后，便知道他不会来了。火车站半夜来过三次，两次是跟他。夜半的车站仍然生命力十足，费敏站在"台北车站"的"站"字下面没有动过，夜晚风凉，第一班朝苏澳的火车开时，她一点感觉也没有了。时间过得真快，上次跟他去苏澳似乎才在眼前。高雄的采访成了独家漏网。

她回家后就躺下了，每天瞪着眼睛发高烧，咳嗽咳得出血；不敢劳累父母，就用被子蒙住嘴，让泪水顺着脸颊把枕头浸得湿透。枕头上绣着她母亲给她的话——梦里任生平。费敏的生平不是在梦里，是在现实里。

病拖了一个多月，整个人像咳嗽咳得太多次的喉咙，失去常性，但是外面看不出来。她强打起精神，翻出一些两人笑着的相片，装订成册，在扉页抄了一首徐志摩的《歌》——当我死去的时候，亲爱的，你别为我唱悲伤的歌，我坟上……要是你甘心忘了我……

那本集子收的照片全是一流的感觉之美，恐怕让看到的人永远忘不了，每一张里的费敏都是快乐的、甜蜜的。

她送去时，天正下雨。他父亲等着他，他急着走，费敏交给他后，才翻开，整个人便安静了下来，眼里都是感动，不知道是为集子里的爱情还是为费敏。她笑笑，转身要离去时，告诉他："你放心，我这辈子不嫁便罢，要嫁就一定嫁你！"雨下得更大，费敏没带伞，是冒着雨回去的。这是她认识他后，所说过的最严重的一句话。

她曾经写着：我真想见李眷佟。他们去礁溪时，她轻描淡写地问过他，他说："我们之间早过去了，我现在除了爸爸的事，什么心都没有！说来奇怪，我以前倒真爱过她。"

她还以为，明白了存在于他们之间的问题是什么。她真渴望有份正常的爱。见不见她其实都一样了。

孙中山纪念馆经常有文艺活动，费敏有时候去，有时候不去。她常想把他找去一起欣赏，松松他太紧的弦，但是，他们从来没有机会。那天，她去了，是一位声乐家在为中国民歌请命的发表会，票早早卖完了，门口挤满没票又想进场的人。费敏站在门口，体会这种"群众的愤怒"，别有心境。群众愈集愈多，远远地，他走过来，和李眷佟手握着手，他们看起来不像是迟到了四十分钟，不像是要赶场音乐会，他们好像多得是时间，是费敏一辈子巴望不到的。费敏离开了那里，孙中山纪念馆的风很大，吹得费敏走到街上便不能自己地全身颤抖，怎么？报应来得那么快！她还记得上次他们牵着手碰见李，如果李爱过他，那么，她现在知道李的感觉了。

晚上，她抱着枕头，压着要跳出来的心。十二点半，她打个电话去他家，他母亲接的，很直截了当地告诉她：没回来，有事明天再打。他们最近见面，他总是紧张母亲等门，早早便要回去，也许，他母亲骗她的。

他们最后一次见面是在群星楼，他一看到她便说："昨天我在事务所一直忙到十二点多……"费敏不忍心听他扯谎下去，笑笑地说："骗人。"他一怔，她便说："音乐会怎么样？"

他们怎么开始的，费敏不知道，也许从来没有结束过，但是，都不重要了，他们之间的事是他们的，不关李眷佟的事，费敏望着他那张年轻、干净的脸，这个世界上有很多演坏了的剧本，不需要再多加一个了。费敏不敢问他——你爱我吗？也许费敏的一切都够不上让他产生疯狂的爱，但是，他们曾经做过的许多事，说过的许多话，都胜过一般爱情的行为。他可能是太健忘了，可能是从来没有肯定过，也许他们在一起太久了，费敏一句话也没多提，爱情不需要被提醒，那是他的良知良能。群星楼里有费敏永远不能忘记的梦；他们一直坐到夜半，星星很美，费敏看了个够，喝樱桃酒喝得也有些醉了。

她习惯了独自挡住寂闷不肯撤离，现在，没有什么理由再坚守了。她真像坐在银幕前看一场自己主演的爱情大悲剧，拍戏时是很感动，现在，抽身出来，那场戏再也不能令她动心，说不定这却是她的代表作。

日记停在这里，费敏没有再写下去，只有最后，她不知道想起什么，疏疏落落地写了一句——我需要很多很多的爱。

——原载一九八〇年十一月十、十一日《联合报·副刊》

【导读】

苏伟贞，祖籍广东番禺，一九五四年生，政治作战学校影剧系毕业。曾任职台湾电台编审，现为《联合报·读书人》专刊主编。曾获联合报社、台湾"中国时报"社、中华日报社等颁发的文学奖。二十世纪七十年代末即以《陪他一段》开展了她围绕女性情爱生活的小说写作。《世间女子》《有缘千里》《流离》等书收录的作品，多以独白的叙事、细腻的笔触衍述不同时代女性情感与生活的面貌。二十世纪九十年代的长篇小说《沉默之岛》转以情欲为切入点，从文化性别的角度重新审视女性的爱情处境与心理意识。

虽然是一个把生命奉献给爱情的故事，却处处见到需求和给予的矛盾抉择。站在自己世界的中心，每一个人都会认为自己："需要很多很多的爱。"但是不断地索求虽然维持了自我的完整，却无法确认自己的价值。而站在不断给予一方的人，固然因为被需要而创造了自己对别人的价值，却也在不断成为别人所需求形塑的形貌里消解了自我的存在。

爱情或许正是这样一个与自我最激烈顽抗的过程，意图用不断的索求平衡无尽的给予。可悲的是，如果这索求与给予不是相互的两端。而是连环的三者，便总有人要在给予里迷失自身，在需求里对别人冷酷。

因为只是"陪着"，所以是自愿的配角。说到底，谁都只能舍弃自我完整世界的孤独陪他一段。生命与情感既然由需要和给予架接出不同的景观，给不起和要不起的时候，就得由别人接手。这并不是无从掌控的命运残酷的操弄，而是人选择想要承担和可以承担的乖舛。张爱玲说："这一炉沉香屑点完了，我的故事也该说完了。"自说自话、自择自受，陪他一段，其实始终和自己有关而与他的爱没有关系。

——许琇祯撰文

世纪末的华丽

朱天文

用恋物写青春与衰老，写生命的绝望与
感官的救赎。

　　这是台湾独有的城市天际线，米亚常常站在她的九楼阳台上观测天象。依照当时的心情，在屋里烧一小撮安息香。

　　违建铁皮屋布满楼顶，千万家篷架像森林之海延伸到日出日落处。我们需要轻质化建筑，米亚的情人老段说。老段用轻质冲孔铁皮建材来解决别墅开天窗或落地窗所产生的日晒问题。米亚的楼顶阳台也有一个这样的篷，倒挂着各种干燥的花草。

　　米亚是一位相信嗅觉、依赖嗅觉记忆活着的人。安息香使她回到那场一九八九年的春装秀中，淹没在一片雪纱、乔其纱、绉绸、金葱、纱丽绑扎缠绕围裹垂坠的印度热里，天衣无缝，当然少不掉锡克教式裹头巾，搭配十九世纪末展露于维也纳建筑绘画中的装饰风，其间翘楚克林姆，缀满亮箔珠绣的装饰风。

　　米亚也同样依赖颜色的记忆。比方她一直在找一种紫色，想不起来是在什么时候和地方见过，但她确信只要被她遇见一定逃不掉，然后那一种紫色负荷的所有东西霎时都会重现。不过比起嗅觉，颜色就迟钝得多。嗅觉因为它的无形不可捉摸，更加锐利和准确。

铁板篷架，显出台湾与地争空间的事实，的确，也看到前人为解决平顶燠晒防雨所发明内外交流的半户外空间。前人以他们的生活经验累积给了我们应付台湾气候环境的建筑方式——轻质化。这不同于欧美，也不同于日本，是形式上的轻质，也是空间上的轻质、视觉上的轻质，为烈日下壅塞的台湾都市寻找纾解空间。贝聿铭说，风格产生由解决问题而来。如果他没有一批技术人员帮他解决问题，罗浮宫金字塔上的玻璃不会那样闪闪发亮而透明，老段说。

老段这些话混合着薄荷气味的药草茶。当时他们坐在篷底下聊天，米亚出来进去地沏茶。

清冽的薄荷药草茶，她记起一九九〇年夏装的海滨浅色调。那不是加勒比海缤纷印花布，而是北极海海滨。几座来自格陵兰岛的冰山隐浮于北极海蒙雾里，呼吸冷冻空气，一望冰白、透青、纤绿。细节延续一九八九年秋冬蕾丝镂空，转为渔网般新镂空感，或用压折压烫出鱼鳍和贝壳的纹路。

米亚与老段，他们不讲话的时刻，便作为印象派画家一样，观察城市天际线日落造成的幻化。将时间停留在画布上的大师——莫奈，时钟般记录了一日之中奇瓦尼河上光线的流动，他们亦耽于每一刻光阴移动在他们四周引起的微细妙变。虾红、鲑红、亚麻黄、蓍草黄，天空由粉红变成黛绿，落幕前突然放一把大火从地平线烧起，轰轰焚城。他们过分耽于美丽，在漫长的赏叹过程中耗尽精力，或被异象震慑得心神俱裂，往往竟无法做情人们该做的爱情事。

米亚愿意这样，选择了这种生活方式。开始也不是要这样的，但是到后来就变成唯一的选择。

她的女朋友们，安、乔伊、婉玉、宝贝、克丽丝汀、小葛，她最老，二十五岁。黑里俏的安永远在设法把自己晒得更黑，黑到一种能够穿荧光亮的红、绿、黄而最显得出色的程度。安不需要男人，安说她有频率振荡器。所以安选择一位四十二岁事业有成的已婚男人当作她的情人，已婚，因为那样他不会来烦她。安做美容师好忙，有闲，还要依她想不想，想才让他约她。对于那些年轻单身汉子，既缺钱，又毛躁，安一点兴趣也没有的。

职业使然，安浑身骨子里有一股被磨砂霜浸透的寒气渗出。说寒气，是冷香，低冷压成一薄片锋刀逼近。那是安。

日本语汇里有一种灰色，浪漫灰。五十岁男人仍然蓬软细贴的黑发，但两鬓已经飞霜，那是唤起少女浪漫恋情的风霜之灰、练达之灰。米亚很早已脱离童骏，但她也感到被老段的浪漫灰所吸引，以及嗅觉，她闻见的是只有老段独有的太阳光味道。

那年头，米亚目睹过衣服穿在柳树粗丫跟墙头间的竹竿上晒。还不知道用柔软精的那年头，衣服透透晒整天，坚质粝挺，着衣时布是布，肉是肉，爽然提醒她有一条清洁的身体存在。妈妈把一家人的衣服整齐叠好收藏，女人衣物绝对不能放在男人的上面，一如坚持男人衣物晒在女人的前面。她公开反抗禁忌，幼小心智很想测试会不会真有天灾降临。柳树砍掉之后，土地征收去建国宅，姊姊们嫁人，妈妈衰老了，这一切成为善良的回忆，一股白兰洗衣粉洗过晒饱了七月大太阳的味道。

良人的味道，还掺入刮胡水和烟的气味，就是老段。良人有靠。虽然米亚完全可以养活自己不拿老段的钱，可是老段载她脱离都市出去云游时，把一沓钱交给她，由她沿路付账计算，回来总剩下些钱，老段说留着吧。米亚快乐的是他使用钱的方式把她当成老婆，而非情人。

白云苍狗，川久保玲也与她打下一片江山的中性化利落都会风决裂，倒戈投入女性化阵营。以纱，以多层次线条不规则剪裁，强调温柔。讯息更是早已传出，从一九八七年开始，邪恶的堕落天使加利亚诺回归清纯！一系列带着十九世纪新女性的前香奈儿式套装和低胸紧身大篷裙晚礼服，以及当年王室最钟爱穿的殖民地白色，登场。

小葛业已抛掷大垫肩、三件套套装。上班族僵硬样板犹如围裙之于主妇，女人经常那样穿，视同自动放弃女人权利。小葛穿起五十年代的合身、小腰、半长袖。一念之间了然，为什么不，她就是要占身为女人的便宜，愈多女人味的女人能从男人那里获利愈多。小葛学会降低姿态来包藏祸心，结果事半功倍。

垂坠感代替了直线感，厌麻喜丝。水洗丝、砂洗丝的生产使丝多样而现代。嫘萦由木浆制成，具有棉的吸湿性吸汗，以及棉的质感，而比棉更具垂坠性。嫘萦雪纺更比丝质雪纺便宜三分之一多。那年圣诞节前夕寒流过境，米亚跟婉玉为次年出版的一本休闲杂志拍春装，烧花嫘萦系列幻造出飘逸的敦煌飞天。米亚同意，她们赚自己的吃自己的是骄傲，然而能够花用自己所爱男人的钱是快乐，两样。

梅雨潮湿时嫘萦容易发霉，米亚忧愁她屋里成钵成束的各种干燥花瓣和草茎，老段帮她买了一架除湿机。风雨如晦，米亚望见城市天际线仿佛生出厚厚墨苔。她喝辛辣姜茶，去湿味，不然在卡布奇诺泡沫上撒很重的肉桂粉。

肉桂与姜的气味随风而逝，太阳破出，满街在一片洛可可和巴洛克宫廷的紫海里。电影阿玛迪斯效应，米亚回首望去，那是一九八五年长夏到长秋，古典音乐卡带大爆热门。

一九八七年《鸢尾花》创下天价拍卖纪录后，黄、紫、青，三色系立刻成为色彩主流。凡·高引动了莫奈，姹蓝，妃红，嫣紫，二十四幅奇瓦尼的水上光线借衣还魂又复生。塔希提岛花卉和橙色色系也上来，那是高更的。高更回顾展三百余帧展出时，老段偕他二儿子维维从西德看完世界杯桌球锦标赛后到巴黎，正好遇上米亚，回来送她一幅《与天使摔跤的雅各布》。

因为来自欧洲，用色总是犹豫不决，要费许多时间去推敲。其实很简单，只要顺性往画布上涂一块红、涂一块蓝就行了。溪水中泛着金黄色流光，令人着迷，犹豫什么呢？为什么不能把喜悦的金色倾倒在画布上？不敢这样画，欧洲旧习在作祟，是退化了的种族在表现上的羞怯，塔希提时期高更热烈。老段像讲老朋友的事讲给她听。

老段和她属于两个不同的生活圈子，交集的部分占他们各自时间量上极少，时间质上很重，都是他们不食人间烟火的那一部分，所以山中一日世上千年提炼成结晶，一种非洲东部跟阿拉伯产的树脂，贵重香料，凝黄色的乳香。

乳香带米亚回到一九八六年，她十八岁，她和她的男朋友们，与大自然做爱。这一年台湾往前大跨一步，直接赶上流行"第一现场欧洲"，米亚一伙玩伴报名参加"谁最像麦当娜"比赛，自此开始了她的模特儿生涯。体态、意识、抬头，这一年她不再穿宽松长衣，短且窄小。麦当娜亵衣外穿风吹草偃刮到欧洲，她也有几件小可爱、缎子、透明纱、麻、莱克布，白天搭麂皮短裙，晚上换条亮片裙去 KISS 跳舞。

她像贵重乳香把她的男生朋友们黏聚在一起。总是她兴冲冲号召，大家都来了。杨格、阿舜跟老婆、欧、蚂蚁、小凯、袁氏兄弟。有时是午夜跳得正疯，有时是椰如打烊了已付过账只剩他们一桌在等，人到齐就开拔。小凯一部，欧一部，车开上阳明山，先到三岔口那家 7-11 购足吃食，入山。

山半腰箭竹林子里，他们并排倒卧，传五加皮仰天喝，点燃香烟像一双魍魉红萤飞着呼吸。呼吸过放弛躺下，等。眼皮渐渐酸重合上时，不再听见浊沉呼吸，四周轰然抽去声音无限远拓荡开。静谧的太空中，风吹竹叶如鼓风箱自极际彼端喷出雾，凝为沙，卷成浪，干而细而凉，远远来到跟前拂盖之后哗刷退尽。裸寒真空，突然噪起一天的鸟叫，乳香弥漫，鸟声如珠雨落下，覆满全身。我们跟大自然在做爱，米亚悲哀叹息。

她绝不想就此着落下来。她爱小凯，早在这一年六月之前她已注目小凯。六月《男人侬侬》（MEN'S NON-NO）创刊，台北与东京的少女同步于创刊号封面上发现了她们的王子，阿部宽，以后不间断搜集了二十一期《男人侬侬》，连续都是阿部宽当封面模特儿。小凯同样有阿部宽毫无脂粉气的浓挺剑眉、流着运动汗水的无邪脸庞和专门为了谈恋爱而生的深邃明眸。小凯只是没有像阿部宽那样有男人侬侬或集英社来做大他，米亚抱不平地想。

因此米亚和小凯建立了一种战友式的情感，他们向来是服装杂志广告上的最佳拍档。小凯穿上伦敦男孩的一些粗重、一些叛逆，她搭合成皮朵拉链夹克，高腰短窄裙，拉链剖过腹中央，两边鸡眼四合扣一列到底，用金属链穿鞋带般交叉系绑直上肋间，铁骑铮响，宇宙发飘。小凯长得太俊，只爱他自己，把米亚当成是他亲爱的水仙花兄弟。

米亚也爱杨格。鸟声歇过，他们已小寐了一刻，被沉重露水湿醒，纷纷爬起来跑回车上。杨格拉着她穿绕朽竹尖枝，温热多肉的手掌告诉她意思。但米亚还不想定在谁身上，虽然她实在很爱看杨格终年穿那条李维斯牛仔裤，卡其色棉衬衫一辈子拖在外面，两手抄进裤口袋里百无聊赖快要变成废人。她着迷于牛仔裤的旧蓝和洗白了的卡其色所造成的拓落氛围，为之可以冲动下嫁。但米亚从来不回应杨格投过来的眼神，不给他任何暗示和机会。他们最后钻进车里，驶上气象观测台。

水气和云重得像河，车灯破开水道逆流奋行，来到山顶，等。她爱欧敞开车门，音响转到最大，水雾中随比利珍曲子起舞，踩着迈克尔·杰克逊的《月球漫步》。

终于，看哪，他们等到了，前方山谷浮升出一座海市蜃楼。云气是镜幕，反照着深夜黎明前台北盆地的不知何处，幽玄城堡，轮廓历历。

米亚涨满眼泪，对城堡里酣睡的市人赌誓，她绝不要爱情，爱情太无聊，只会使人沉沦，像阿舜跟老婆，又牵扯，又小气。世界绚烂，她还来不及看，她立志奔赴前程不择手段。物质女郎，为什么不呢？拜物，拜金，青春绮貌，她好崇拜自己姣好的身体。

下山洗温泉，车灯冲射里一路明雾飞花天就亮了，熬整夜不能见阳光，戴上墨镜，一律复古式小圆镜片，他们自称是吸血鬼，群"鬼"泡过澡躺在大石上睡觉。硫黄烟从溪谷底滚升上来，墨镜里太阳是一块金属饼。米亚把录音带带子拉出，迎风咻咻咻向太阳像蛇一样飞去，她牢牢盯住带子，褐色带子便成了一道箭轨带她穿过沌黄穹苍直射达金属饼上。她感觉一人站在那里，俯瞰众生，莽乾坤，鼎鼎百年景。

一九八六年到一九八七年秋天，米亚和她的男朋友们耽溺玩这种游戏，不知老之将至。十月，皮尔·卡丹来台湾巡查他在此地的代理产品，那个月阿部宽穿着玫瑰红开司米尖领毛衣、湖蓝领带出现于《男人侬侬》封面上，且跃登银幕与南野阳子演出《窈窕淑女》。却不知何故这令她惘然若有所失。

突然，她发觉不再爱阿部宽。她的搜集到次年二月终止，茫茫雪地阿部宽白帽白衣搂抱着白色秋田犬光灿笑出健康白齿的第二十一期封面，多么幼稚，那是只有去没有回、单向流通的不平等待遇，就算她爱死阿部宽，阿部宽仍然是众人的，不会分她一点笑容。她奇怪居然被骗，阿部宽其实是一个自信自恋的家伙，永远眼中无他人。女人自恋犹可爱，男人自恋无骨气。

米亚便不想玩了。没有她召集，男朋友们果然也云消雾散，各闯各的，至今好多成为同性恋，都与她形同姊妹淘的感情往来。

分水岭从那时候开始。恐惧艾滋病造成服装设计上女性化和绅士感，中性服消失。米亚告别她从初中以来历经大卫·鲍伊，乔治男孩和王子时期雌雄同体的打扮。

那年头，脱掉制服，她穿军装式、卡其、米色系、徽章，出入西门町，迷倒许多女学生。十五岁她率先穿起两肩破大洞的乞丐装，妈妈已没有力气反对她。尽管当年不知，她始终都比同辈先走在山本耀司、三宅一生他们的潮流里。即使一九八四年金子功另创一股田园风，乡村小碎花与层层荷叶边，米亚让她的女友宝贝穿，她搭矿灰骑师夹克，树皮色七分农夫裤底下空脚布鞋，双双上麦当劳吃情人餐。宝贝腕上戴着刻有她名字的镀金牌子，星月耳环，一只在宝贝右耳，一只在她左耳。三一冰激凌那一年出现，三十一种不同口味色彩缤纷结实如球的冰激凌，宝贝过摩羯座生日，两人互相请，冰天冻地，敞亮如花房暖室，她们编织未来合伙开店的美梦。

这半生她最对不起宝贝。首次她以斜纹牛仔布胸罩代替衬衫穿在短外套里，及臀棉窄裙，身段毕露准备给玩伴们大吃一惊时，宝贝极不高兴，反应过度贬她一通。宝贝变得好像妈妈，愈反对她愈异议。带头把玩伴很快卷入麦当娜旋风，决赛时各方媒体来拍。往后她看到有一支MTV，把她们如假包换的一群麦当娜跟街上官员竞选的宣传车，跟科拉松和平革命飞扬如旗海的黄丝带，交错剪接在一起。热火火圈子又结识另外一批人——她的男朋友们，宝贝愈漂愈远，偶一回眼，她会看到涟漪淡去的远处，宝贝用寂寞的眼神谴责她。

二十岁她不想再玩，女王蜂一般酷，赚钱。罗密欧·吉格利崛起，心仪庞贝古城壁画的意大利设计师，采用紧身裹缠线条发挥复古情怀。米亚将鬈发中分拢后盘起，露出鼻子、额头、肩头和鹅弧颈项，宛如山林女神复生。她遇见老段。

宝贝约她出来长谈。因为听说她跟人同居，竟然想劝服她离开那个已婚男人。她傲慢拒绝，把忠言全部当成是宝贝自己的私心。宝贝对她如死谏，她冷冷像看一个心机已暴露无遗却浑然不觉的拙劣角色在扮演，充塞着宝贝一贯的香水气味，AMOUR AMOUR，爱情爱情，好陈腐的气味，随时令她记起这天下午呆滞出汗的窗树，木棉花像橘红塑胶碗蹲满树枝。宝贝伤痛地哭起来，她闷怒离去。

不久她接到宝贝的结婚喜帖，签名是宝贝的字，帖里除印刷体外只字皆无。喜帖极普通不过，肥香冲鼻臭，陌生名字的新郎，廉价无质感的名字的新郎父母亲，宝贝用这种方式惩罚她。她很生气有人会如此作践自己，不去参加宝贝的婚礼。

音讯断绝。来年法国大革命两百周年，闻知宝贝到荣总生产，她在永琦买好了红白蓝法国国旗色包装的革命糖打算探望宝贝，许多事情打岔便岔过去了，直到传闻宝贝离婚，开一家花店，女儿才三岁。

一九九二年冬装，帝政遗风仍兴。上披披风斗篷，下配紧身裤或长裤，或搭长及膝上的靴子。台湾没有穿长靴的气候，但可以修正腿与身体的比例，鹤势螂形。织上金线、格子、豹点图案的长裤成为冬季主题。她带着三年前买的革命糖去宝贝的花店，三年后革命糖已不再上市，因此升值为古董绝版品，稀珍之物。

花店，原来也卖吃的。宝贝坐在紫藤圆桶凳上的背影，妇人身材稳实，像一尊磐石。她蹑足进去从后面一把蒙住宝贝的眼睛，"this is rape"（这是抢劫）。她很早以前从色情录影带上看到的用来吓宝贝，日后变成她们之间亲密的招呼。宝贝闪脱开，半身藏在花柜侧，喜怒参半，嘴上就一直责怪不先通知，害她这样没有打扮，丑死了。这一刻米亚但愿自己显得老黯些，绝非岁月不惊的重逢。那么是不是她在店里等，让宝贝回家梳头换衣服，还是下次再来，宝贝选择约期再见，她们便也不提任何叙旧，如往日，向宝贝飞吻道别。

花店现在是她们女伴常常会聚的地盘，地段贵，巷内都是小门面精品店。米亚嗅见一家一家店，有些是颜色带来的，有些是布置和空间感，她穿过巷子像走经一遍世界古文明国。繁复香味的花店有若拜占庭刺绣，不时涌散一股茶和咖啡香，唤醒远古的手艺时代，乔伊管花店吃食，都是自家烘制的水果蛋糕、起司派、麦片饼干、花瓣布丁。

米亚正好有一笔进项，拿给宝贝投资店。宝贝占三分之一股，另外两个合伙人一是前夫，一是做陶朋友，他们都说不认识米亚，婉谢了她。被排拒，倒是高兴，在两人盈亏的感情天平上，她这端似乎补上了一丁点儿重量。

复古走到今年春天，愈趋淫晦。东方式的淫，反穿绣袄的淫，米亚已行之经年领先米兰和巴黎。她驻足于花店对面拉克华，窗景只有一件摩洛哥式长外衣，象牙色粗面生丝布与同色装潢跟灯光融成漠漠沙地，稀绝的颜色，是大马士革红织锦嵌满紫金线浮花，从折起的一角衣摆露出，宽敞袖筒中窥见。米亚闻见神秘麝香。

印度的麝香黄。紫绸掀开是麝黄里，藏青布吹起一截桃红衫，翡翠缎翻出石榴红。印度搏其神秘之淫，中国获其节制之淫，日本使一切定形下来的风格化之淫。

一面富丽堂皇复古，一面忏悔回归大自然。一九八九年秋冬拉克华推出豹纹帽，莫斯奇诺用豹纹绲边，法瑞综合数种动物花纹外套，老虎、斑马、长颈鹿、蛇皮。令人缅怀两百年前古英帝国，从殖民地进口的动物装饰品像野火烧遍欧洲大陆。

当然都是假皮纹。生态保护主义盛兴下，披挂真品不仅干犯众怒，也很落伍。不要做流行的奴隶，做你自己，莫斯奇诺名言。那是骗人的，米亚几乎可以看见莫斯奇诺在他的米兰工作室内对她顽黠眨眼说。

人造毛皮成为一九九〇年冬装新宠，几可乱真，又不违反保护动物条例。但是何苦乱真呢，岂非蠢气，不如赝品自我解嘲，倒更符合现代精神，一点机智一点可爱。布什夫人颈上一组三串售价仅一百五十美元的人造珠，尚且于一九八九年冬末掀起佩戴珍珠项链的热潮。米亚的一九九一年反皮草秀，染红染绿假皮毛及其变奏，俏达又蜚兴。

环保意识自一九九〇年春始，海滨浅色调，沙漠柔淡感。无彩色系和明灰色调，不同于二十世纪八十年代中性色的蛋壳白、珍珠灰、牡蛎黑、象牙黄、贝壳青。自然即美，米亚丢掉清楚分明的眼线液和眼线笔，眼影已非化妆重点。凸显特色，而不修饰脸形，颧骨高低何妨，腮红遁走。杏仁色、奶茶色，光暗比例消失，疆界泯灭，清而透。粉底，二十世纪九十年代的梨子色更移了八十年代的橄榄肤色。

老段使米亚沉静，她日渐已脱离夸张的女王蜂时期。合乎环保自然逻辑，微垂的胸部和若即若离的腰部线条，据称才是真正性感。

再度单身，宝贝每个星期六去前夫家接女儿出来共度周末，花店晚上八点半打烊，留一盏铜烛台点着靛蓝蜡烛。有时和米亚一起吃夜宵，有时到米亚家喝她新配方的药草茶，把老段丢在一角听音乐，她们有讲不完的悄悄话，老段着实插不进。宝贝的女儿是天蝎座，尾后带钩的，难缠。她们三人出游时，宝贝开车，她抱着小天蝎坐在旁边，或在后座玩，宝贝从后视镜看着她跟女儿。米亚预见，宝贝终将选择这样的生活方式度过。

克丽丝汀自许是睡衣派女人、一直坚拒穿任何制服的顽固分子，例如女强人的三件头套装。憎恶颈部受到领子任何一点压力，她们穿法国式的最爱，直筒长 T 恤连衣裙。无领，V 字领，船形领，细肩带针织棉衫，镶一圈米碎花边。

婉玉便是可怜的行动派女人，擅于实现别人的梦想，老公情人儿子的，为了自我牺牲抑或为了不让他人失望，忙碌不已。她们甚同情婉玉，行动派女人，留给自己一些空白吧，大哭一场也好，疯狂购物也好，或只是坐着发呆，都好。

米亚却恐怕是个巫女。她养满一屋子干燥花草，像药坊。老段往往错觉他跟一位中世纪伴侣在一起。她的浴室遍植君子兰、非洲堇、观赏凤梨、孔雀椰子，和各类叫不出名字的绿蔌，还放了毒艳夺目的百十种浴盐、浴油、香皂、沐浴精，仿若魔液炼制室。所有起因不过是米亚偶然很渴望把荷兰玫瑰的娇粉红和香味永恒留住，不让盛开，她就从瓶里取出，扎成一束倒悬在窗楣通风处，为那日日退暗的颜色感到无奈。当时她才闹翻搬离大姊家，逃开大姊职业妇女双薪家庭生活和妈妈的监束，脱网金鱼，马上面临大海觅食的胁迫感，抓狂赚钱。碰到有些场合拮据玩不起时，她会摆出玩够了不想再玩看破红尘的酷模样，超然说她要回家睡觉了。的确她也努力经营自己的小窝，便在这段日子与那束风干玫瑰建立起患难情结。

她目睹花香日渐枯淡，色泽深深黯去，最后它们已转变为另外一种事物，宿命，但还是有机会，引起她的好奇心。再挂上一丛满天星做观察，然后一捧矢车菊、锦葵、猫薄荷，这样开始了各类实验。

老段初次来她家坐时，桌子尚无，茶、咖啡皆无，唯有五个出色的大垫子扔在房间的地上，几捆草花错落吊在窗边，一陶钵黄玫瑰干瓣，一藤盘皱干柠檬皮、橙子皮、小金橘皮。他们席地而坐，两杯百分之百橙汁，老段一手拿着洗净的味全酸酪盒杯当烟灰缸，抽烟讲话。

问她垫子是否在三处不同的地方买的，米亚惊讶地说是。那两个蜡染的是一处，那两个郁金香图案进口印花布的是一处，这个绣着大象镶钉小圆镜片的是印度货，还有这两只马克杯颇后现代。米亚真高兴她费心选回的家当都被辨识出来，心想要买一个好的烟灰缸放在家里。次日她也很高兴，她的屋子是如此吃喝坐卧界限模糊，所以就那么顺水推舟地把他们推入缠绵。

老段把苏联红星表忘在她家，隔日来取表，仍然忘，又来，又忘。男女三日夜，废耕废织，米亚差点把一场先施的亚曼尼秋装展示耽误掉。不是办法，都说分手得好，红星表送给她做纪念，他也得恢复工作。

米亚屋里溢满百香果又酸又甜的蜜味，像金红色火山岩浆溢出窗缝、门缝，从阳台电梯流泻直下灌满公寓楼。为了等老段可能会来的电话，她整天吃掉一篓百香果，用勺子挖，一勺一勺放进嘴里，至晚上酸液快把钢匙和她的手指、牙齿溃蚀了，才停止，蒙头大睡。大大小小的百香果空壳弄干净铺在阳台上风晒，又叫罗汉果，似一台罗汉头，米亚非常懊丧。早晨她提了背包离家，决心不理拍广告的通告，因此失业也算了。她只是不要傻瓜一样等电话，变成一米软虫啮咀苦果。

她买了票随便登上一列火车，随便去哪里。出总站，铁道两边街容之丑旧令她骇然，她从未经过这个角度来看台北市，愈往南走，陌生直如异国，树景皆非她惯见。票是台中，下车。逛到黄昏跳上一部公路局车，满厢乘客钻进来她一名外星人。车往一个叫太平乡的方向，愈走天愈暗，刮来奇香，好荒凉的地方。她跑下车过马路找到站牌，等回程车，已等不及要回去那个声色犬马的家。离城独处，她会失根而萎。当她在国光号里一觉醒来望见雪亮花房般大窗景的新光百货，连着塞满骑楼底下的服饰摊，转出中山北路，樟树槭树荫隙里各种明度灯色的商店，上桥，空中大霓虹墙，米亚如鱼得水又活回来了。

去找袁氏兄弟。袁爸爸开一家钢琴吧，设在大楼地下室，规定不准立招牌，他们便雇一辆小卡车布置为招牌每晚停到楼前面。钉满霓管的广告牌，银红底奔放射出三团流金字，谜中谜。大袁衰运服兵役去，小袁见她来，兴奋教她一种玩法，将接进大楼的霓管电源切掉插上自备电瓶，叫她上车，兜风，驾着火树银花风驰过高架路，绕经东门府前大道中正纪念堂回来。米亚得意给小袁看她腕上的红星表，摘下借小袁戴几天。

这才是她的乡土。台北、米兰、巴黎、伦敦、东京、纽约结成的城市联邦，她生活之中，习其礼俗，游其技艺，润其风华，成其大器。

面临女性化，三宅一生改变他向来的立体剪裁，转移在布料发挥。用压纹来处理雪纺和丝，使料子显出与原质完全相反的硬感，柔中现刚，带着视觉冒险意味。鳍纹、贝壳纹、台风草纹、棕榈叶直纹，以压纹后自然产生的立体效果来取代立体剪裁，再以交叉缝接，未来感十足，仍是他的任性和奇葩。

首尔奥运全球转播时，圣罗兰和维瑟斯皆不讳言，花蝴蝶葛瑞菲丝的中空、蕾丝紧身裤，可让手脚大幅度摆作方便运动的剪裁法，已出现在他们外出服宴会服的设计中。

米亚年幼期看过电视上查理王子和戴安娜王妃的世纪婚礼，戴妃发人人效剪。这次童话故事没有完，继续说，可哀啊。

老段又来看米亚。米亚快乐冲向前去抱住他的脖子，使他措手不及踉跄跌笑。敞着房门的电梯通道上，米亚像小猴子牢牢攀吊在母猴身上再不下来似的，老段只好赶快拖抱回房，对她的热情有些窘迫不会应付。米亚很爱使力抱起他，看能不能把他抱离地面一寸，不然双足踩在他脚背上，两人环抱着绕屋里走一圈。这些都使老段甚感羞拙，是情人，稚龄也够做他女儿。

等她出嫁的时候，老段说，他的金卡给她任意签，倾家荡产签光。米亚静静听，没有说什么。隔天老段急忙修正，不应该说嫁不嫁人的话，此念萌生，灾况发生时，就会变成致命的弱点、阿喀琉斯的脚踝，因为米亚是他的。隔不久老段又修正，他的年龄他会比较早死，后半生她怎么办，所以，听天由命吧。米亚低眉垂目慈颜听，像老段是在小儿般胡语。

正如秋装注定以继夏装，热情也会消退，温淡似玉。米亚从干燥花一路观察追踪，到制作药草茶、沐浴配备，到压花、手制纸，全部无非是发展她对嗅觉的依赖和绝望地为保留下花的鲜艳颜色。

老段他们公司伉俪档去公园森林浴回来，捡给她一袋松果松针杉瓣。她用两茶匙肉桂粉、半匙丁香、桂花、两滴熏衣草油、松油、柠檬油，松果绒翼里加涂一层松油，与尤加利叶、扁柏、玫瑰花叶、天竺葵叶混拌后，缀上晒干的辣红朝天椒、荆果、日日红，铺置于原木色槽盆里，圣诞节庆风味的香钵，放在老段的工作室。

最近我们重新用洗石子做转角细部处理，过去都是洗寒水石，现在希望洗三分的宜兰石，让老一辈的技术能够有一个新视野，也是解决瓷砖工短缺的办法。丁克一族与单身贵族的住宅案，老段想帮米亚订一间。但米亚喜欢自己这间顶楼有铁皮篷阳台的屋子，她可以晒花、晒草叶和水果皮。罩着蓝染素衣靠墙栏观测天象，旷风吹开翻起朱红布里。

她比老段的大儿子大两岁。二儿子维维她见过，像母亲。城市天际线上堆出的云堡告诉她，她会看到维维的孩子成家立业生出下一代，而老段也许看不到。因此她必须独立于感情之外，从现在就开始练习。

将废纸撕碎泡在水里，待胶质分离后，纸片投入果汁机，糨糊和水一起打成糊状，平摊滤网上压干，放到白棉布间，外面加报纸木板用擀面棒擀净，重物压置数小时，取出滤网，拿熨斗隔着棉布低温整烫一遍。一星期前米亚制出了她的第一张纸笺，即可书写，不欲墨水渗透，涂层明矾水。这星期她把紫红玫瑰花瓣一起加入果汁机打，制出第三张纸。

云堡拆散，露出埃及蓝湖泊。萝丝玛丽，迷迭香。

年老色衰，米亚有好手艺足以养活自己。湖泊幽辽无底洞之蓝告诉她，有一天男人用理论与制度建立起的世界会倒塌，她将以嗅觉和颜色的记忆存活，从这里并予之重建。

——一九九○年四月十八日写完

原载台湾《中国时报》，一九九○年五月八、九日

【导读】

朱天文，祖籍山东省临朐县，一九五六年生。淡江大学英文系毕业。高一时即开始写作，小说与散文均擅长。曾任编辑，主编《三三集刊》《三三杂志》，并任三三书坊发行人，现专事写作。她是一位跨越各个时代且写作风格多变的小说家与散文家。二十世纪八十年代与导演侯孝贤合作，开始写作电影剧本。其小说极具时代感，能将平淡自然的情感写得迷离诱人。无论是《小毕的故事》《童年往事》里对生命情感的摹写，还是《荒人手记》里衍述行色的庞大社会符码，她始终以早老的智虑冷静地透视着万千世界那脆弱易朽的本质。她不是一个耽溺在桃花源的寻梦者，更贴切地说，她应该是一个知晓桃花源"在即不在"秘密的生命漫游者。

"那年头"米亚和她的朋友们在二十世纪八十年代的性别藩篱里，恣意跨越所有界线。因着无端的自信，她们可以崇拜物质，并任

由青春挥洒出各个独特绚烂的自我世界。流行的中性追寻他们的身影，作为他们毫不羞怯的身体、不羁的狂傲和游戏爱情的背景。二十世纪九十年代，身处世纪末即青春末的米亚及朋友们，在复古与假毛皮的流行里回归自然、以性别藩篱掩护快乐的掠取。爱情是无性的装饰，身体凋敝，只留一方由嗅觉和视觉创造的华丽感官世界继续存活。

朱天文假去而复返、性别分合的时尚变化，写世纪末炫目繁复的景观。用恋物写青春与衰老，写生命的绝望与感官的救赎。二十世纪末是一个界线消失、价值崩毁、激情泯灭的时代，信念与青春一起退场，风格和独特被复制与拟仿取代，对抗、追逐转成回归、固守。干燥褪色的花朵隐喻着青春激情过后的内敛风华，这不再有永恒、纯粹价值的世界，沉重无感的生命与不再严肃的轻质物事，需要华丽来繁盛感官，用以抵御生命的绝望和自我的崩毁。

色色流衍、拼贴、变换的华丽物质，正映照出心灵的空无与情感的幻灭。《炎夏之都》里那个生活在夜兽盘踞的后现代荒蛮空城的吕聪智，所想起过去爱人说的那个"有身体好好"的时代，看来只有米亚的嗅觉与颜色记忆得以重建。

——许琇祯撰文

预知死亡纪事

朱天心

> 正西风落叶下长安，飞鸣镝。多少事，
> 从来急；天地转，光阴迫。一万年太久，
> 只争朝夕！

　　一位毛姓之人，数十年前写下此词，随后他如愿做了天地翻转之事。这里并无意议论他的功过，只打算借用此诗来为即将登场的这一群人助阵。

　　的确，一万年太久，只争朝夕。

　　这群人们，我简直不知该如何介绍，甚至如何称呼他们，女士或先生？因为其中包括科学家刚发现的、某对染色体异于常人的第三性人，他们既难以用道德或尚不怎么独立的司法来区分（好人或坏人），也难以用年纪、经济、信仰、职业、血型、星座、健康状态，甚至用省籍或身属哪个政党来区隔并解释。

　　他们是如此散落在人海，从你每天上下班的敦化北路办公大楼，到新开张不久的台大医院精神科门诊，他可能是你少年时所崇拜追随的那个宗教界或哲学界的智者，也可能是——你结婚已十年的妻子，我不知道她有没有告诉过你，当你夜深睡梦中突然中止鼾声时，再冷的天，她也会天人交战地把手从温暖的被窝中抽出来，为求放心地探

探你是否一息尚存。

他们这群人，一言蔽之，是一群日日与死亡为伍的人。

日日与死亡为伍的人——我希望你不会误会我想向你介绍的是一群开 F104 战斗机或某型民航客机的驾驶员，他们不是急诊室医生，不是要犯或警察，不是飙车手，不是清洁员，不是多年的慢性病患者，不是特技演员，不是殡仪馆化妆师及相关从业人员……不是，不是。

老灵魂

是的，不如说，他们较接近西方占星家所谓的"老灵魂"，意指那些历经几世轮回，但不知怎么忘了喝中国的孟婆汤，或漏了被犹太法典中的天使摸头，或希腊神话中的遗忘之河对之不发生效用的灵魂们，他们通常因此较他人累积了几世的智慧经验（当然，也包括死亡与痛苦）。他们这些老灵魂，一定有过死亡的记忆，不然如何会对死亡如此知之甚详，心生恐惧与焦虑。

我真希望你和我一样有过机会，活生生剥开一套华服，检视其下赤裸裸的（不是躯体）灵魂或心灵，他可能是同机邻座缘悭数小时的某小公司负责人，也可能是你的妻子、母亲，那些熟悉得早让你失了好奇和兴趣的亲人好友。

他们共同的特色是，简直难以找到共通点，但起码看来大多健康正常。因此，请你好好把握一生中可能仅现一次的神秘时刻，其隐晦难察如某仲冬之际南太平洋深海底两头抹香鲸之交配，彼时日在摩羯，鱼族指证历历。

然而老灵魂吐露出的秘密可能令人大吃一惊，也可能令你当场喷饭。

那回同机邻座的男人不就既郑重又难掩难堪地交给你一张折好的白纸吗？上书他在地上的家的地址及联络人名，礼貌的措辞说若事情过去，麻烦你将此字条帮他寄达。

我但愿粗神经的你当场没问到底是什么意思，为什么会把他的遗书（没想到你这么聪明）托给你这个陌生人，你且好奇起来，难道他有什么强烈的不祥预感，或难不成他竟打算劫机。

其实只要你够细心的话，你该已注意到自飞机起飞后就没松过安全带，几十次看空中小姐示范紧急逃生之经验，愈看愈慌，自然那封遗书（可能一式好几封，有的在他的随身行李箱中，衬衫口袋有一封，护照皮夹中一封，甚至鞋或袜中一封，以防爆炸后尸块散落各处）很可能是在一阵晴空乱流后，或一次空中小姐较为殷勤的含笑垂询之下（以至于让他十分确定她是为了来安抚乘客、好让机长专心处理正在发生的劫机或拆卸炸弹等状况）写就的，或其实此事甚至已变成他搭机时的例行公事，数十年如一日，那书信的内容已从第一次临表涕零，演变成填写入境申请表一样的公式化：动产、不动产各有多少，烦琐得如何如何分配，P.S. 哪里还藏有一块畸零地或几张股票或一名私生子。

我也有幸听一名老灵魂告诉我关于死亡的事，是我怀孕六个月的新婚刚满月的妻子（她也有睡梦中探我鼻息的习惯），她因此不再上班了，每天早上略带愁容地送我出大门，我以为她有妊娠忧郁症或不习惯一人独处家庭生活，我触触她的脸表示鼓励，说："我走了。"她闻言马上面色惨淡，眼泪汪汪弄湿了我的西装前襟。

她肚子大到难以再做爱的夜晚，我们手牵手躺在黑暗的床上仿佛在寂静的石炭纪时代的深海床底，她告诉我不喜欢听我每天出门前说的"我走了"那句话，以及我说那句话时的神情，她都在记下这是最后一面，是最后的谶语。接下来的那一整天，她通常什么家事都不做，拿着报纸守在电话机旁，为了等那电话一响，好证实一切尘埃落定，我粗神经地忍不住奇怪发问："什么叫尘埃落定？"

妻说："我已经想好了，哪家医院，或交通大队的警察，然后我一定回答他们请去找谁谁谁处理（她意指我大姊），我不要去太平间或现场看你躺在路边，我只要记得你告诉我那最后一句话和摸我脸时的那个神情就好。"

我当然觉得有些毛骨悚然，但也没因此更爱她。

寻常的塞车途中，她指指对街不远处的一长列围墙，说是她以前念过的小学，我表示记得十几年前她家住在这附近，她点点头说："那时候没有这些大楼的。"她手凌空一挥，抹掉小学旁那些连绵数幢、奶茶色、只租不卖的国泰建设大楼："我一年级的教室在二楼，一下课连厕所都不上，天天站在走廊看我们家，看得到。"

我捏捏她的手，表示也宠爱那个她记忆中想家想妈妈的可怜一年级小女孩。"怕家里失火，我们家是平房，从学校二楼可以看得很清楚。"

你建议我带她去看心理医生或精神科，或找个法师神父谈谈。

并非出于她是我的妻子，因此我必须护卫她，我只是想替大部分的老灵魂说些公道话（尽管我的立场想法与他们大异其趣，大多时候，我喜欢你称我为不可知论者，但实际上我可能更接近只承认地上生活不承认死后有灵的伊壁鸠鲁信徒）。

老灵魂中鲜有怕死之辈，也并非妄想贪图较常人晚死，他们困惑不已或恐惧焦虑的是：不知死亡什么时候会来？以哪样一种方式（这次）？因为对他们而言，死亡是如此不可预期、不可避免。

死得其时 · 查拉图斯特拉如是说

比起你我，老灵魂对死亡其实是非常世故的，他们通常从幼年期就已充分理解自己正在迈向死亡，过一天就少一天，事实上，每一天都处在死亡之中，直到真正死的那一刻，才算完成了整个死亡的过程。

这种体会听来了无新意，尽管人之必死是一种永存的现实，但同样对于我们不得不死这一命题，我们却并不总是有意识的，例如你，视老灵魂为精神病或某种症候群的正常人，你可曾有过此种经验，望着五六十岁的父母亲，努力压抑着想问他们的冲动："为何你们还敢、还能活下去？"尽管他们的身体可能很好，但对老灵魂而言，那年纪距离无疾而终的生命尽头至多不过二十几年，当你知道二十几年后就必须一死，跟你今天听医生宣布自己得了绝症，只能再活三个月，在意义上殊无不同。

尽管老灵魂视死如归，但由于死亡到底会在哪一刻发生，是如此令人终日悬念、好奇超过一切的宇宙大秘密，令他们其中很多人不由得想干脆采取主动的态度，来揭示、主控这个秘密的发生时刻，因此对老灵魂来说，选择死亡这一件事，便充满了无限的诱惑力。

我之所以用选择死亡这四个字，而不用我们通称的"自杀"，是因为后者已习惯被与懦弱、羞愧、残生、畏罪等词语连接，我们的老灵魂哪里是此辈中人，他们不是厌世，不是弃世，他们只是如此地被"可以主动选择死亡时刻"所强烈吸引，从某种意义上来说，他们有些斯多葛学派（Stoic）的味道，他们之所以能肯定生命，是因为能肯定死亡，所以若有所谓标榜的话，他们标榜的"自杀"方式是推荐给那些征服了人生、既能生又能死且能在生死之间做自由抉择的人，而不是给那些被人生所征服的人的。

是的，在老灵魂看来，唯有能在生死之间做抉择的那种自由，才是真正的大自由，我们通常以为，在一生中凭一己之力加好运坏运所得的种种结果，例如娶数个美女或一个恶妻、无壳蜗牛或富贵如监委大金牛、周末塞车去八仙乐园玩或飞去东京购物、超市里买匈牙利果汁或印度尼西亚姜糖、书店里浏览各国报纸的头题或为儿子买新出炉的《脑筋急转弯》等种种你以为的选择自由，老灵魂无论如何认为这样一个号称日趋多元的时代，实在只是有如人家（资本主义、国家机器……）出好的一张选择题考卷罢了，你可以不选 A、不选 B，也不选 C 和 D，总得选"E 以上皆非"吧，老灵魂渴望并好奇的是根本不做考卷。

别说你对此种老灵魂所谓的真正大自由觉得不可思议，也别礼貌地说你很羡慕做那种选择所需的勇气（老灵魂也认为反复数十年老实地做同样一张考卷，也需要非常的勇气），我再次强调，对老灵魂而言，死亡是一种权利，而非义务（尽管你我当中也有一些人基于卫生的缘故，已说服自己把死亡当作人生的目标，并视那些处处逃避死亡的人是不健康不正常的）。

别假装你对此闻所未闻，一无经验，你记不记得，有次你十九楼办公室的帷幕玻璃大窗出了问题，几名工人打开玻璃修理，你感到十分新奇地趋前吹风，没有任何屏障从这城市四面八方汇来的风在催眠你似的，你望着脚下的世界，人车如蚁。少年时代读过的诗句不知为何此刻回来觅你——你要记得，昨晚月轮圆满，你在深林之中，她的光辉没有伤害你——你几乎无法抑制自己向前跨步，渴望知道一秒钟后就可解开的宇宙大秘密。

只要跨前一步，只要一秒钟，如此轻易可得。

你历经了一次前所未有的诱惑，对不对？

纯纯粹粹的诱惑，因为当时你并不在垂危中，不在失意中，你甚至刚被升为董事长的特别助理，你与同居女友的感情也保持得正好——

你说那一定是高楼症候群？！如同东京流行了一段时间的超高层症候群，其症状是气喘、心跳、不安、不顾一切想往下跳（多么相同于我们得过的恋爱症）。

那再想想有一年夏天你在垦丁的龙坑临海大断崖，什么我记错了？！是夏威夷那个有上升气流的海崖，你不也差点被几十米下暗暗涌动的深蓝色海洋所吸引，那海浪一波一波拍打崖石的声音是如此遥远而清晰，勾起你在母亲子宫时的温暖记忆甚至更遥远的记忆，你并没有宗教信仰，但是那刻决定采用并好想念人类的古母亲夏娃……

结果是，你被导游喝住，只几颗并非出于忧伤的泪水先你一步落入你渴想投身之处。

不要羞怯。——没有在适当的时候生，如何能在适当的时候死？便宁愿不生到世上来吧。查拉图斯特拉如是说。

想想看，在你视为如此不可思议、如此失控、一生里可能一次都未曾出现过的事，却日日、时时、刻刻诱惑着老灵魂们，"正常"的你我，能不好奇他们到底是如何处理或对抗此种诱惑的？

我的妻子这样回答："她们放下绣针、梭子、纺锤，拿起灵芝和木偶，学做女巫，预言休咎。"

流水今日·明月前身

老灵魂交相传说上帝创造宇宙大约在春季，彼时太阳在白羊宫，爱神金星和双鱼星座早出东方。

除此之外，他们自信满满宣扬他们预言休咎之能力，对此，我尚在审慎评估中，但可以确定的是，预感、预知死亡时刻的来临的能力，确实是暂未选择死亡的老灵魂，用以抗拒或排遣其诱惑力的种种妥协方式中最佳的一种（其他较无可奈何的如佛家所谓不舍尘世的爱别离苦，或尚汲汲迷于研究哪一种死法较佳）。

老灵魂自信他们预知死亡时刻的能力起自出生，也许你，或医生护士们，甚至他们的母亲，都无法分辨出老灵魂呱呱落地时的大哭与其他婴儿何异，寻常婴儿的大哭，是为了借以大口呼吸氧气；其中较早熟、悲观的，也有是因为舍不得离开温暖安全住惯了的娘胎；但老灵魂不同，他们哭得比谁都凶，只因为实在太过于震惊：怎么又被生到这世上了?!

尽管这听来颇为玄异，理论上却是合乎逻辑的，实在是因为自他们成人以来，于今十劫，累积过往一切的经验和宿命，使他们几乎可以肯定，什么时候又要发生什么样的事了。

然而这种将会终生追缉他们的能力，对大部分的老灵魂而言并非全然是乐事，除非他以此为业，因此经常必须和人生的阴暗和死亡那一面迭有接触，比如做个艺术家、预言家、先知、启蒙大师或灵媒。

我所知道的就大多都是不属于前述的普通人，这些老灵魂，同时在战战兢兢和近乎打哈欠似的百无聊赖中（连死都不怕了！）度日，往往规律得与某位近东哲人的心得不谋而合：入睡时请记得死亡这一件事，醒来时勿忘记生亦并不长久。

因为他们是如此深知，死亡的造访在这一世生命中只有一次，所以应当为它的来临做准备。

我的妻子，如她所言，放下家私，拿起灵芝和木偶，学做女巫，预言休咎。

她钟爱照养室内观叶植物，从单身时就如此，家中不能放的地方也都放了，如厨房料理台的炉台旁。

她花很多时间悉心料理它们，一旦发现其中有任何一棵有萎寂之意，她顿时不再为它浇水治疗，但每天花加倍的时间注视它，目睹它一天一天死去，屡屡让我感到奇怪地自言自语："没想到它真的要死。"

起初，我以为她是出于物竞天择适者生存的观点而淘汰它，因此提醒她那是因为她不再为它浇水的缘故。她并不为所动，依然每天不浇水，但关心地观察它，直到它正式完全地枯萎，她仍然觉得无法置信，有些寂寞地对我说："没想到它要死，谁都没有办法。"

她竟以此态度对待她的婴儿，我们的孩子。

他在未满月内被来访的亲友们传染上了流行性感冒，有轻微的咳嗽和发烧，访客中一名医生身份的当场替他诊断，并嘱咐我们如何照料。

没几天，我发现我的妻子竟然以对待植物的态度对他，她袒露着胸脯，抱着哭号却不肯吃奶的小动物，干干地望着我："事情都是这个样子的，谁都没有办法。"

我瞬间被她传染，相信她做母亲的直觉，恐惧不已地以为他其实得了百日咳或猩红热，就要死掉了。

有一阵子，我跟你一样，相信她是得了产后忧郁症。

但是，我们又恢复可以做爱，而且做得很好很快乐的那一次，事后她面墙哭了不知多久，等我发现时她的眼泪已经流干。无论如何，她都不肯告诉我原因。

我擅自以了解老灵魂的思路去猜测，她一定把刚刚那一幕一幕甜蜜、狂野的画面，视作是马上就要发生在她或我身上的死亡，和死亡前飞逝过脑海里恒河沙数的画面之一，像电影《唐人街》里杰克·尼科尔森在被枪击死前所闪过脑际的画面。

我发现他们终生在等待死讯，自己的，别人的，吃奶的，白发的，等待的年日，如日影偏斜，如草木枯干，他们非要等到得知死讯的那一刻，才能暂时放下悬念，得到解脱……至于有没有悲伤？那当然有，只不过是后来的事。

但其实老灵魂自信并自苦的预知死亡能力，一生中、一日中虽然发生好多次，但其中鲜少应验的（当然偶尔死亡曾经擦肩而过），老灵魂对此的解释是——由于他们窥破了天机，因此那个主管命运的（三女神？上帝？造化小儿？）只好重新掷了骰子。

别因此全盘否定老灵魂的预感能力，或视之为无稽，不然你如何去解释也曾在你身上灵光乍现过的一次经验？

……你预官刚考完、还没开学的假期，你们一群男女同学跑到溪头玩，半夜喝高粱酒取暖以便外出夜游，你穿着滑雪夹克、牛仔裤、耐克球鞋，随身听里放的是，嗯，一九八四年，应该是 *Saving all My Love for You*。总之，那样的情调，如何足以使你一见到夜空的松树树影打了一个冷战，努力想留住并细细追忆流星一样一闪即逝的星路，你是在黑松林里披星戴月疾步赶路的行者某，将这小舟撑，兰棹举，蓑笠为活计，一任他紫朝服，我不愿画堂居，往来交游，逍遥散诞，几年无事傍江湖……是宋朝。

你说那次是因为酒精作祟，你说你根本不信有什么前生、今生、来生，也全无兴趣。你说再不马上找个具体的老灵魂给你认识（除了我的妻子，你极力礼貌婉转地说，她一定有某种神经衰弱之类的疾病），你拒绝再听我的强作解人了！

抱歉，关于这一点，我只能给你一点点的线索和提示，因为老灵魂仿佛海洋老人 Nereus，居住在爱琴海底，能预言，能随意变形，常常变作海豚，也曾经变成你上班常同电梯的那名律师似的男人，三件套西装，提一个 Bally 公文包，电梯停在 4 或 6（撒旦的数字）或 13楼或属于他私人不祥的数字时，他已在心中招呼遍各路宗教的真主们：他刷牙时仔细不让刷的次数停在不吉的数字上；他憎恶在星期五必须出远门；看电影或任何演出，座位若被划到 13 排或 13 号，他会花一半的观影时间一再确定安全门的位置。

禁忌？……是的。这确是他们与死亡之间所呈紧张状态的安全阀。

但其实老灵魂通常长寿，也许由于异乎常人的警觉使他们易于察觉并躲过灾难，更也许因为猜测死亡时刻的好奇心，强烈到胜过一切生之欲望，并得以支撑他活得比别人长久。

至于你所不信的前世、今生、来生，老灵魂与你颇为一致地对之并无兴趣，所以，可能超乎你想象的，他们之中鲜有修来生者。

天起凉风 · 日影飞去

在宗教的所有起源中，以最高的终极的生命危机——死亡——为最重要。

死亡是进入另一个世界的大门。

根据大多数的早期宗教理论，虽不是全部，至少有大部分的宗教启示，一直都源自死亡。

人必须在死亡阴影下度其一生，他紧握着生命，享受生命的满足，一定愈发感到生命告终的可怕威胁。

面临死亡的人对生命恋恋不舍。死亡和拒绝死亡（长生），常常形成人类预感最强烈的一个主题，时至今日，依然如此。

人在生命历程之中，纵横驰骋，在快要走到尽头的时候，无数的酸甜苦辣的经验，浓缩为一个危机，爆发为猛烈的、复杂的宗教表现。

——人类学家们为我们如此娓娓解释着。

其温柔、其坚定，有若佛为有病众生说世间一切难信之法。

精神分析大师荣格不是也给过我们如下的建议：相信宗教的来生之说，是最合乎心理卫生的。

因为，假设当你住在一间你知道两个星期后便会倒塌的房子里时，你的一切重要机能一定会受此观念的影响而招致破坏。

"你脑海中有关上帝的影像，或你对不朽的观念已经消失，所以你的心理的新陈代谢功能失常了。"大师甚至如此清楚警告过他的病人。

彼佛国土，微风吹动诸宝行树及宝罗网，出微妙音……

很不幸，在死后精神永生的得救信仰已存在于大多数寻常人们的脑里之同时，老灵魂们却颇缺乏此种自卫本能，原因可能再简单不过，只因为其他人所需要的信仰和仪式，无非是根植于如此的希望（可能有另一个来世，不比今生差，有可能会更好），可说是另一种形式的肉体和生命的延长（尽管比生育后代和捐赠器官更渺茫）。

所以，这些岂是我们的老灵魂所计较和在意的，对此，他们体会感触甚深，无论是举行最后审判的耶路撒冷的 Josafat 谷，或那南方世界有日月灯佛……在他们看来全无异于《法华经》里所说的：一百八十劫，空过无有佛。

他们甚至轻忽他人的和自己的丧礼祭典，并非出于憎恶死尸和畏惧鬼魂（有人类学者宣称，此二者甚而构成所有宗教信仰和宗教实务的核心），实在是这些仪式所蕴含的两种相互矛盾的意义（活人既想与逝者保持联系，又想与之断绝关系），较之他们日日与死神所做的俄罗斯轮盘游戏，显然没有任何挑战性和吸引力了。

天起凉风，日影飞去，我要往没药山和乳香岗去。

于是他们之中有些人，花大部分的时间在翻阅一些羊皮纸的古籍，依照书上的方法搜集生命的元素，以致智慧有若胜过万人的所罗门，作箴言三千句，诗歌一千零五首，讲论草木，自黎巴嫩的香柏树直到墙上长的牛膝草，自伯夷叔齐的饿死首阳山，到介之推抱木燔死。子胥沉江，比干剖心，尾生与女子期于梁下，女子不来，水至不去，尾生抱梁柱而死。

其他的老灵魂，因为必须不断地猜测死亡时刻和辨别死神的行踪气味，使得他们也变成博闻强记、深情于既往之人。

我认识的一名老灵魂，他工作室的对街是一家数年前运钞车被劫过的银行，每天下午三点以后，工作再忙，他都会不自觉地注意并在脑里记下该银行前异常停泊（除中兴保全车外）的所有车辆牌照号码，其中几辆他当时直觉坚信有嫌疑的，那些号码比他自己的身份证号都还要常浮现心头再也无法抹去。他且十分留心可能搬运金钞的那个时刻，留神挑选一个不贴窗的安全位置勤加窥视，以防枪战一旦发生遭流弹射中。

另一位不属于记忆数字的老灵魂，每每无法抑制自己地记下一大堆行色匆匆的路人，她认为与他们错身而过时老嗅到死神的蝙蝠味儿，于是她努力记下那人的身高、体重、脸孔、年纪，甚至衣着，以便日后哪一桩案发时，她可出面做证某日某刻某地她曾目睹该名凶嫌慌忙离开现场。

我的确相信她的预感和记忆能力，若有一天市刑警大队愿意让她观看前科犯的记录，我保证有几十名她可清楚指认出来。

你不也有过类似经验？有次要去哪里在路边招计程车招好久半辆也没有，也许是那城市大楼间的寻常小型旋风当头冷水似的灌下（人怕高处，路上有惊慌），你感到头皮嘴唇一麻，赶快跳离你原来所站之地（蚱蜢成为重担，人所愿的也都废掉），你一心一意惊恐来不来得及躲开自身后大楼所落下的人体，不管那是出于自杀还是谋杀（因为人归他永远的家，吊丧的在街上往来）——那个十二年前跳楼自杀的当红男明星、那个跳楼却正好压死一个夜间卖烧肉粽而自身得以幸免的……不相干的在报纸社会版上看来种种血肉淋漓的字眼儿（银链折断，金罐破裂），你发觉自己的脑子怎么那么无聊，储藏如此多你没半点儿意思要记下的事情，并同时心灵充满宁静地望向天空，放心地好奇着，打那儿连一片落叶或冷气机水滴都没有落下。

那一次，死神是如何拣选你又改变主意地放过你，我并不知道，但可以肯定的是，绝非基于对你此生所做善事或恶事多寡的考虑，它简直没有任何标准可言！

老灵魂尤其相信死神更像头野兽些，三不五时猛嗅你一阵，而后随它当时的食欲状态胡做决定，与你的肥瘦全没关系。

无常，是的，老灵魂对生死的无常感，与野蛮人（采用人类学中的用词）要相似得多。

"他们相信，像工作过劳、太阳晒晕、吃得太多、风吹雨淋这些小事故，固然会引起轻微、短暂的病痛，在战争中被矛击中、中毒、从岩顶或树上摔下来，也可能会使人伤残或死亡，但他们相信一切会夺人性命的事故或疾病，都是源自各式各样神通广大并难以解释的巫术。"此段大要文字，是人类学者马利诺夫斯基于世纪初为我们所描摹的特罗布里安岛土著（Trobrianders），多么同于我们老灵魂的想法，当然只要我们把其中的太阳晒晕、被矛射中、从树上掉下等替换成我们所熟知的精神和肉体上的所有文明病就几乎无二了。

你说这一切解释太过于形而上或简直迷信？

那么容我援引一段荣格谈心理学与文学的论述，并只更动其中"诗人"二字为"老灵魂"。

荣格说：因为我们对迷信与形而上学怀有戒心，因为我们企图建立一个由自然法则所维持，有如成文法统治下的共和国一般、秩序井然的意识世界，所以我们脱离遗弃了那个黑暗世界。然而，在我们之中的老灵魂，却不时瞥见了那些夜间世界的人物——幽灵、魔鬼与神祇。他深知，某种超越凡人理解范围之外的意志，乃是赐予人生秘密之来源，他能预知在天庭中可能发生的所有不可理解的事件。总之，他看到了那令野蛮人和生番们不寒而栗的心灵世界。

夜间飞行

在这个人人忙于立碑的时刻，在这个人人忙于立碑的城市，若也给我一个机会，我愿意为我所熟识的老灵魂立一尊时间老人的巨像。

巨像背向新店溪，面向太平洋盆地，好像太平洋是它的镜子一般。它的头是纯金做的，手臂和胸膛是银做的，肚子是铜做成的，其余都是由好铁做成的，只有一只右脚是泥土做的，但是在这个最弱的支点上，却担负了最大部分的重量。

在这巨像的各部分，除开那金做的，都已经有了裂缝，从这些裂缝流出的泪水，缓缓汇聚成一条长河、一条夜间飞行的路线。

同样一个城市，在老灵魂看来，往往呈现出的是完全不同的一幅图像。

——我说的不是那商品贩卖者所谓的纽约、伦敦、巴黎、米兰、东京诸城市。

——我说的不是那"唯一的真实的城市"，信者谓之天国之城，实乃在他们看来，世间的一切城市不过是他们旅行或被放逐之地。

——我说的也不是我们那尘土所造的古始祖老亚当所告诉但丁的地方：至于我在那高出海面的山顶，那时我的生活是纯洁的，而且没有失宠，我留在那里不过从第一时到第六时，彼时太阳移动圆周的四分之一。

——我说的当然就不是那未被海神封锁、未被地震毁灭、受永恒的和风吹拂、如同太古时代一样的伊甸乐园。

——我说的甚至不是真正的夜间，因为那个时候天鲤光与天阳光已融融交合。

同样一个城市，老灵魂所看到的图像往往是——

例如一名家住城南、工作地点在城北、必须天天通勤的老灵魂，清晨出门他所感觉到的并不是一阵清凉的微风，而是微风中又浪迹一夜的一个年轻疲乏的亡灵。他曾在某年的一个等车的早晨，目睹那人人车两地躺在马路当中，脚头焚着好心路人烧的纸钱，那人面色黑肿如瓜，身穿某高职的学生制服，霸道地舒展着四肢躺在路中央，以致来往车流因此必须被迫绕道而行。他临上车前，匆匆见到哭号奔跑而来的、可能是死者的姊姊和女友（前者敢抚摸死者，后者不敢）。好几年了，姊姊和女友早就结婚生子了吧，总之顶多每年忌日才会想起他，老灵魂天天与它打招呼，仿佛它是路边那常与他点头道早安的槟榔摊老板。

车流塞在南区的超级大瓶颈，他趁便与那各路过往的鬼魂们一一致意，仿佛是个灵媒，情感上更像是他们的家属代表。

其实没有一桩车祸是他亲眼看见的，甚至那个他最记挂的、肇事者逃之夭夭，死者的父亲因此终年在路口立木牌悬赏任何目击者提供线索的亡魂，死时十七岁（他记得好清楚，从报上报道得知），这几年长大了不少，不知为何不肯协助其父亲破案。

车子刚上高架桥，他的心情并没随眼前豁然开朗的城市景观而放晴，他看到那名在某个雨夜里被弃尸此处的女体，挣扎起来，形容惨淡、略为自己的狼狈感到难堪地望着他。他未减速地擦驰而过，险些又撞到她，"好可怜呀……"他每天都要如此对她这么说，同情未曾因时日久远而减退。

然后他全心全意收拢起精神，一来此段路他较缺乏亡灵们的资料，二来老忍不住沉思起那个老问题，奇怪死神到底以哪样一个准则和时间表来叩访、调侃人们。

通常在他思索并照例碰壁之前，就被那巍巍然的大饭店所完全吸引，那饭店十年前曾发生超级大火灾，一口气烧死和跳楼的有几十人，后来重建且更名继续营业，因此还记得此事的人怕没多少了。

由于亡灵过多，而且当时各报都大篇幅仔细报道，他被迫一一记得他们并且逐渐熟识，那一大半的亡灵，他肯定他们的妻子绝对已经他嫁并且成功地忘记他们，因为那次火灾烧死的几乎都是男性，其中一半还是对家人说因公出差，结果被发现与妓女或幽会女友一起烧死。

起初他觉得自己简直倒霉极了，而且也很恐怖，他们的老婆连清明节都不去给他们上坟了，而自己像他们的众儿孙似的，天天向他们有礼地致哀默祷，可是几年下来，事情发展得仿佛变成这样：他看到满满一幢楼的每一个窗口皆挤满了人，他们既悲伤又快乐甚至有人吹着尖亮的口哨向他猛招手，彩带、七彩色纸飞满天空，正像是一艘大邮轮即将开航时道别的场面，令他心情每每为之起落不已。

随后车过圆山基隆河，令他目眩不已的（每年十几辆）飞车争先恐后冲入河中，令他无暇顾及另外几十对正携子女跳河的年轻母亲。

更远一些，他清楚看到北淡线未拆时的那铁道桥上，一对谈心的男女不及躲避火车而被迫跳入河中，尸体奇怪地再没有被找到。

此处塞车渐渐严重后，他得以细细梳理一个个亡灵的故事，甚至及于桥下再春游泳池所纪念的那个三十年前，在金山海边舍己救人的小男孩。

——同样一个城市，在老灵魂看来，往往呈现完全不同的一幅图像。

老实说，我也不知为何在今日这种有规律、有计划的严密现代城市生活中，会给老灵魂一种置身旷野蛮荒之感，他们简直仿佛原始人在原始社会，随时随地都可能、容易受到各种意外巧合的袭击，并因此遭遇死亡。他们像原始人似的必须天天面对充满数不尽的恶作剧力量的世界，除了前违的主动选择死亡一途，他们只煞有介事地处理一切，我们视为荒诞不经笑破肚肠而他们所认为的神秘征兆。

旷野之子（太阳晒熟的美果，月亮养成的宝贝），我意想如此称呼他们。

——旷野之子耶稣，死时贫穷而裸露。

也有哲人借超人之口如此宣称：旷野之子，他死得太早，假若活到我这年纪，他也许要收回他的教义——

我们的老灵魂，我无法再为你们做任何解说了，毕竟终有一日，你们终将妄想夺下海神的三叉戟及其宝座及其发自海底最深处的歌声：

或许夜行者，

把这月晕叫作气象，

但是我们精灵看法不同，

只有我们持有正确的主张，

那是向导的鸽群，

引导着我女儿的贝车方向，

它们是从古代以来，

便学会了那种奇异的飞翔。

——原载一九九二年四月《联合文学》第九十期

收入麦田出版社《想我眷村的兄弟们》

【导读】

朱天心，祖籍山东省临朐县，一九五八年生。台大历史系毕业，曾主编《三三集刊》，现专事写作。著有《击壤歌》《方舟上的日子》《我记得……》《想我眷村的兄弟们》《古都》《漫游者》等小说集，以及《学飞的盟盟》《小说家的政治周记》《猎人们》等散文集。

《预知死亡纪事》是朱天心一九九二年的作品，收录于《想我眷村的兄弟们》一书中。在这篇与拉丁美洲魔幻写实大师，同时也是诺贝尔文学奖得主的加西亚·马尔克斯同名的小说中，叙述了一群日日与死亡为伍，将死亡视为他们生命中所要处理的首要事物的族群，朱天心唤他们作"老灵魂"。在朱天心《想我眷村的兄弟们》中的一系列小说，充满着评论家所谓的"雄辩式"风格，也就是将故事情节与思想论述，紧密地结合在一起，作者强力的意志跃然纸上。而《预知死亡纪事》其思想辩证，较诸其他各篇更为强烈，也被视为是此后朱天心小说叙述美学的重要论述。

在小说中，所谓的老灵魂是一群看透生命生成毁败的原则，企求对生命终结时刻能够高度掌握的族群。他们追求的是一种知生且知死的生命哲学，不断思索及探求的，是死亡到临的神秘时刻，因为"在老灵魂看来，唯有能在生死之间做抉择的那种自由，才是真正的自由"，而真正对于自我生命的实践与掌控，便是连死亡都能随心所欲。

所以，老灵魂对于死亡的猝不及防，尤为警觉，用尽一切的方式，去凝视、观看死亡到来的一刻，因为"死亡的造访在这一世生命中只有一次，所以应当为它的来临做准备"，而有时竟让人以为他们是恐惧死亡的，但这并不是他们畏惧死亡，只是他们要好好地窥看死亡，而并非他们向往死亡。这样的生命观照，不禁让人想到哲学大师海德格尔的那句名言："生命是迈向死亡的存有。"这体现的是一种现世精神的生命观。

由于老灵魂透过对于死亡的高度意识，使得他们能够穿透时间的限制，穿梭外在与个人的历史之间，有如见证者一般，从繁华中看到断壁残垣，在欲望城市中看尽人事沧桑。因此，他们往往博闻强识，也拥有非凡的记忆能力，而投注大量的感情于记忆之上。而对事物如此特殊的观视角度，转化为种种对于时间、历史与记忆的思索，如主旋律般不断再现于朱天心的其他小说中，也成为理解朱天心创作的重要途径。而老灵魂一词，也自此成为朱天心特有的代称。

——陈国伟撰文

第二章

一种叫作时间的怪物

玉米田之死

平　路

何日君再来。

最近，台北老是下雨。我坐在窗台前，收拾床底下的杂物时，拣出一本两年前的旧笔记本。封面有老鼠咬嚼的痕迹。随手翻翻，除了洒落几粒块状的老鼠屎外，还扇出一股冲鼻的霉湿。这股霉湿味使我中辍下翻阅的动作。把鼻头贴近雨水冲刷过的、清凉的玻璃。玻璃外面，是已连续数天的雨雾，以及远远近近交叠而模糊的公寓平顶。看得出轮廓的只有电视天线架成的十字架，一根根在灰色的水泥台上嶙峋交错，像是一处废弃的坟场……未等这不愉快的联想在脑袋里成形，我又快速把眼光从窗外掉转回来，但屋内空气里澎湃着的，仍是单身汉房间特有的龌龊与凌乱……一霎时，我不禁回忆起当年那栋绿茵里的向阳洋房，以及房里有女主人的日子（啊！那是一种多单纯的秩序！）。于是，年前那由于抛弃婚姻、事业而引起的罪恶感，又像梦魇一样，对我兜头兜脸笼罩下来……

但当我试着展读手上这一本两年前的笔记，那一片丰美的玉米田便在心里展现，同时，那抉择时义无反顾的心情亦清晰地浮现出来。于是，目前生活的脉络，都在眼底隐没，那一年夏天发生的事（尤其是重要的事），便历历如昨了。

那一年夏天，华盛顿 DC 的天气好像比往年更为燠热，连着一两个星期的气温都在华氏 100 度左右徘徊。那时候，我是某日报的驻华府特派员，×× 日报的第一版上，隔几日就会出现我的名字（"特派员" ××× 专电）。照这个响当当的头衔来看，我的日子应该过得很精彩才是（"特派员"？有位多事的朋友告诉我，他第一次听到立刻联想是"〇〇七""特派员"），但可惜，现实并不如想象中精彩。事实上，那个时候，我对驻外记者的生活已经相当厌倦了。原因多少在于局势动荡，使我们这些跑新闻的也因而丧失些该享的权利，甚至尝到些势利的眼色（譬如说：就有那么些友邦新贵一登龙门之后，第一件事是拒绝你的采访，足以构成对我的职业的莫大侮辱）。当然，我的难处尚在应付一些闲杂人等，那一阵子，不知为什么，好像所有阿猫阿狗之辈都借考察之名离岛观光来了。观光之余，偏偏下定决心要挤上报纸屁股风光风光。所以，如何在跟着他们疲于奔命的空当中，制造出一些可大可小的握手言欢事件，也是当时我责无旁贷的职务。

这种送往迎来的日子过久了实在不是办法。开始一两年里，我曾经几次请调回来，后来终因美云的坚决反对而作罢（在我妻子的眼睛里，单单住在美国这一项，便值回一切票价）。近几年我自己倒也懒了，毕竟蹲在这里是驾轻就熟的事。很自然地，我便以我天赋的语言能力与这些年在这一亩三分地上泡出来的历练令报社对我倚重起来。但对一个新闻从业员来说，我觉得自己正以一种独特的方式堕落下去。

却也就在那些年中间，我逐渐养成仔细阅读报上的讣闻的习惯：每天手上拿着刚出滚筒、尚带着余温的邮报，除了把大标题逐一浏览，找出几条用电传打回台湾外，剩下的时间还是很多，我便蹲在新闻大楼固定的一角，把报上的讣闻逐字拣进眼里。

至于为什么会养成这奇怪的习惯，原因大概比我说得出的更为复杂，一来可能因为前两年妻舅骤然去世，使我顿兴人世无常之感；二来大概多年来看惯了楼起楼塌，便悟到什么才带来真正的平等。每次读到那些生前翻云覆雨的人也逃不过这最终的命运，我的心底便隐然透出一些奇怪的得意。

那一次，陈溪山的名字，就挤在讣闻栏的小角落里。简单几行，像分类广告的吉屋招租，写着他存殁的年月日（好年轻，才四十岁不到的人）、任职的地方（房屋发展部），以及身后留存的一妻一女，寡妇叫作乔琪，当时我啜着杯子里的咖啡，不经心地念出来。

后来我为什么会对这一则华人的死讯又留心起来，以至于翻完另一沓体育版，再度把视线移回这个角落，可能的解释只是我当时实在太无聊了。那是燠热的夏天，过不完的夏天，社里跑当地新闻的小秦恰巧在纽约公干，我连抬杠都找不到搭子，他临走前曾玩笑地嘱托我帮他顺便照管一下："爆几个漏网新闻嘛！也让我见识见识您的真功夫！"他斜叼着烟卷说，声音里却绝无让贤的意思；想到他少年得志的气焰，当时我掏出袋里的高仕牌金笔，朝那方块大小的地方密密加框起来。

当天我就照着我袖珍电话簿上的号码打了几通电话。想以不惊扰当事人的方式，先了解些前因后果。我心里希望他横竖是个青年才俊，这样，即使炒不出什么新闻，至少我可以用哀谏的方式随意发挥一篇，登在报上，也算反映当局对海外学人应有的矜怜之意；可惜，这姓陈的小子不上道得很，虽然年轻，却不见得是个才俊，搞不好还有几分孤僻，因此与台湾任何求才的管道都扯不上干系。就在我几乎要放弃的时候，一个无意中打听来的线索令我精神一振，原来在死讯发布之前，这姓陈的人先失踪了一个月，尸体寻获后就以没有他杀的嫌疑而匆匆结案。这让我觉得蹊跷起来，凭着我残存的那点跑社会新闻的直觉，我有心往深层探究下去，至少，我应该设法与他的妻子见上一面。

但是，这一类有关"侨情"的新闻实在是小秦的地盘，到时候戳出纰漏，只会怪我狗拿耗子；万一烘托出热门新闻，凭小秦黑吃黑的狠劲我又绝对抢不过他。这样想想，我便不起劲了，但我还是蓄意地要了一记阴险，没对刚从纽约回来的小秦提起；也许只是天热的缘故，反正我就是懒得开口。那一个礼拜，华盛顿的气温在继续上升中，四郊原先就茂密的树木，一瞬间全长成纠结在一起的热带林。

然后就是周末，气温仍然没有下降的意思。可怕的是一丝风都没有。星期天下午，我坐在冰箱嗡嗡响的厨房里，瞪着后院待剪的草坪发愣。美云出门前才指着我的头皮叫我去剪草，她说，邻家的草都修剪过了。剪过又怎么样呢？我当场想到一句英文成语："Keep up with Jose's"（永远要与琼斯家看齐）。可惜，她嫁的这个人，不能看齐的地方太多了。一来就念的是文，永远不能让她做一个"工程师""建筑师""律师"或者"会计师"的太太，所幸近几年我在报界还小有名气，对她在太太圈里的威望倒也不无小补。真蠢！原来男人沾沾自喜的标准是"勿忝其所婚"。真蠢！要是有头脑就不会娶到这么蠢的女人啦！蠢女人说邻家的草都修过了，那又怎么样呢？问题是我根本不认为草坪需要修剪。"参差不齐也是一种美感！"我一面挥舞手臂一面在喉咙里咆哮，美云却已经摇着屁股走了。她去参加她的歌咏团，那是她最有兴趣的社交圈，成员都是华府的一些名流夫人。美云大概算团里的高音台柱，她们在一些慈善的场合献唱，博得热心公益的美名。我却弯着老腰在太阳下剪草。我把厨房里的椅凳重重一推，突然有心约那个叫乔琪的女人出来见一面。

当我终于见到陈太太，是又过一个礼拜的事了。在那一星期当中，对这个电话设下的约会，我的确有着相当的好奇，因为好奇，竟也滋生出泛泛的期待，这在我平淡的日子里是极为特殊的，因此，我还是没对小秦提起。约会的那一天到了，坐在"四季餐厅"靠甬道的座位里，我开始担心她会不会临时变卦。尽管她在电话里一口答应，但女人永远有在最后一分钟改变心意的本事。我变得焦躁起来，频频张望餐厅的入口处，入口处养着层层叠叠的阔叶植物，每当我郁闷难当的时候，就觉得陷身丛林，丛林的植物像八爪鱼一样地挂下来，拨也拨不开的绿，重重地压过来。我觉得呼吸是件困难的事，因为在浓密的绿里空气稀薄，或许只是家里未剪的草地……美云寒着脸斩钉截铁地说草地终会长成丛林，如果我听任它们自由生长的话；可是，自由有什么不好呢？我也有追求自由的心愿，虽然我必须去剪草，如果不是坐在这里等那叫乔琪的女人……总算谢天谢地，她出现了，她沿着棕榈树间隔起来的甬道走到我的桌前。她是一个瘦高的三十岁女人，却养了一头粗黑浓密的发，关节也是壮大的，向外突出的嘴巴冷静地抿着，颧骨上有几块棕色的斑，眼睛却像一小撮火苗似的闪烁跳动，显示出她过人的精力。我记得没开口她就从手提袋里掏出印着某某贸易公司的名片，接着，她用她带着广东腔的英文，快速地冲着我说：

"不要以为我不明了你们记者这一行的居心，但请同时也尊重我的权利，我是归化过的美国公民，相信种种有关的权利你亦知晓，所以不要跟我玩什么花样，你不能让我的名字见报，否则，我的律师会直接跟你联络！"

一边说话，她的眼镜片一边射出茶色的光，衬在她背后热带林的背景里教我想到沙滩，以及沙滩上身材平板的女人……我有几分眩惑，也有几分倒胃口，绝不是给她唬住了，她这个下马威其实不过是幼儿园的程度。我想，我当时只是难以隐忍地失望罢了……不错，对手有几分精明，却也那么平常，平常得像任何办公大楼里果决的女人，谈的不过是一件权益纠纷……那时我虽然失望，却并不具体知道自己的期待，我希望看到什么呢？是拧着手帕、哭得柔肠百折的小女人，还是章回小说里鬓边一朵白花、俏生生的小寡妇（或者，干脆刺激一点，何不素孝里裹着红罗裙，一副敢作敢当的模样……）？我想，我必然是太无聊了，才会无聊到存着这一类值得批斗的荒唐想法……

当时，我还是殷勤地向她保证，我绝没有恶意，甚至也不打算在报纸上提起；我只是希望多了解一点儿，只是一番好意，希望能够帮忙，如果能够帮得上忙的话。

但当这叫乔琪的女人放松下来，开始改用中文，并且点上一支烟对我谈她丈夫的死因时，我却顿时大吃一惊。我做梦也没有想到，死因居然真是扑朔迷离。我或许该有心理准备的，但我并没有，我所有的兴趣只缘于一个闷热的夏季，以及对死了丈夫的年轻女人（"年轻"？的确是的！任何比我小了十岁的女人都绝对称得上"年轻"）一点儿不该有的好奇而已。可是我毕竟见过不少大风大浪的场面，心里暗暗嘱咐自己稳住，脸上已换了一副凝重的表情。这时她更为放松：心情甚至显得相当愉快，可以说有问必答，她的答复简单扼要，她那面对问题的勇气，使我不由得对她产生一种职业性的好感，到后来，我甚至欣赏起她的坦率来了。我偶尔会想起刚认识美云的时候，她也是不慌不忙，一副天不怕地不怕的神气。这种女人天生让人肃然起敬，但只有我这种苦哈哈的男人才会把这样的女人当真娶进门做老婆；果然婚后不久，我就在美云昂扬的斗志里败下阵来，所以人家说婚姻原是战场与坟场的综合，战场里考验你的意志，耐力不够便葬身坟场，长眠不起……不！不是长眠！是壮烈成仁！当我瞪着眼前这容光焕发的未亡人，一种求仁得仁的意念忽然从我心头冉冉升起，我于是再度提醒自己不要联想到妻子：她们俩必有什么相似的地方，也许是那爽脆的声音，像枪子一样的弹无虚发，那么，故事是怎样的呢？疲倦的男人碰上了精力充沛的女人？……ㄊㄚㄊㄚㄊㄚㄊㄚㄊㄚ……那是机关枪扫射的效果，注定了鞠躬尽瘁，搞不好便尸骨无存！ㄊㄚㄊㄚㄊㄚ……我必须时时把自己从枪林弹雨的冥想里拖出，才能继续我们的谈话，以下是我笔记上留存的一些谈话纪要。

妻子的话

"溪山大约两个月前失踪，从那一天夜里出去，就没有回来，我还是第二天早上才发觉有异……后来我报了警，警局的人来是来过，但没什么下文，只说会把溪山的资料放进电脑，又说他们每年失踪的人成千上万，找回来的比例很小……后来一个多月后，差佬告诉我在玉米田里找到了他，尸体已经开始腐烂，天热的关系，但他们确定是他。

"我们家去年十月刚搬进一处新住宅区，附近还留着些玉米田，就在那里……也许他听到了什么声音，也许他早有梦游症，谁知道呢？每天下班回来，我已经累得半死，好不容易等小薇睡下，我往床上一倒就人事不知了，实在没想到半夜还会有人开门跑出去！

"警局的人说最大的可能是自杀，我偏不相信他们！有一个'乌龙'组长居然还问我溪山生前跟不跟我吵架，我马上反问他，他跟不跟他自己的老婆吵架，真是有没有搞错？天下还有不吵架的夫妻吗？

"如果你也要问我这一类的问题，我可以告诉你，溪山和我这些年一起苦出来，同甘共苦的感情总是有的……夫妻之间，那大概比什么都重要！

"我原是香港来的，在大学城打工的时候认识的溪山，小城里没几个中国人嘛！他那时候书念了一半不念了，一时又找不到事，就在餐厅里帮厨，等到我毕业之后，他才好不容易找到一份事，没多久我们就注册结婚了！

"没认识我之前，据说他有一批狐群狗党的朋友，认识我之后，这些朋友全拒绝往来啦！这些年才算安定下来，还进了政府工作；但是他最近又常提想回台湾去，不过他讲讲罢了，他知道他以前有过记录，搞不好还在黑名单上，而且我也绝不可能同他一起回去的！

"我现在手上有间贸易公司，专做纯羊毛地毯进口，生意还不错，没办法啊！进联邦政府之前，溪山始终找不到稳定的工作，这样子钱多少活动一点，而且小薇将来也要用钱，在美国女儿尤其花费多！还有这栋买下不到一年的房子，要供！我其实当初是不打算养小孩的，现在更好了，成了没有父亲的孩子。不过，她的生活秩序还照常，只是换成我每天去保姆那里接她，周末就学钢琴，她爸爸不在她反而轻松一点儿，没有人逼她认方块字，她爸爸甚至无聊到教孩子讲闽南话，你说她爸爸是不是有点头脑不清楚！

"说实在的，溪山真是个没什么脑筋的人：根本不懂政治，这几年他又变了心意想回台湾，说是不在乎任何穷乡僻壤，只要回到自己生长的地方。我实在忍不住了，就不客气地告诉他，以前你可以说是年轻人血气方刚，现在呢？你有家有眷的，又老大不小了，除非你能把一切都抛掉，否则还是乖乖地给我在美国把根扎下去！

"他的个性，有点迂的，真会把人急死，所以我尤其想不通好端端怎么会出这个意外，他平常跟别人绝对没有什么恩怨过节，要绑架也找不上我们这种人家……

"那天晚上，我的确没听到什么声音……"

目送陈太太走出"四季餐厅"的玻璃门之后，我也把笔记本合起来放进了上衣口袋，靠在深陷的卡座里再回想她说的话，我愈来愈觉得这整件事有些蹊跷：陈太太微带广东口音的普通话，让我想到纽约侨报版面上的"香港传真"，除了声色犬马的娱乐新闻外，就是满篇语不惊人死不休的社会版，天天花样翻新着贩毒、走私、绑架……但是，这里不是香港，陈太太也不像多是非的人，会是什么呢？……我还没有找出解释，供应晚饭的时间已经到了，想到那不能报销的账单，我只好拿着西装走出"四季"。外面的马路正挥发着一天蓄积下的热量，我的一头雾水便化作一身湿漉漉的汗气。

当我从溽蒸的空气回到城郊的家，家里重型冷气机吹出来的清凉立刻令我精神一振，隔着几扇门的甬道，我听见妻子正用亢扬的女高音唱那首《清平调》。原来，又是一个练唱的下午。

等我冲了一个温水澡出来，并替自己泡上一杯茉莉香片时，她正颤抖地唱到"一枝红艳露凝香，云雨巫山枉断肠"，不知是不是唱词里凄婉的联想感动了我，一时，我竟想到妻子斜坐床沿梳发的背影，我几乎有一个冲动要推开卧室的门进去，告诉她今天发生的事。但几乎也是立刻的，她的歌声停歇在一个长休止符里。于是，我想到我们中间像环结一样纠在一起的问题，想到她那张坚定的脸，脸上对物质生活强烈的渴求，相反的我却是那么颟顸。大概是老夫少妻或者是人与人相处本质上的悲哀，总之已经不可挽回……但悲哀的是即使想得这么清楚，多少次我还是一样会把持不住，结果除了增长她的气焰，更注定我长此匍匐在她膝盖头上的悲惨命运。这样想着，那一刹那，我握住门环的手又颓然松下。

然后，很奇怪的，在下一刻里，我的心念竟跳进一片玉米田。更奇怪的是这层层摇曳的墨绿并没有带来往常那种陷身丛林的郁结，我只是想到一个叫陈溪山的人。陈溪山他躺在那里，玉米团团围绕着他，像是温暖的洋流，而他浮泳于阳光照射的海面，这一刹那，我忽然知觉像他这样死去也许不是一件坏事，如果活着也只剩行尸走肉的话。

为了多知道点关于陈溪山的生平，我打了几通电话，终于在数天后联络上他办公室的同事高立本。高立本英文名叫杰克，安徽人，比陈溪山大几岁，进到房屋发展部也早几年。我跟他电话约好，在他们办公室那弧形建筑门口碰头。当时，我穿了一件夏威夷衫，腋下夹了笔记本，一副轻车简从的样子，免得引起些不必要的猜疑。想不到，高却是很热情的一个人，看到我站在那里，他很热情地向我走来，抓起我的手就是重重一握，看来姓高的以前大概跑过不少码头。

当他谈起陈溪山的时候，他却一反嬉笑的神情。他肃穆下来，当时他的眼里，如果细看的话，好像还泛着一层浅浅的水光。

同事的话

"小陈吗？起先听说他失踪的消息我真不敢相信——直到后来去参加他的葬礼——唉！真是个大好人，这么好的人又正当壮年，怎么会落得这种下场？

"真是老实，老实到我都忍不住拿他来开开心，现在想想，还真对不住他——

"小陈是那种一丝不苟的人，衬衫上一点皱褶都没有，大概天天洗天天拿熨斗烫……小陈的家庭观念很重，办公室摆着放大的全家福，讲起话就是小薇长小薇短，每天准时四点跨出办公室大门，说怕小薇在保姆家等急了。

"他的娱乐大概就是种中国蔬菜，听他说，他家后院子种了各种各样的菜，其实我也尝过不少，尤其他种的萝卜，味道真甜，像我们家乡的青皮萝卜。

"唔！玉米田，我知道他死在玉米田里。唉！他跟我提过的。他家是新辟的住宅区，事实上，那个房子几乎是他自己监工造的，去年十月才落成，附近有一片玉米田，他为此还兴奋得不得了。据他说，像他小时候常跑进去玩的甘蔗田，他告诉我他小时候是个顽皮孩子，最喜欢偷甘蔗，那是他童年时候最爱做的事。那时候，最多不过被主人抓到修理一顿，打完了主人还奉送他一捆甘蔗带回家，陈溪山一边讲一边露出牙齿嘿嘿地笑，那表情再爽也没有了——好像他失踪前一天还这样说过。

"记得我还跟他开玩笑：我说小心美国的农户都有枪，搞不好玉米偷不到还蚀上命一条，真成了'偷鸡不成蚀把米'。

"要知道竟会一语成谶，打死我我也不敢再胡说俏皮话啦！

"噢！对不起，你是问我办公室都办什么样的公……公家机关里等因奉此，走遍天下都是那一套，没有重要性的！……没有、没有，绝对没有，你们做记者的就是想象力丰富，老弟，这是二十世纪的美利坚，不是十八世纪的非洲大陆，没有人因为吃一口公家饭就惹上杀身之祸，如果有这个可能，我今天就交辞呈不干了……老弟，别扯远了……对了，等你找出头绪时，拜托千万告诉我一声，我与小陈同事一场，这阵子见不到他，还真不是味道。唉！做事的地方遇上个投契的人不容易哟！唉——唉！"

步出那栋弧形建筑后，我的脑袋里还盘旋着高立本临送我出门时的那声悠长的叹息，然后他又抓住我的手重重一握，一副重托我的样子。其实，我能做什么呢？我不过是个新闻记者，这又是在人心隔肚皮的美国。

听高立本话中的意思，陈溪山是个遇事退缩的人，否则，大概也不会进公家机关做事。这样想着，我的眼前便浮起刚才那新颖而暗深的建筑，甬道里一排一排日光灯，好像永远不明不灭地闪着。

然后，我想起玉米田的线索，看来，玉米田在陈溪山心目中的确别有分量，因为长得像甘蔗田便勾起他童年的回忆吗？又因为某种回忆才直接、间接牵引出这场悲剧吗？面对这理不清的谜团，我的脑筋格外纷杂了起来……

奇怪的是，除了脑筋偶尔会混乱一阵之外，想到陈溪山的时候，我却愈来愈明确知悉心里那种清凉的感觉。只要想到他曾经静静地躺在玉米田里，那年夏天的燠热便不再蒸烤到我。于是，我止不住一再想起他来。他与我必有某方面的相关，是的，我们都娶了能干的女人，但是他比我多一个五岁的女儿，有个孩子总是好的，如果妻子不是极端理智的话，我的孩子也该五岁了。

我想，我必须找到小薇谈一谈。

我在保姆的家里看到小薇，一个口齿伶俐的五岁女孩，眼睛很大，但不知是不是因为她父亲的事显得空洞，也因此可怜兮兮的，嘴巴向外突出，让我很快想到她的母亲，但孩子没有承继到她母亲的自信与犀利，脸上就显得单薄多了。

小女儿的话

"爸爸走了，从那天晚上推门出去就没有回来，小薇现在还在等爸爸回来，像以前一样，那天四点过十五分钟，爸爸又站在刘婆婆家楼梯口等小薇啦！

"爸爸对小薇最好，他比妈妈有耐性，而且准时下班，不像妈妈，常常好黑好黑才回家。

"爸爸推门出去那天我听到的，有轻轻转动门柄的声音，那时候，小薇起来嘘嘘；后来，我做梦还听到砰的好大一声，不知是不是打枪……要是小薇一直醒下去就好啰！

"那一阵子，妈妈晚回家，爸爸总爱站在大门口，望着路边那块玉米田发愣，……有时候，月亮好圆好圆，远远有狗叫，好多只狗，……我看到爸爸就像小薇一样会流泪……脸上好多条水沟，小薇看到也很想哭唉！

"妈妈回家他们就吵，但除了开头爸爸还哼唧几句，都是妈妈朝爸爸大声吼。他们吵架都用英文，小薇听不懂，不过我知道妈妈怪爸爸不出来帮妈妈做生意，只会缩在壳里；妈妈又常黑着脸跟爸爸说：'你要回去，我教你一辈子不用再想见小薇！'

"记者伯伯，你告诉我，爸爸是不是一辈子看不到小薇了？爸爸以前常搂着小薇告诉小薇，他舍不得小薇……他为了小薇哪里都不去……以前爸爸心里很不舒服的时候，就牵着小薇的手到菜园里……爸爸也喜欢教小薇种菜，就是用一点点水把'仔仔'埋进土里，……爸爸还要小薇把土握在手里，好黏好软又好好玩。爸爸说，那是世界上跟我们最亲、最不会丢掉我们的东西！

"记者伯伯，爸爸是不是不回来了？小薇想要告诉爸爸，她每天都在等爸爸，等得很辛苦唉！"

当小薇挥舞着短胳臂的身影消失在车窗玻璃之后，我竟一时忘不了小女孩圆大而空洞的眼睛，她好像听到枪声，她说月夜的时候她爸爸常瞪着玉米田。她是在做梦？还是整件事都是一个梦？……为什么当我对着她的眼睛时，我就觉得她的爸爸一定会回来？四点过一刻的时候，站在保姆家楼梯底下等她。

　　这样想着，我甚至嫉妒着陈溪山了，因为不管他在生命中欠缺什么，他至少有个懂事的女儿，而我有什么呢？许多年前，当疲倦的产科大夫退下手套，伸出他的大手握住我的手，告诉我在母亲与胎儿间只能择一，而他们救了母亲，遗下氧气不足的胎儿时，我不知道在我心底处，是否有改变他们决定的心愿。我曾经多希望有个孩子，因为孩子可以是另一个自己，全然有希望的自己，生命绝对需要更新，特别是当我原来有的，只是具猥琐的躯壳而已。

　　而我竟失去了我的孩子，后来妻子亦会怀孕，但她却以不愿再冒险的理由，早早扼杀了我的骨肉，那是五年前的事了……从那以后，我便由衷地厌恨着妻子的肌肤（当然，我也有情不自己的时候），我觉得与妻子之间所有的感情自那之后便一点点死去……或许是我，是我自己一点点地死去了……

　　见过小薇之后，那年夏天便已经过去了一半多。然后我突然忙了起来，因为一拨一拨新上任的议员来美国考察，我必须离开华盛顿，随他们到东北角几个州参观访问，往年碰到这种机会我都会挺高兴的，因为我喜欢旅行。旅行时你总会记得许多年轻时候的梦，在旅馆的酒吧间里与女人搭讪的调调也容易让人一霎时忘情起来，忘记自己已是早有家室的人。当然，这样的时间并不多。因为议员先生的行程一般比较紧凑，尤其这次来的几个议员，闲下来还要出席同乡会的邀约，替他们想想，也的确是烦恼，想来这就是涉身政治的悲哀……可是，若再转回头来想，我们驻外记者这一行，多少时间就花在为政治人物锦上添花上面，岂不更是悲哀的悲哀？……每当我这样子自暴自弃的时候，就会依稀想起当年，当年在岛内跑地方新闻的日子，横竖豆腐干大的一块地方，跑久了自然能搞出些门道来。平常看不惯的，碰到选举时轰他一炮，居然立竿见影，马上带来各阶层的关切——不管时效有多短，那两天即使蹲在摊子上喝鱼丸汤，都以为自己是社会良心，自己才真是宣传车上为民喉舌的人——也许，那时便是快乐的日子，快乐而且自由，尽到了新闻从业人员的本色！

但是耗在东北角的日子竟不虚此行，凭着一点儿鬼使神差的狗屎运，我在一个讨论会上打听到陈溪山的一位高中同学。更难得的是，他对陈溪山还有印象。从他口中，我知道了陈溪山的另一面。

高中同学的话

"陈溪山是我们班的小胖子，坐在前排，功课总在前五名之内，不怎么爱讲话，属于貌不惊人那一型。

"他好像当了几年卫生股长，安排大家打扫，倒也井井有条。

"真正引起大家注意的还是高三时的毕业旅行，那时候，尽管计划之初热热烈烈的，但临行前功课好的同学都打了退堂鼓，留着时间啃书去了，去的多是些一向比较潇洒的。

"陈溪山倒去了，一路上谁也没有想到，原来他拿着一个麦克风，就可以逗得大家哈哈大笑。任谁也没有想到，他竟是这样会讲笑话的一个人。

"那时候，我们是环岛旅行。最后一站到他家。到他家前还要坐一段糖厂的小火车，他家附近都是甘蔗田。他家里人还做饭菜招待我们全体，我记得有一道白切鸡，蘸那种浓浓的酱油露。他父母亲老实到话都讲不出，只是一直替我们夹菜，自己都没吃，临走还不停朝我们鞠躬，说我们是读书人，很了不起，又说要我们多照顾他家阿庬。

"后来高中毕业见面就少了，陈溪山考上财税，他的第一志愿，我考上另一所大学的会统，一年之后我又转进工学院，总会害怕念丁组下去连女朋友都交不到。

"后来几次在路上碰见他，好像和他之间还是没话可说，但心里又有说不出的热络；大概经过那一次毕业旅行，我多少看到了另一面的陈溪山，所以之后听说他参与政治，我并没有太吃惊……

"那一阵，他还真搞得轰轰烈烈过，召开什么会……不过，我也不觉得出奇，像他在毕业旅行的一路上，岂不是也出了每个人的意外！……后来他们没搞成，无疾而终，我听说陈溪山曾经大大消沉过一阵，功课荒废了不少，书也不能读了，当时我还十分替他可惜……

"等我再听到他的消息，他已经结婚，听说他娶了一个年轻能干的老婆，还是做进出口生意的，我以为他小子不愧为聪明人，大概已经混得比每个同学都好。要是今天没听说您说这个吓人的消息，我还当真以为他躲在僻静地方做起寓公来了……"

见过这位"贝尔实验室"的硬体工程师不久，议员团也结束了他们密集式的访问，我跟着他们又回到华府。那时候，已经夏末，即使气温还是很高，但由于湿度低的缘故，不再闷得难受了。回来第一件事是整理桌上堆得老高的报章杂志，我多半翻也不翻就直接丢进废纸篓，其实，这不过是我对付杂芜外电的故技。我常阴恻恻地想，就算把面前这些电码字条一把火烧掉，又有什么关系呢？世界照旧运转，明天出版的报纸亦不会因此而失色，甚至没有人会发现这个缺失。

大概是存心不良的缘故，我常觉得高挂在墙壁的世界地图正虎视眈眈地瞪着我，怪我对各偏远角落的天灾人祸起不了恻隐之心；也许是我冷血，也许是我职业上的倦怠感吧！我总认为世界大同之类的理想永没有实现的可能，因为即使我是一个资深的外事记者，也终难认同外电中的奇人逸事。我想，我只是一部传译的机器，把冷冰冰的电文再打进冷冰冰的键盘，如是而已。

很意外地，我在一捆杂志底下翻到一份左派团体的通讯，上面写着：

　　查陈×山君，屏东县人，平日除致力乡梓外，一向心向祖国，日前突陈尸田里，死因不明，本组织对其无端故去至为关心。
　　又及：陈×山君十年前慷慨陈词，为出力最多的一员猛将。

然后，就是毫无进展的整整一个月，事情在我脑子里似乎更扑朔迷离了；同时，凭着我一点业余的精力，我似乎已走入死胡同里。其间我也试图在警署中套出一点口风，他们的回复却是公事公办的一句话："没有他杀嫌疑。"之后我也试过电话访谈陈家的近邻，一来陈家附近是个新住宅区，二来陈家人一向深居简出，邻舍竟连有这户人家都不知悉。每当这么沮丧的时候，就像有什么奇异的力量，拉着我必须向玉米田里去，因为只有那里，是我一向未涉足的现场，也可能是谜底所在。

我记得那是十月初的一个下午，中午出门前，妻子与我又一贯地发生龃龉，我相信是由待剪的草坪引起的。然后愈扯愈远，美云竟把它说成是对她爱情的一种保证，而我一向的懒散，也可以归结到我对她的缺乏爱情——"爱情！"——当她提到这两个字的时候，脸上一下子充满圣洁的光辉，我忍不住扑哧一笑，第一次，我能够平息下怒气玩味起她字眼里头的伪善意味。

那天当我由家中来到办公室，站在交谊厅等候电梯的时候，从大片玻璃透入的和暖阳光让我俯身过去张望……窗外是图画一样的国会山庄，以及闪闪跳动的波托马克河，当我的眼光正要由岸边浓郁的绿移向那流淌的河水时，陷身丛林的郁闷却瞬时攫捉了我，我一阵晕眩……于是，像陷溺的人抓住浮木，我及时强迫自己想到陈溪山，想象他舒展了手脚躺在泥土上，微风轻轻地呵护他，摇曳着的绿色枝干像是摇篮，像是母亲的手，在里面的人得到真正的安息……我吐出一口气，心里逐渐泛起清凉的感觉……

就这样，我那埋藏着的、要闯入玉米田的欲望又强烈起来。平常，这段长长的下午，我常去新闻大楼的顶层买杯酒喝，听人用竖琴弹一些一二十年前的老歌，我的心里便会浮起些褪色的梦：我早说过，我有一些软弱的本质，常使我不自禁地滥情起来……但是今天，一杯酒下肚后，我仍记挂着那片玉米田，担心不久后便是收割，剩下赤裸裸干裂的土地，枯秸刮得吱嘎吱嘎响，然后一层雪一层雪盖下来，最后剩下一片灰茫……啊！那就太迟了，那是太荒凉的景象……酒意里我扶住方向盘，朝着陈溪山家直冲下去！……连续上下几次高速公路，终于路的尽头那片新营造的房子在眼前清晰起来。然后，我看见了，他家不远处那片玉米田，的确很像甘蔗，除了叶尖端处偶尔露出褐色的须发，但不细看是看不出的。

我把车子停在路旁，我趴在方向盘上想：我应该回到公路上的，因为秋初的晚风早有寒意，四周也转眼暗下来，尤其该想清楚的是，我这个年纪已不适合冒险。但是，晚风里就是有一股召唤我的力量，逼使我穿过田埂……玉米的叶缘刺着我的肩膀，我必须斜着身子辟开一条路来，我的背脊也透着一阵阵凉意，使我全身爬满鸡皮疙瘩……但是，叶子与叶子的空隙间的确传递出一丝细细的声音，在喘着气，在召唤着我，那是陈溪山吗？是他正试着告诉我绿色的茎叶中包藏的秘密吗？包藏着什么？藏着他永远的梦吗？永远不能实现的梦吗？

当我一步步离开公路走向幽深，玉米叶摩挲的声音继续在我耳边嘈切，奇怪的是，虽然酒意不见了，我的血液却加倍澎湃起来，脚下踩着同样的泥土，我几乎能感觉到那晚上陈溪山的足迹，对了！他必然为了找寻一样东西来的，也许像我现在一样，想寻求一个答案，起先他按捺着不去找寻，等着玉米一寸寸长大……终于在一个晚上，一个燠热的晚上，他忍不住了……那晚上一点儿风都没有，层层叠叠的林子，看起来更像甘蔗了，他按捺着狂喜走进去……但是，他的梦立刻破了，虽然叶片紧紧保守着秘密，但那早已不是一个秘密：里面并没有多汁甘甜的甘蔗……玉米田只是一场可笑的梦，因为田里永远种不出他要找的过去，就像他永远不可能回到童年，厝边就是甘蔗田的日子……他现在的家，是坡上那栋宽广的宅第……也许，那亦是一场梦！美国是一场繁华的梦，婚姻是一场荒谬的梦，至于他的政治呢？那大概是一场时空错置的梦……

　　我沿着田埂坐下来，这时月亮出来了，照着枝叶顶端包裹着的玉米，像是花苞一样的丰硕饱满；而田野上经风起拂的棱线，又像梦境一样的柔和安详。于是，霎时间，我想起这些年里，自己一些关于故乡与田畴的梦，都是遥远而模糊的，带着童话的色彩，因为凭着我有限的记忆，那就是我所能渲染出的画面了……（在我隐约辨出枪声的时候，我就做了流亡学生）……照理说，在年成好的时候，我的故乡也该有"青纱帐"的，那会像玉米田呢，还是会像我心里谜团一样的丛林？……（可惜，我真的不记得了，我只记得跟着军队一站站开拔，留下潮水一般饥饿的人）……（大概也是在舱里饿久了吧！一到陌生的码头就搜寻吃的，摊子上水淋淋摆着一截截的竹竿，"ㄅ一竿？竹竿？"人家不高兴地狠狠瞪我一眼……那就是我对甘蔗最早的印象了）……那之后呢？那之后我很少想起家乡，也很少掉下眼泪，即使是在唱"高粱肥，大豆香"的晚会上……我只是勤勉地上补习学校，想要实现自己的志愿，做一个挖掘与关心民隐的新闻记者……

也许，都是做梦吧！月光下我迷离地想着……也许原来单纯的愿望，教人心弄得复杂了，也许我们表面看到的，实际上却是障眼的把戏……会不会陈溪山只是一个不快活的男人（像我一样），所以他常常想要逃走（"天啊！帮助我，怎么样才能狠下心一走了之？"）……也许以前月夜时他站在家门口，正是一心在计划逃亡，所以可能连尸体都是假的，他早有了有钱的情妇。现在正坐在某私家小岛晒地中海的太阳……我几乎是觉得快慰地往下想。

但就在这一刻里，月亮掉进乌云里去了，我一时发现自己颓唐地坐在泥巴堆里，也开始觉悟到自己的童骏——因为我必须承认，凭着一些片面的资料，我对陈溪山的所知仍这么少，以至于所有的臆测，只不过反映我自己的心境而已——可是，唯有一点我能够确定的，那就是他曾经辛苦地活过，即使不快乐，他也曾努力地去寻求。我想到他后院该有一畦畦菜园，还有那个等他回家的女儿，到处都是他辛苦过的痕迹；然后他更辛苦地在坡上辟建新家，他那么喜欢他新家的地点，因为不远处的玉米总会长高起来，……长高一点、长高一点，长得更像甘蔗一点……比起他来，我这几年在美国的生活算什么呢？我又有什么资格探索属于他的领域？即使是这一片玉米田，也是属于他的，因为他有感情，是他一天天看着长高起来……比起他来，我在美国的生活还剩什么呢？泥土跟我那么疏远，职业里面我那么虚伪，一点浪漫的幻想也随年龄消逝，我有的，只是一套浮夸的生活、一个贪求无厌的老婆而已。

我静静坐在田埂上，望着嵌在黑云里的月亮。夜风紧了，屁股底下也湿漉漉的尽是露水。我提起手臂，看戴在腕上的夜光表，不用摸我就知道，背面镌着"无冕之王"四个字，还是初进报社那一年，社长勉励新人的纪念品。

（那时候，我是一个刚出道的小记者，可是，我多么看重自己。现在机遇有了，我却失去当初的心境了……）

"我想，无论如何，我该再试试的！"我望着月光下无限丰饶的玉米田，有些感动地对自己说。

于是，我拍拍屁股站起身来，映着光在裤袋上擦干净表背；然后，循着叶片摩挲的声音，我迈出步子，从田埂里一步步走出去……

这以后我没有再探询陈溪山的死因，我只是尽快请求内调。一个月后，请调准了，于是我安顿好美云，只身回到台北由外勤从头干起。

再半年后，美云以两地分离的理由要求与我离婚，我爽快地答应了她。在她办完手续临去机场的时候，她极为诚挚地望着我说，只要我再外放，我们仍有复合的希望。

我想我必须对她说真话了，于是我握住她涂了鲜红蔻丹的手告诉她，我是个中年人，不容一错再错，而驻外记者一行，实在是小伙子单打独斗的事业，所以我宁愿留在自己的地方，平实地扎下点根底，过阵子或许找个乡下女人成家，生一窝活蹦乱跳的孩子，因为那是我认为有意义的事。

从见过美云之后，我很少再想起那片玉米田，偶尔想到的时候，我便跳上一列"枋寮线"的快车，当车过嘉南一带，窗外那绿灿灿的大片甘蔗，便是我琐屑生活里最甘美的源头……

注：本篇人物、故事纯属子虚，只是一则寓言……

——原载《联合报·副刊》（痖弦主编）

一九八三年九月十七、十八日

【导读】

平路，本名路平，一九五三年生于高雄，祖籍山东诸城。台湾大学心理系毕业，美国艾奥瓦大学硕士。一九八三年以《玉米田之死》获联合报短篇小说首奖，此后创作不断，是一位跨文类写作的作家。

平路的小说主要关注的是台湾文化在国际化、科技化、商品化等西化风潮下的去主体状态。二十世纪八十年代初，以《玉米田之死》开展了她对台湾社会异质化现象的观察，其后《台湾奇迹》《天灾人祸公司》等则进一步针对拟仿复制的文化沉沦与被媒体支配形构的虚妄怪诞世界做深入的刻画与尖锐的嘲讽。

一个追随西方资本主义价值的台湾社会，与一个在国族意识上和大陆相系又在政治现实上与之对立的民族台湾，共同形构了留学生陈溪山矛盾无所归属的夹缝处境。

小说从一个默默无闻的留学生之死起笔，开展了对生命价值的思考。记者"我"以其追索真相的职志，意图重现陈溪山的生命历程，却在片段的访谈、各式主观疏离相互矛盾的话语里，见证了宏伟的纪实使命不过是自己想象与欲念的构图。而那象征着富裕与优越价值的美国生活，也因而显示了其阶级压迫和冷漠残酷的真相。

陈溪山的死因虽是一个不可知、不可逆、终始无解的谜，但那一片带给他希望和幻灭的玉米田，无疑隐喻了其生命记忆中对甘蔗田的救赎渴望。这个献身于虚幻国族意识而倾其理想热情的知识分子，在复杂的政治现实与功利荣辱的抉择推逼下，失去了由故乡情感哺育延续生命的可能。

小说里说："美国是一场繁华的梦，婚姻是一场荒谬的梦，至于他的政治呢？那大概是一场时空错置的梦……"所有这些被涵括在玉米田里的梦、这些骗取陈溪山生命价值的梦，遂转而唤起了记者对故乡"绿灿灿的大片甘蔗""琐屑生活里最甘美的源头"的渴望。生命的价值不由一生功业所决定，也不是建立在别人一无所知的片面评价里。在这个没有顶尖科技光环、强势文化与理想西方秩序的台湾社会，即便生活总是充斥着灰暗失序，也能因所归属的故乡源源不竭的情感而更显生命的丰饶。

——许琇祯撰文

恶地形

林燿德

没有事物不会毁败，除了时间本身。

一

从九月到翌年五月，谁来到这个区域都只能望见一片荒漠，刀削斧凿一般的苍白丘陵，几乎无处不覆盖一层白色的微粒，霜也似的附着在白色的岩壁上。地形相当崎岖，几乎寸草不生，许多细致的小雨沟密密麻麻，平行排列在陡然滑落的每一个山脊上，坡度大致上都在五十度，相当不利于攀缘，这里的岩质看似十分松软，布满了龟裂的痕迹，踩上去却又硬又滑，有一种踩上骨骼般的悚栗之感。

据说湖水会在雨季里出现，就是所谓"侵蚀季节"的六至八月，雨后，湖水魔幻般涌现在灰白色丘陵环伺的小型盆地中，像一面从地底浮出的镜子，晶莹、冷酷，狠狠吸入了整片天空的月光，映现着上下颠倒的风景，无风的时候，湖面的风景仿佛才是真实的世界，静静封冻在没有时间的玛瑙矿石里。

当我带着简单的行李，经过阿莲、冈山头，来到这个出名的"恶地形"区域时，恰好是干季的十月，并没有目睹湖水的魅力，但湖却清晰地在我眼前满溢出来，又蜃楼般溃散，留下干涩、坚硬的地景。四周的山野，长满林木，遥遥包围这块被陨石击打过一般的荒地。

在腰上绑一块白色的青灰岩，选择一个高点，然后呼啸着……不，也许连呼啸的机会都没有，只有扎实的落水声，就这样纵身跳入湖水之中。时间如果选定在七月中旬，那么要到了九月，抱石的尸身才会显现在泥泞已干的谷底吧？在这漫长的两个月期间，每夜，青寒的月色蒙蒙渗透进湖里，从湖底观察，置身其中的尸首会发现自己被冻藏在一块庞大的琥珀中。琥珀盛放在白色泥岩围成的碗中，上端吸取了月色，像一种会发亮的、惊悸的噩梦般的青色，总是将那调入整个夜空般的湖水支撑在琥珀上端，仿佛就要向下崩溃、坠落，每当青色崩溃的幻觉到达顶点时，尸首就会闭上眼睛，让敏感的听觉能够专注地掌握一切环境的变迁，然而什么动静也没有，没有水流动的声音，没有鱼游动的声音，时间和空间都在此刻贴上封条。

要睁开眼睛吗？不，再等一等，跳下来就是为了这一点微妙而缥缈的安宁吧？绝对和任何心理变态、任何精神医学术语无关，尸首的心理状态（如果有的话）必然是"不可分析体"，独立于任何理论之外，又渗透进任何理论之中。那么，什么时候才能睁开眼睛呢？或者，刚刚闭上眼睛的动作只不过是另一种幻觉？趁着眼睛还闭着的时候，把自己想象成一尾鱼好了，看看能不能够突破幻觉的边界，或者是一艘潜艇。

当一具尸首将自己试着"想象成"，不，更进一步将自己的意识"塑造成"一艘潜艇，问题便显得复杂化了。首先，尸首必须至少知道潜艇是什么东西，特别是外形，否则依靠着模糊的印象，恐怕会在变化的细节上产生难题，譬如说，想把身体的哪一部分变成潜水鳍板，就是一件很伤脑筋的事情。更复杂的是内部结构，皮和肉首先要分开来变形，形成潜艇的双层结构体，接着是核子反应炉和热交换机，把肝转变为提供五千万瓦动力以上的复杂机械，不仅仅单靠想象就足以成事，更必需耐心和充分的知识，如果成功地将自己变化成一艘潜艇，整座湖就自动推廓成太平洋大小的空间吧，想到这里，便发觉不如化成一尾鱼来得单纯，湖依旧是湖。

如果湖依旧是湖，那么化为一尾鱼，就可以努力游上那冻冱的青色领域。向上泅泳，刚开始的确不习惯用短而薄的双鳍移动，双腿转化成的尾胡乱地搅动水波，完全不符合水族的运动定律，因为本来就不是鱼，无法凭空继承属于鱼的运动法则，虽然拥有向上爬升的念头，却只能在湖底歪曲地扭动、翻滚，被漆黑的岩石冷冷嘲笑，而且，连鱼鳞被湖底碎石划开的当儿，不但喊不出来，也无法验证到底有没有流出眼泪；更可怕的是，当鱼放弃了挣扎，奄奄一息地仰身躺在湖底时，才发现身上原来绑着巨大的石块，而鱼眼是无法闭起来的，最后仍然得定定地望着上方恐怖的压力。

鱼如果自噩梦中醒来，仍旧只是一具失却体温的尸首。我站在灰白色的小丘陵上，举目四望，视线被禁锢在灰白色的岩丛中，稍微更变一下角度，大约和缓缓沉落的夕阳成三十五度角，视线便脱离了"恶地形"的现场，围绕着这白色丘陵区域的山脉，遍布着苍郁的绿色，有几处梯田，在黯淡的天光下显得更为层次分明，四周所有的绿意，仿佛都在嘲笑着这片苍白的青灰岩区。被诅咒的土地，或许是为上一次地变遗留下的记录，或者是为下一次人变埋伏的预言。

我自红色的运动夹克里层抽出一张陈旧的风景明信片，周边俱已磨蚀，不规则的裂口现出柔软的绒毛，卡纸的表面暴露出皲裂的痂迹，图面的左上角，一块五元硬币大小的范围已经剥落，裸裎的纸心呈现茶渍一般的褐色，这张风景明信片原本夹在一本旧书中，书是在旧书铺买到的，《五〇年代的电影新潮》，残损的封底用奇异墨水粗犷地标示价格，十元，老人用那只书写过无数价格的右手接过我的钞票，他的左手和右手同样黝黑、脆弱如浸湿的饼干，微微颤抖地把包在半片旧报纸里的书递给我，书不久就丢了，因此严格地说起来，这张风景明信片是用十元买来的，附带的赠品是书和包书的报纸。

还是没有一丝风，天色整个晦暗下来，白色的岩石却显得更加苍白，崎岖的丘陵，就像一堆恐龙的骨骼，它们的血液早已被时间沥干。此刻，我的胸口犹如装入一块青灰岩一般，莫名地沉重起来，明信片上的风景，就是眼前的荒凉景色。

然而明信片之所以能够深深地吸引住我，却是因为图画右侧的女子，以半身出现在构图中的她穿着黑衫，身材清癯，领口敞开处的三角形肌肤，又显得异常宽阔，有一种不断放大、不断推开衣衫般的奇特能力，或许是因为白色在被黑色包围的情况下，总有一股强大的反叛力贲张出来的缘故。女子微微侧脸，大约偏离正面十五度角，根本不在意任何生物注视的眼神，穿出纸面，消瘦的面颊和线条分明利落的眉毛，因为摄影当时捕捉光影的设计，而更深刻地强调出来，整幅图画予人的惊悸感，建立在高反差下尖锐的对比效果，黑衫和白色的"恶地形"背景，乌黑的毛发和死白的面颊，黝亮的瞳孔和洁白无垢的眼白。

有两道皲裂的轨迹轻轻轧过她的面颊，通过胸前的则是一条折痕。是多少年前印制的旧卡片呢？那女子将她的青春遗失在纸面，怪异的是纸面愈遭磨损，她忧郁而无奈的气质便更加咄咄逼人。为了"她"，我才迢迢找到这片诡谲的泥岩区吧？也许，反而是这些沉默的白色丘陵设计了"她"，而引领我的脚步？

忽然想要在荒凉的月色下放牧一堆蚕，肥硕如屋宇般的大蚕，一只、一只白色的巨兽，在"恶地形"崎岖的斜坡上缓缓蠕动，窸窸窣窣地啃啮着白色的丘陵（蚕吃岩石？如果思及它们巨大得荒谬并且继续增长的体形，那么吃岩石也算不得什么荒谬的事情），它们用另一种干而粉的白色掩盖了原有带青灰色调的白色，而且整个区域不停地沦陷、再沦陷，一直沦陷到月光也照不透的深度……

对了，明信片中的女郎，我给她的代号是 B。

二

一群肥硕而雪白的蚕，在一张既宽且薄的地图上，不安地蠕动，毫无保留，啃啮纸面上的铁道和都市。地图的四角被风吹得上下拍动，像一只重伤的鸟，在泥沼中，正扑打着逐渐僵硬、逐渐冰凉的翅膀，蚕，无表情地，只只蚀穿纸面，残破的地图终于卷入草原灰茫茫的远方，每一只仙蚕，都在膨胀，雪白而多环节的脊背高出了绿色的平野，继而在大地上啃啮出一片扩张中的荒地，疲惫的蚕终于纷纷风化成岩石构成的白色丘陵。黄昏时的阳光倾斜而无力，病恹恹地覆盖着草原上的地变，白色丘陵仍然残留着蚕体波动、爬行的幻觉，这就是"恶地形"的身世？随着日落，一切转化为一片殷红。

我感到紧闭的眼皮一片殷红，睁开眼睛，缓缓地……一开始，视觉几乎完全失去功能，四壁像是反射着核爆的光芒一般，无法瞠视，继而墙景隐隐显影，又如冲至极限的浪峰，哗哗崩溃。现实和梦幻的距离是如此接近，其边界总是飘移在不可捉摸的那一条线，不，那是一道没有周沿、不可名状的空间……我的思路在清醒与睡眠交接的瞬间，逸散成宇宙间流宕的群星，霎时又聚合成一枚冰冷的银币，坚硬、清晰、正反两面都有固定的纹路和面值。

昨夜的缱绻，像所有的星子，在黎明到来之前，已流失在未知的远方。颈项依旧十分沉重，试着转动头颅，咯咯的声音清脆地响着，拥有肉体的感觉逐渐恢复。静静坐起，晨曦正透过褐色的玻璃，微弱的光线里，悬浮着无数透明的灰尘，互相争辩什么似的，兴奋而无声地翻滚、交缠在空中。

沙沙的声音自房间角落传出，一张白色美耐板制成的旧几子，摆设在一幅世界挂图的下方，沙沙的声音便是自几上的饼干盒子中传出来的，里头是今年的春蚕，我下意识地瞄了墙上那张旧地图一眼，一张陈旧的人文地图，不同颜色的政治区域靠着黑白间隔的铁道勉强缝合。总让我担心的是，不知何时，交缠、捆绑世界的铁道，会像球鞋上磨损的旧鞋带，突然在跑步时断裂，那么所有的土地便将溃散，飞离地图，或者沉沦于业已泛白的海面之下。地图上的海洋部分，原本的水手蓝褪成微带蓝调的灰白色，枯竭的海床化石般祖露着。

容纳着女郎 B 的那张风景明信片，斜斜地摆在打满气孔的饼干盒左近，B 正聆听着蚕声吧，孤独地站在遥远的"恶地形"区域里，依旧是一样的眼神，连嘴唇也像是长在刚自冰库取出的鱼头上，生硬地微敞着。

我支撑着床沿站起来，小腿肚上的肌肉感染上轻微的抽搐，时钟的声音被蚕争食桑叶的声音所淹没，但和挂图相邻的壁钟，确实一格一格地旋转着秒针，看起来不像是有停下来的意思。时钟是搬过来才买的，摆在夜市的地摊上，瓦楞纸板上草率地书写着"特价三百九十九元"，斜斜搁置在小贩的跟前，一排排停顿在不同时刻的石英钟，像是时光之河两岸的鹅卵石；我想钟面上指出的六点十七分应该值得信任，为什么信任这些不可靠的数字，谁都无法解释清楚，有一个很单纯的理由，那就是钟壳被打造得十分滑稽——一栋虚假而矫情的红色小屋，没有一座屋子可以装下时间的，其实任何一个时钟都值得信任，即使它是停顿的，也可以时时刻刻在地球表面找到完全相同的时间，钟停顿了并不要紧，因为地球总是在转动。

走近窗口，拉开褐色的铝窗，视界顿时辽阔起来，对面的山坡蔓生野草，灰色的柏油路面被阳光照映得闪闪发亮，那是上了透明漆般的光泽。从位于五楼的这个房间望向窗外，地景仍然显得非常立体而逼真，一排自用车零落停在道旁，一辆粉红色的化妆公司旅行车显得特别显眼。一个高中女生从隔壁的楼房下推出一辆粉红色的淑女车，一阵短促的小跑步，之后，诱人的臀部轻盈地坐上坐垫，学生裙飘扬起来，我看着她的车往下坡滑去，忽然有一股冲动想知道她书包里究竟放置了些什么物品。

一些翻破的书本吧，在语文课本残损而动摇的封面上涂画着裸女的局部？这样的书本如果可能收藏在黑帆布书包里，就应该是向 F 高中男生借来的，也有这一种女孩，拿着男孩涂鸦过的课本，在课堂上无所谓地翻着，不经意地在炫耀着什么；还有，模样老实的书包中，会不会偶尔装着赤裸而煽情的画册，内页仍然崭新，只是有一些新的指痕……想到这里，书包内部的神秘性，竟然比她包裹在制服里的、生嫩的身材更令人产生无法抑制的欲望。

回过头来，沙沙的蚕声中，我的裸身暴露在逆光里，浅浅淡淡的黑影一直延伸到床沿。床上的女人依旧沉睡，蜷伏的身体，肩膀随同匀称的呼吸舒缓起伏。一旦专注地注视沉睡的她，女人的躯体仿佛又完全静止下来，石膏像一般动也不动地搁置在床上，我感到不安，害怕她变成一具尸首，一切微薄而廉价的幸福都将在死亡的笼罩下摧毁无遗。这是意识瞬间的故障吧，还是我将时间再度加上了封条？一眨眼，均匀的律动又流遍了女人白瓷一般延展出毛毯外的肢体，犹如停顿的录影带，又恢复了转动。僵滞而沉闷的画面，似乎只有倚仗着一种微妙的情感，才能支持我继续静静地凝视。六点二十五分，我看看钟，女人的大腿抽搐了一下，膝盖像一座浮出海面的岛屿般屈起，毛毯滑落开来，紧绷而白皙的小腹隐现在柔软的纺织品外，一种体味和桑叶汁交杂的气息，原本被习惯了的，现在却有一种轻微的厌倦。我走回床边，用右膝跪在床面，一只脚斜斜抵住地面，地毯上的塑胶纤维痒痒地黏附在脚掌上，我扳正她的身体，柔和而饱实的乳房，那黑白分明的色泽与轮廓像地摊上的钟一般显示在我的眼前，女人的眼睛缓缓地睁开，一面下意识地用伸起的手臂抵抗着光线。

三

七点五十三分，她懒懒坐在床沿，对着随身的小镜子画眼线，我正打开饼干盒子，注视着蚕群的行动，顺手又丢了几片桑叶，存货似乎不多了，傍晚时得到小公园去采。

昨夜我曾被她的梦呓吵醒，两人都在似醒非醒间，她抱着我哭泣，说梦见她的孩子，我拥着她抖动的胸又沉沉入睡。现在的她如此冷静，有一种像不锈钢汤匙上凝固的光一般的理性，G 开始涂抹口红，下唇正涂上一层盈亮的红色，上层自然的色泽反而显得虚伪。

从来没有问过Ｇ的过去，这是变相地讨好吧，也刻意向她突出了我的宽容；其实，刻意的不去探知就是一种刻意的探知，不在意就是另一种经过包装的在意；反过来说，也许根本是她在包容我的虚伪吧。互相都存在于一种潜在的紧张情势中，总是故意不触及过去，就像最近的话题，常常环绕着刑案，在床沿淡淡地谈一些血腥的事。

——分尸案的凶手大概都是一些怪脾气而不容易接近的家伙吧？

——看看他们无所谓的表情（Ｇ指着报纸上的照片），能够从容地干下这种事情，事后也没有悔过之心。啊，太可怕了，很难想象他们平常竟然混在群众里头，像一般人一样生存着。

——传染病，残暴是一种传染病，有一天，谁都会默默地被感染，开始愤怒，对人群愤怒。

——胡说，性变态一定是与生俱来的（Ｇ莫名其妙地尖声笑了起来，有点上气不接下气），杀妻的家伙和半夜爬起来窥视邻居卧室的男人，恐怕是生下来就注定变成这个样子吧？

——算了，你没有发现吗？最严重的变态者在表面上和常人一模一样，那些可以从言行中观察出异端的家伙，都不算是一个成熟的变态者。一个完全的变态者，他一方面彻底地疯狂，一方面又绝对地冷静，懂得将自己的变态包装在最不可思议的外衣里，譬如说有暴露狂的宗教领袖、纵火狂的消防队长之流的，他们终身被认为是一个正常人，甚至是一个道德人物，也许他们的变态在一夜间发生，发生在任何一个平凡得不能再平凡的夜晚，只因为青寒的月色在他们的脸上涂抹了什么记号，从此便再也无法回头了……

——不懂。（Ｇ开始分心于涂抹指甲油的工程）

——不，很容易懂，所谓犯罪，在犯罪者的观点里，只有当犯罪行为被执法者发现才算成立，换一种说法，在他们心目中，犯罪只是一种后设的观念，一个变态的"完全犯罪"者，他在主观上体会出所谓正常其实只不过是大多数不正常的公约数而已。

就是类此无主题、无中心的闲谈，也说不上是对话，只能算是一种打发时间的自说自话的拼凑。八点十五分，G拎着皮包、冷漠地给我一个吻，说去上班，我实在很怀疑她的职业。

说到G，简直是比明信片中的B还要不真实的人物，至少B永远被禁锢在那张纸上，我不但可以触摸她化成纸张的脸庞，也牢牢掌握住B的形象，但是G，一旦离开我的房间，我便再也无法在脑海中描绘出她的脸庞，G的脸像是，所有女人的脸，莫知其然而组合出来的产品。和G是在某一次中部作家联谊会的回程中认识的，我在联谊会的中途就脱离了现场，一个人买了车票，G在桃园上车，事情的发展很寻常，她自称是单身的化妆师，兼任推销工作。夜间有无数理由可以邀请她共餐什么的。唯一可以证明G的身份者，是她对于穿着的审美观念，她采用的色彩与装饰，不仅是表面所见的肤浅形象，各有其必然的内涵，粗糙的、光滑的、暖调与寒调，所有附加在G身上的配件，有各种意料不到的组合，深深刺激着我的感官，然而夺目而令人恍惚的色彩底下，她只是一具女人空白的轮廓，不像风景明信片中的B，和贞静的黑色永远结为一体。

没有例外的，每个礼拜日早晨，她拿着钥匙进入我的套房。次晨，开着她那辆粉红色旅行车离去。

我摊开桌上的稿纸，K报的稿期已经到了无法宽贷的程度。这篇小说，似乎就是G的副本。原稿第二十二页：

我静静注视着她的裸身，我的裸身也精巧地摄入她的瞳仁，窥视和被窥视，双重的强烈刺激使得我的喉咙感到异常干涩，我将蚕一只只地放置在她白皙的身体上。这时，她缓慢而柔顺地阖起眼睛，我挑了一只最肥大而顽皮的，摆到她的额上，蚕翻滚到她的眼窝，又滑稽地攀上女人的鼻翅……另外一堆不安的蚕，在女人的小腹上搜索着什么，一道十厘米左右的疤痕，自肚脐下方延伸，这一道剖宫生产的遗迹，在蚕群的簇拥下，像一只粉红色的蜈蚣，直挺挺地僵死在被遗忘的时空中，我不由得俯首去吻那一道疤痕，几只蚕被我的脸颊压扁了，我感觉到自蚕身溢流出来的冷黏体液，将我的侧影裱贴在她的小腹上……

接下来，该写些什么呢？

四

这栋白色的建筑坐落在市区的边缘。

公路灰白色的枝干延伸到这里，二十余栋白色尖顶式建筑在斜坡间罗列着，像是恐龙下颌骨上参差零落的牙齿，驾驶着 G 粉红色的旅行车，从公路的岔口左转，经过一小段上坡，当车身微微下倾的时候，就可以看见一系列的白色建筑从绿色的包围中逐渐脱出，逼迫视野。我的套房就在第七栋的五楼。

今天是星期日，G 仍然没有来，傍晚的路灯都已经打开，沿着坡道通向路的尽头，尽头处是断崖，灰白的路面整齐地断在崖边。

今天有浩荡的动物车队经过公路，晨报上预告了好几天，据说部分市区街道都实施管制，因为动物园搬家了。

今天她没有来。

我站在饲蚕的铁盒子前，风景明信片上的 B 仍然穿上她唯一的黑衫，站在"恶地形"中，B 的表情似乎有了变化，一种夹杂怜悯的嘲讽。

蚕开始吐丝了，我掀开盖子，有嘶嘶如裂帛的声音，果然有几只蚕在盒盖与盒的接缝处织出了薄薄的茧。

几下有个纸盒子，我用左脚钩出来，"唰"的一声滑出，是壁钟的盒子，褪色的红盒面上用黑色印刷出一个圆形的时钟，上面死死地指着十二点。

蚕仍在织着它们的未来，我找到一把锈剪刀，将那纸盒上的钟剪下来，如同小学生玩耍的纸面具一般，我在重叠的指针两侧挖了觇孔，然后在三点和九点的位置戳开小洞，穿上两条红色的橡皮圈，然后套进我的双耳。

瓦楞纸板受潮了，有一股霉腐的气息，鼻头被压得扁平。我在镜前，看着镜中那戴着时钟面具的自己。

五

着黑衫、立于"恶地形"上的女子，静静伫立在无风的青灰岩石区中。

她想象自己进入一张古旧而未曾使用过的明信片中，然后被夹入一本旧书，被一个不知名的男子在旧书店里买去……

—— 一九八六年十一月二十五日《联合报·副刊》

【导读】

林燿德，本名林耀德，祖籍福建省同安区，一九六二年生，一九九六年逝世。二十世纪八十至九十年代初期台湾文坛一颗闪亮的彗星，创作文类横跨小说、散文、新诗、评论、电影剧本，可谓全能型的作家，曾获时报文学奖、联合报文学奖、梁实秋文学奖、金鼎奖等奖项。曾任杂志及出版社主编、"中国青年写作协会"秘书长。著有短篇小说《恶地形》《大东区》《非常的日常》，长篇小说《一九四七，高砂百合》《大日如来》《时间龙》，诗集《银碗盛雪》《都市终端机》《都市之蓼》《不要惊动不要唤醒我所亲爱》，散文集《一座城市的身世》《迷宫零件》《钢铁蝴蝶》，评论集《一九四九以后》《不安海域》《重组的星空》等，并主编文学创作、评论选集十数种。

《恶地形》堪称林燿德早期后现代小说的代表作：没有戏剧性的人物安排、跳跃的时间顺序、错置的叙述主体、缺乏明显的主题与故事主旨，甚至他解散了情节之间应该具备的因果关系，而每个主要段落之间，全部依靠着叙述者"我"作为联结。小说所隐藏的意义，都必须回到叙述语言的层面，才能被诠释出来。

在这篇小说中，我们看到了一个现代人"我"对于自我生命的荒芜感，以及某种意欲追寻但却好似受挫的现代经验。身处在都市中的"我"，所体会到的时间感来自地摊购买来的时钟，呈现了一种荒谬感。然而对于"我"而言，他并没有意图要拥有一个与都市同步的现代性时间感，反而认为任何一种时间状态都有其意义，都是被允许的。这里则充分表现出林燿德笔下的后现代特质，基本上是解构了现代意义的概念的。

最耐人寻味的问题其实是，为何"我"会将意识投注在那遥远蛮荒的"恶地形"中，而单靠着一张明信片给予的线索，便亲身履及？虽然对于"我"所身处的文明象征——都市而言，恶地形是蛮荒不文的；然而对于"我"而言，他不断地投注他的关怀在恶地形之上，而具有某种生命的力量，甚至是情感的重量，被投射在那个遥远的所在。而我们看到叙述者"我"在自己的生活中，爱情的困顿与失望，那无法被理解的彼此、空洞的对话，显示出的是一种人际的疏离、对感性的绝望。所以对于"我"而言，在那明信片上的女子影像，比现实生活中与他做爱、有最深入的肉体接触的女子，让他更感觉到真实。而呈现出一种拟象凌驾现实的后现代意义。到底真正的恶地形在哪里？真实与虚构的界线又在何处？这些都是留给读者去思索的问题。

而小说的最后，作者安排原来这一切关于"我"对 B 的想象，可能根本就是在恶地形的 B，想象自己进入一张明信片，而被一个男子买去。这种对于自我叙述的颠覆与解构，运用了大量的后设手法，呈现出林燿德对于小说叙述的自觉，以及二十世纪八十年代后设小说风潮下，浓厚的实验与挑战意味。

——陈国伟撰文

秀才的手表

袁哲生

是否真的每个人的身体里面，都有一只手表？

小时候，最令我怀念的，就是陪秀才去寄信的那一段时光。

每当秀才写好一封信的时候，总不会忘了找我一起去寄；如果我正在庙埕那边和武雄他们打干乐的话，秀才就会骑着他的大铁马咿咿歪歪地在大路当中绕圈子，直到我稳稳地抓住车后的铁架子，像只青蛙似的弹上车尾之后，秀才便会像一头干巴巴的水牛那样拱起背脊，死命地踩着踏板，往邮局的方向狂奔而去。

秀才之所以这样拼命赶路是有原因的，他要赶在邮差出现之前把信投进邮筒里去。在我们烧水沟这个地方，秀才可是少数几个戴了手表的人。那是一只铁力士的自动表，秀才没事便举起手来甩两下，然后把手腕挪近耳朵旁边倾听那嘀嘀嗒嗒的声音。这是秀才告诉我的，自动表里面有一个心脏，需要人不时地刺激它一下，否则便会停止跳动死翘翘了。

我敢发誓，在整个烧水沟，只有我一个人摸过秀才的手表。秀才之所以会放心地让我戴他的手表，原因就在于我对手表一点好感都没有。有一次，武雄趁秀才在树下打瞌睡的时候，用树枝去勾他的表链，结果秀才像疯了似的追着他跑。那一幕情景令我印象深刻，因为我从来没有看过一个能够跑得比狗还快的小孩。

　　每次去寄信，我和秀才就会比赛谁能正确地猜中邮差出现的时间，当然，每次都是我赢，所以秀才便百思不解地一次又一次地找我去寄信。秀才熟知邮差收信的时间，而且他还有铁力士，按照他的说法，那只"铁力克士"手表应该会为他赢得比赛才是。但是，秀才始终不知道，我可是靠我的耳朵赢他的。秀才失败的原因就在于：他以为这个世界就像皇历上记载的一样，是按照精确的时间在进行着的。但这是戴上手表的人才有的想法，像我阿公、阿妈，还有武雄他们就不这么认为。说实在的，谁知道下一分钟会发生什么事情呢？

　　我从来没有把我的想法告诉秀才，一方面，因为他是长辈的关系；另一方面，只要秀才继续充满迷惑地输给我，我就有吃不完的金柑仔糖和鸟梨仔，何必多费唇舌呢？其实，邮差也是一个少数戴了手表且又守时的好人。可是，他总不可能那样准时地于某时某分某秒便出现在邮筒旁吧？我能够准确地猜中邮差出现的时间，那是因为我真真实实地"听"见他来了。

　　邮差和秀才一样，骑着一台破旧的大铁马，因为他一直懒得为它上点油，所以骑起来链条吱嘎吱嘎的，辨认起来一点儿也不困难。

　　从小我的听力就很好，虽然还称不上顺风耳，不过，即使隔了好几条大路，一旦有任何异状，我马上就能和凉亭仔脚的那只癫皮狗同时竖起耳朵来，用一种专注而负责的态度向远方"听"去。不是我在自吹，这个本事，连阿公都很佩服我。还在上幼儿园之前，我便已通过了连番严格的考验。只要远远地从大路的尽头出现了一阵灰灰的人影，我一"听"就知道是办丧事的，或是办喜事的，而且屡试不爽。

　　这都是阿进仔的功劳。

　　阿进仔是卖粉圆冰的，推着一台双轮小板车，两个大铁桶，一头放粉圆，一头放碎冰，车头杆上吊着一只小铜铃，走起来叮叮地响，清脆的铃声里还混杂了陶碗、铁匙相互碰撞、挤压的颤抖声，那声音真是哗哗地激人嘴馋。不是我在吹牛，在那个年头的炎炎夏日里，阿进仔在烧水沟可是比七爷、八爷还要神气的家伙。

而我总是整条街第一个发现阿进仔的小孩。

"阿公，我要吃粉圆冰。"

"团仔人有耳没嘴，知唔？"

阿公斜睨着我，将手上那把锋利的剃刀自客人沾满白色泡沫的下巴移开，然后在一条黑油油的皮革上霍霍地刮了两下。

"阿妈，我要阿进仔的粉圆冰。"

"憨孙仔哟，哪有粉圆冰啦？"

阿妈坐在光线明亮的凉亭仔脚，一边对我说话，一边还拣着手上的四季豆，可是她没有发现，癞皮狗姆达已经高高地竖起它那一双毛茸茸的烂耳朵了。

正当阿妈还在疑惑的时候，阿进仔的铃声已缓缓地逼近，而我幼小的心灵里，也立刻浮现了一幅即将一再重演的景象：当我端着一碗甜滋滋、香弹弹又透心凉的粉圆冰，坐在角落里的小板凳上独享时，阿公必定会从工作当中抽空回过头来，不屑地露出一副想要掩藏食欲的表情，与我四目相对。就在我圈起手臂来保护我的粉圆冰时，阿公总是吐出那一百零一句的评语：

"吃乎死卡赢死无吃！"

其实听力好又不是我的错，就像秀才老是输掉比赛也不能怪我的道理是一样的。

倚赖手表的人听力怎么会好得起来呢？

有几点我始终弄不清楚的是：秀才是谁？他住在哪里？家里还有

什么人？他的钱从哪里来？为什么大家都叫他秀才？还有，为什么在这么多小孩之中，秀才偏偏挑中了我？

　　或许在秀才眼中，我也一样只是一堆问号而已。不过，有一点我很确定的是，秀才不一定和大人们口中所说的一样，是个成天游荡、不事生产的废人。套句阿公常常用来批评我的话，这种人只是"放鸡屎的"，意思就是说，别指望我们这种人会下鸡蛋了。

　　我觉得在这种恶毒的批评之中，带有很浓厚的嫉妒成分。

　　这种话用来教示我还勉强可以通过，用在秀才身上就太刻薄了点儿。

　　秀才可是生活得很认真的人，在烧水沟，像他这个年纪（三十？四十？或者五十？）就戴上了手表，又努力工作的人可是没几个。我说秀才工作认真可是有凭有据的，人家每隔几天就用毛笔写一封信，厚厚的一封哩！虽然我不知道信里面和信封上写的是什么（因为那时候我还不识字），可是我的眼力也是很不错的，至少我看得出来秀才的字写得很用力，也很漂亮，比阿公请算命仙仔写在价目表上的字要强得多了。

　　可是偏偏邮差（另外一个工作认真的人）却说，秀才不贴邮票也就算了，那些信封上的地址根本就是秀才自己发明的。"全台湾岛根本就无这个所在"，每当邮差把厚厚一沓信退还给守候在邮筒旁的秀才时，便会重复这一句话。这个时候，秀才总是低头沉默不语，把信交给我拿着，然后载到水窟仔那边去，拿糖果给我吃。

　　水窟仔是位于糖厂后方铁枝路边的一个废鱼塭，四周长满了高大的芒草，从外边看不见里面原来是一个大水塘。到了水窟仔那边，秀才把铁马沿着铁枝路旁的碎石坡推下去，然后用力扛起铁马，带着我从芒草丛的缺口钻进去，再把我们藏在鱼塭旁边的两支竹钓竿取出来。

这个时候，我就用那个捡来的凤梨罐头盒，从一处松软的泥土里掏挖出几条孔武有力的蚯蚓来，准备一边吃糖果，一边钓青蛙。

不是我在吹牛，钓青蛙我就比秀才厉害得多了；这样说，也不太精确，这种成绩是很难比较的，因为秀才从来就没有钓到半只青蛙过，连一次也没有。糖果也是被我一个人吃光光的。

我最记得的是，不论春夏秋冬，秀才总是穿着全套的、厚厚的大西装，坐在水塘边的一块大石头上，呆呆地拿着一支绑了蚯蚓的竹钓竿去“喂”青蛙。那种蠢方法，钓不上青蛙是应该的，可是一年四季都穿着那套又黑又臭的大西装就不太应该了。我猜那套衣服是秀才他阿爸结婚那天穿的，因为我阿公也有相同的一套，而且也是从来不洗（至少我没有看他洗过），不过，每年只有过农历春节的那几天才看他穿一下。像秀才这种穿法就不太像话了，在这一点上，他可就没什么时间观念了，不像是一个手上戴了手表的人该做的事。然而，这种穿法也有好处，冬天防风，夏天防蚊子，而且永远不必买衣服。

钓上来的青蛙，我都会用一大截从水面捞起的湿草茎，细细地缠绕住蛙腿，绑成一串提回家，送给阿公、阿妈当礼物。阿妈总是担心我的安全，叫我“下次少钓一点”，她怕我万一淹死了，就没办法跟我老爸、老妈交代了。阿公就比较过分了，最爱喝青蛙汤的是他，不停地骂人的也是他。他总是命令我以后不准再跟“空秀才仔”鬼混，并且警告我，下次再去钓青蛙的话，要把我的脚骨打断（就像他对付那些青蛙一样）。

这种忘恩负义的口气让我非常不满，天下岂有白吃的青蛙？这般的情绪积压久了，一旦时机成熟的时候，我怎么会舍得放弃可以小小教训他一下的机会呢？

这一天，机会终于来了。

虽然阿公时常把"生死由命，富贵在天"这句话挂在嘴边，不过，每年他还是忍不住会去仙仔那里算一次命。往常都是在农历年底的时候，当所有的顾客都已经来剃过头、刮过胡子，耳朵也掏干净了之后，阿公便会若有所失地从抽屉里抓出几张钞票，往大树公那儿走去。虽然我待在家里照常能够清清楚楚地听见他们说了什么（大树公才多远？也不过隔一两百米罢了），不过我还是希望跟阿公一起去看看那只小白文鸟咬纸签的绝活，我只是想要在一旁轻轻摸一下小鸟的翅膀而已。那年，阿公去得特别早，（生意不好？）他不让我跟。我心想，不跟就不跟，命不好还怕人家知道？烧水沟有几个好命的？去到那里，仙仔还不是那句老话："我讲啊，时也，运也，命也。做一天的牛，就拖一天的犁，一枝草就有一点露也。好业是果，前世是因，龙配龙，凤配凤，歪嘴鸡是不免想要吃好米啊——"我就恨自己的下巴没有一撮白色的山羊胡子，要不然，做个团仔仙来过过瘾也不坏。

不过，那年算命的结果却不一样，他们说话的内容，我和癞皮狗姆达都听见了。

"旧历十一月十九日和二十九日会有大地动，当中一次会把台湾岛震甲裂做两半……"

"可怜哦，不知是顶港或是下港会沉落去海底哦，唉！鸡仔鸭仔死甲无半只哦，侥幸哦……"

就在算命仙仔"唉哦、唉哦"的叹息声中，我听到阿公默默地起身，轻轻靠上长板凳，拍拍他的大肚子，踏着沉重的脚步往回走来。

仙仔这几句全新的台词可是天助我也。我喜滋滋地搬出高脚凳和小板凳，取出图画纸和一盒蜡笔，坐在凉亭仔脚画起画来。在我画画的时候，姆达很乖巧地坐在一旁吐舌头，好像在为我的计划高兴着。"侥幸哦——侥幸哦——"我一边拿起一支蜡笔来涂涂抹抹，一边还忍不住在心中模仿仙仔说话的语气。阿公沉重的脚步声愈来愈大，好像也在为我加油似的。

"猴死囝仔在创啥？"

"没啊，人在画尪仔啊！"

"这是啥？"

"厝啊。"

"厝哪会是红色的？"

"没啊，火烧厝啊。"

"没待没志，哪会火烧厝？"

"啊就地动啊，灶脚就火烧啊！"

"啊，这些个是啥？"

"人啊。"

"人哪会拢总跑出来？"

"跑命啊！"

"你黑白讲、乱乱画，谁甲[1]你讲会地动？"

"没啊，画好玩的啊！"

"画什么死人骨头，画符仔仙你，啊，这是叼位[2]，顶港还是下港？"

"我哪会知啦，黑白画的啊！"

就在阿公气急败坏地没收了我所有的蜡笔，并且把我的"杰作"撕成七七四十九片的时候，我终于首次尝到了当算命仙的美妙滋味了。

那天吃晚饭的时候，阿公满面严肃地宣布了一个重大的决定：他要买一只手表。

这个决定，立刻遭到了阿妈的强烈反对，她说，这一年辛辛苦苦存下来的钱是要拿来买大同电锅的，况且，一个剃头的师傅根本就用不到手表，而一台大同电锅却可以用上好几十年都不会坏呢！

"你七月半的鸭子不知死活。"听到阿妈说大同电锅可以用"好几十年"的时候，阿公终于忍不住光火了起来。

"你才是老番颠咧！"阿妈的语气，充分表达了她对电锅的喜爱。

"啪"的一声，阿公把竹筷子往桌上用力一按，"你查某人是知啥米，你是要我打乎人看是嗨，你——"说到这里，阿公怒气未平地朝我瞪了一眼，似乎是怕我听见或是看见了什么事，一副天机不可泄漏的模样。

"买电锅卡³好啦，阿妈要电锅，我嘛要电锅，你又不是空秀才仔，要手表要创啥？"

听到我说"空秀才仔"，阿公的脸色看起来和猪肝非常接近，我知道我的计划肯定会成功了。

"驶伊⁴娘仔，空秀才仔都有手表，是按怎⁵我不行有？你爸就是要买手表啦，阿无恁⁶是要按怎？"

隔天，阿公到菜市仔口的钟表行买了一只精工牌的自动表，那是他生命中的第一只手表，在他的想法里，那也可能是他的最后一只手表了。

自从戴上手表，阿公的内心似乎平静了不少，虽然他每天的作息还是一模一样，生意也没有好起来，但是手表却是那样活生生地让他安心着。他不时地举起来瞧瞧时间，那根细细的秒针慢吞吞地走着，老半天才绕一圈，绕个六十圈也才一小时。时间变慢了，阿公似乎得到了安慰，他闲来无事时便会用手掌轻轻地抚摩着晶亮的表面，好像交到了一个知心的好朋友。

这是暴风雨前的宁静，我知道。这场计划终归是我赢，我在心里算计着，旧历十一月十九迟早要来的，到时候，那只全新的精工牌手表就会像一条大水蛭似的令人憎恶不已。也就是说，阿公早晚会发现，只要一戴上手表，他就注定和秀才一样，只能呆呆地守候在大邮筒旁，感慨这个世界实在太不准时了。

当然，像秀才这种人是不会停止写信的，这就是我知道我一定会赢的最大原因。接下来的日子，我照常地吃我的金柑仔糖，钓我的青蛙，打我的乾乐，日子一时还没有太大的改变。

倒是隔壁武雄家有一些不同了。自从阿公买了手表之后，武雄他老爸火炎仔也吵着要买一只，为了这事，火炎仔打了他老婆丽霞仔好几回，不过丽霞仔体力好，韧性强，所以火炎仔的手表始终没买成。

每个人的身体里面原本就有一只手表，这是我从火炎仔身上验证得到的道理。自从火炎仔确定他买不成手表之后，只要阿公的剃头店门开着的时候，每隔一小时，火炎仔便会从他做红龟粿的工作中抽身，走到店门外的凉亭仔脚张望着。这时候，先是姆达竖起了耳朵，然后便会听到火炎仔用他粗大的嗓门对阿公叫嚷着：

"水木仔，现在两点对嗎？"

"水木仔，三点到了未？"

"四点了是嗎？"

"五点对嗎？"

火炎仔出现的时间是如此准确，阿公也只有看一眼手表，然后点点头的份儿了。阿公点完头后，火炎仔便会露出一抹诡异的笑容，然后欣然地返回他的工作岗位，接着才是姆达满意地垂下它的那双烂耳朵，继续打盹儿。

头几天，这样的猜时间游戏还有点趣味，可是再来就不这么好玩了。对于火炎仔这种贪小便宜、近乎不劳而获的行为，阿公渐渐地不耐烦了起来。

"水木仔，现在六点整对不对？"

"你哭爸啊!"

"火炎仔,里面坐啦!"对于阿公这种态度,阿妈感到非常失礼。

"免啦,免啦,问一下时间而已。"火炎仔仍旧带着那抹笑脸返回家去。

由于阿公的不友善态度,火炎仔变得收敛了些。他改成每两个小时才来探头探脑一次,还是一样的准确无误。

"水木仔,十点是嗳?"

"不知啦。"

"十二点到了对嗳?"

"看衰啊!"

阿妈认为阿公是愈老愈番颠了,我可不这么认为。我知道,十一月十九已经愈来愈接近了。

十一月十六那一天,我和秀才正在水窟仔钓青蛙,一只大青蛙咬住蚯蚓,我正要提钓竿时,突然,地动了——先是水面轻轻地荡了一下,接着是猛烈地摇摆,握在手上的钓竿,好像水面上的蜻蜓那样横冲直撞起来。

我匆忙甩掉钓竿,趴倒在地上,对大石头上仍然傻愣愣的秀才大叫:

"秀才,地动了,快走!"

我永远忘不了秀才当时的样子。他躲在他的大西装里,身体瑟缩着,双手依旧直挺挺地死命握着钓竿,一脸茫然……

地动过去之后,秀才全身依然发抖不止,我只好帮他把铁马推到大庙埕那儿去放。我拿糖给秀才,他不吃;叫他回家,他也没有反应。后来,还是邮差刚好骑着铁马经过大庙口,秀才的眼睛一亮,才回过神来。见邮差经过,这一惊非同小可,秀才立刻跨骑上他的铁马,不等我跳上车架，便嘎吱嘎吱地往邮筒那儿狂奔而去。我想，可能是他口袋里还有一封要寄的信吧；我本来想跟上去看看的，可是武雄正好奉命前来叫我回家了。

接下来的两天，旧历十一月十七、十八也是一样的情形，接连三天地震，可把大家都吓着了。

阿公一径地摩擦着他的手表，擦得表面、表链都油光满面了，终于，他下定决心要把算命仙仔说的话告诉阿妈了。

十八那天晚上，我在我的小房间里，听到阿公和阿妈房里传来窸窸窣窣收行李的声音和低沉的交谈。

"不行了，要快送回去，下港要沉落下去了。"

"你不通黑白想啦，仙仔的话敨准啦，又不是不曾地动过。"

"恁查某人知影[7]啥？待志严重啊恁甘知[8]？"

"由在你讲啦，你欢喜就好啦！"

"卡早困[9]啦，明早天光我就坐火车带他回去。"

"按迟也好啦，唉！"

阿妈这一声"唉"，倒着实令我发慌了起来。没想到，最后我倒成受害者了。想到隔天就要告别烧水沟了，我的心情顿时哀伤起来，这时候，如果癞皮狗姆达再吹上几声狗螺的话，我一定会孤单地流下泪来的。武雄欠我的三颗干乐怎么还我？没有了我，谁陪秀才去寄信呢？谁来钓青蛙给阿公、阿妈呢？到了明年夏天，我就听不到阿进仔卖粉圆冰的叮叮声了……

虽然我并没有戴手表，但是，该来的还是要来的。十九日透早[10]，吃过阿妈的地瓜稀饭配菜脯，我和阿公一人提了一个花布包袱，往火车站的方向走去。我们出门的时候，阿妈和姆达在凉亭仔脚上目送我们离去，在阿公的催促下，我只能回过头去跟他们挥了两次手。

熹微的日头从烧水沟那边照过来，我和阿公一大一小的身影淡淡地投映在大路上，好像一根分针和一根时针被联结在一起慢慢地走动着。

对于画图的恶作剧，我开始感到懊悔了。

我们沿着大路走，穿过一大片甘蔗园，再顺着铁枝路往糖厂的方向走去。阿公叫我要注意有没有火车开过来，还郑重地警告我，待会儿坐上火车，不准吵着要买牛奶糖或是茶叶蛋。

我觉得这样很不公平，为什么阿公就可以在火车上要一杯热茶，而且下车时还把杯子收到包袱巾里面去？

我说要放尿，阿公一直看他的手表，频频地催促我：

"卡紧[11]咧啦，猴死囝仔，慢牛多屎尿！"

其实我也不是故意的，可是阿公愈看表，我的尿就愈多，到了后来，阿公自己也想尿了。

"闪卡边一点儿知唔[12]？注意看有火车无。"说完这句话，阿公放下手上的包袱，往铁道旁的芒草丛里钻进去，接着就只听到芒草茎相互摩擦发出窸窸窣窣的声音，声音一直往里面游走过去，然后在一处较稀疏的地方静止了下来。

"注意看火车，知唔，我要放尿。"直到阿公隔空说完这句话，四周才真的安静下来。

天空清洁溜溜的，连一朵云都没有，只有一只老鹰在不远处的上方兀自盘旋着。我往铁轨延伸的方向望去，两条直直的黑线在远方交会成一个尖尖的小点，什么鬼影子也没有。

火车不会准时开出来的，这我早就知道了。即使全烧水沟的人都戴上手表了，火车还是火车，邮差还是邮差，当然，我也还是我。要知道火车到底来了没有，还是要用"听"的才准。

我拎着我的花布包袱，站到铁轨中间的枕木上，蹲下来把耳朵贴在铁轨上。除了闻到石块间隐隐发出的铁锈、鸟粪和干草的味道之外，一点动静也没有。

我随手捡起一把小石块，往阿公的方向掷去。

"猴死囝仔，你讨皮痛是吗？"

"不是我啦！"我把手掌圈在嘴边，大声对草丛吼去。

"不是你，要不甘[13]是鬼是吗？"

"不是我啦，是空秀才仔啦！"

"你甲我骗猾仔[14]，等一下你就知死！"

太阳又升高了一些，路旁的芒草也愈来愈密集。我们继续沿着铁枝路走去，再转个小弯，经过一个小平交道，就到水窟仔了。

火车依旧没有来。

一阵灰灰的人影出现在前方，他们聚集在铁道上。

"出待志[15]了，走卡紧咧！"阿公又望了一眼手表，催促我加快脚步。

"在水窟仔那儿！"我伸长了脖子说。

火车稳稳地停在铁轨上。好几个派出所的警员聚在火车前方，他们交头接耳地说着话，我清清楚楚地听到其中一个人讲说：

"这个空秀才仔！"

我和阿公一起看见了秀才的大铁马歪歪扭扭地倒在铁道边的斜坡上，而秀才则在另一头，他的身上盖了一张大草席，只露出半截手臂在外面。

他们把邮差也找来了。邮差说，昨天他告诉秀才，邮局的信都是用火车一布袋一布袋地载走的，秀才听了很欢喜，就说他要自己去寄他的信。

秀才的信是用一个大饲料袋装着的，袋子大概被撞得飞到半空中才掉下来，信飘落了一地，像是一大摞长方形的厚纸板，铺撒在铁道旁的一排小黄花上。

阿公不让我靠近秀才。

我猜，秀才一定是大清早便在水窟仔这儿守候火车的，就在他久久等不到火车，而把铁马牵到铁枝路上往回走的时候，火车来了。我想，或许秀才死前的最后一刻，正好举起他的手腕在看时间也说不定。

我从来没有告诉过阿公，我们是在相同的那一年，各自拥有了属于自己的手表。

那天，就在他们围在一起讨论秀才的死因时，我在靠近水窟仔的秘密入口处捡到了秀才的手表。我知道秀才是要把这只表送给我的，要不然他不会把他的手从草席底下伸出来。

我并没有戴那只手表。我也没有告诉他们，秀才就是因为戴了手表，所以才会听力不好的。

并不是我不想告诉他们，而是他们不会相信我的。

我从来不知道秀才的信里面到底写了些什么，我也不知道秀才是谁？住在哪里？又为什么在这么多小孩之中，偏偏选中了我。

那天和阿公依照原路走回家之后，我就把秀才的手表藏在床板下面的一个夹层里。

奇怪的是，从此以后我的听力变得不如从前了。有的时候，睡到半夜，我会梦见秀才被火车追撞的那一刻，"轰"的一声把我从噩梦之中惊醒，然后我的耳畔便会一直嗡嗡地响起那句话来：

"这个空秀才仔！"

在这个时候，我便会挪开床单，掀起一块床板，取出秀才的手表来摇一摇，再贴近耳朵听那"嘀嗒嘀嗒"的声音。

秀才说得没错，每一只手表里面都有一个心脏，需要人不时地刺激它一下，否则便会停止跳动死翘翘了。

偶尔，我还会一个人独自回到水窟仔那边钓青蛙。当我孤单地握着一枝钓竿，等待青蛙上钩的时刻，四周更显得一片死寂。在那种全然安静无声的下午时光里，有时竟会让我误以为自己早已经丧失了听觉。

我很怀念小时候陪秀才去寄信的那一段时光，如果可能的话，我很想亲自告诉他，其实，我们每个人的身体里面本来就有一只手表，只要让自己安静下来，就可以清楚地听见那些"嘀嗒嘀嗒"的声音正毫不迟疑地向前狂奔着。

—— 一九九九年时报文学奖短篇小说首奖

【注释】

1. 甲：方言，和。

2. 叼位：方言，哪里。

3. 卡：方言，比较。

4. 驶伊：方言，骂。

5. 按怎：方言，怎样，怎么。

6. 无恁：方言，不，无奈。

7. 知影：方言，知道。

8. 甘知：方言，知道吗。

9. 卡早困：方言，比较早睡觉，睡眠就比较好。

10. 透早：方言，一大早。

11. 卡紧：方言，快点。

12. 闪卡边儿上一点知嗨：方言，闪到边儿上一点知道吧？

13. 甘：方言，连接助词。
14. 你甲我骗猜仔：方言，你和我胡说八道。
15. 待志：方言，事情。

【导读】

　　袁哲生，祖籍江西省瑞金市，一九六六年生，二〇〇四年逝世。文化大学英文系毕业，淡江大学西语所硕士。曾任《自由时报·副刊》编辑、《FHM》杂志主编。著有《寂寞的游戏》《秀才的手表》《猴子》《罗汉池》《静止在：最初与最终》等小说，以及"倪亚达"系列故事。

　　袁哲生是台湾新世代作家中令人最叹息的，在小说中总是呈现出欢乐、开朗人生观的他，最后却选择结束了自己的生命，令人不解与不舍。他在一九九九年得到时报文学奖小说首奖的《秀才的手表》，就是一篇非常具有他个人风格的、充满乡土人情与趣味的小说，叙述着烧水沟这个村子里，关于"时间"的故事。

　　小说中的秀才每天去寄信，依照着他手表上的时间，去等待着邮差到来，但他却永远无法准确地测知邮差到来的时间，反而在每天的比赛中，输给靠听邮差脚踏车链条声来判断而猜中的孩子。屡战屡败的秀才从来不知道问题出在哪里，因为他总是以为"这个世界就像皇历上记载的一样，是按照精确的时间在进行着的"。而乡下的孩子却凭着野性的本能，颠覆了秀才文明且秩序性的理性判断。

　　各种不同的时间景观，充斥在烧水沟这个村落，像是乡土独有的秩序与运行：算命仙仔预测农历十一月十九日会发生地震，结果十六日开始便连着几天地震，却在十九日当天无声无息。当主述者的阿公买了手表之后，隔壁没有手表的做红龟粿的火炎仔，却能准确预测每个钟点，使得阿公因为灾难来临，而煞有其事购买的"时计"，成了最好的讽刺。不禁让人思考起作者在小说中所讲的，是否真的每个人的身体里面，都有一只手表？然而当我们无法体会他人的时间秩序时，如何可能沟通？又如何可能理解呢？

　　小说最后秀才的死亡可说是作者精心安排的隐喻，火车原本就是现代性的象征，与"时间"的概念紧密相连，以手表与俯听车轨两种截然不同的火车时刻预测方式，呈现了现代化时间与乡野时间遭遇的挫败；能掌握精确时间的秀才，最后却死于那从未准点的火车，像是一组时间碾过另一组般，隐喻着现代化与乡土的冲突。而当主述者继承了秀才的手表之后，他的听力大不如前，甚至梦到了秀才的死亡，是否也暗示着，被现代秩序及时间驯化的结果，除了失去了乡土本质的纯净外，也象征着乡土最终将与秀才有着同样的下场，也就是死亡呢。

——陈国伟撰文

降生十二星座

骆以军

个人身世与记忆成为无法寻回的时间碎片。

让我们从《快打旋风》的电动玩具开始吧。当然现在店面里摆的台子清一色是第三代、第四代之后了。你可以挑选从前被锁在最后四关的四大天王：手绑长钩脸戴银制面罩穿葱绿色紧身裤的西班牙美男子；拉斯维加斯拳击擂台上三两下重拳便将对手摆倒的泰森；泰国卧佛前打赤膊攻防几乎无懈可击的泰国拳僧侣；还有最后一关被孩子们称为"魔王"或"把关老大"，开赛之初很帅气地把纳粹蓝灰的军官大鳌一抛，然后干净利落标准世界搏击动作地三两下把你干掉的越南军官。

以前你不能选他们的，现在你可以了。现在你甚至可以用自己和自己对打，譬如说你可以看见荧幕上相同的穿红衣的 Ken 和穿青衣的 Ken 对打，或是穿白衣的 Ru 和穿青衣的 Ru 对打，完全相同的程序设计：一样的招式一样的气功和神龙拳（日本发音的 Hurricane、飓风，他们会嘶吼着冲腾上天——ㄏㄡ——ㄌㄧㄡ——ㄎㄧㄢ！）孩子们喜欢挑日本宫殿屋檐上穿白色功夫装的 Ru，像是真正肃杀的对决，画面上头发还在风里一阵一阵地翻飞，那个酷！当然你一开始就是坚贞地选用春丽，一个十五六岁的中国女娃，背景大约是广东某个市镇的街道，后排坐着一个穿唐装的陌然拎着一只鸡在宰杀的人，还有另一个面无表情骑脚踏车经过比武现场的中国人，还在简体字的商店招牌下，有一张红字的标语："禁止吐痰"。

当然你始终在投币五元后毫不考虑地选用春丽，有一部分原因是每每她将对手干倒后，鬓发零乱衣衫不整雀跃地露出十五岁少女欣喜若狂的娇俏模样，确乎是搔到你某一部分轻柔的寂寞的心结。不过还有一部分是老电动迷怀旧的历史感吧。孩子们不懂江湖恩恩怨怨的悲凉，你却清楚记得早在第一代的《快打旋风》，背景是长城，一个曲背弓腰、白胡长眉、打螳螂拳的中国老头，他的武功轻盈刁钻，后来却被你抓到弱点，每每用阴毒低级的扫堂腿攻他下盘，让老人家含恨塞外。所以当孩子们为着这第二代"破台"后电动为每一角色播放带着煽情配乐的身世情节新鲜好奇时（譬如说那个酷 Ru 吧，他在打完电动中所有擂台，悲叹着此后天下再也没有对手后，寂寞悲壮的背影朝红色的夕阳走去；又或者那个俄罗斯摔跤的巨汉，在最后一关把越南军官干倒后，会有一架直升机从天而降，机舱走出的人在电脑设计之初还是苏联总统的戈尔巴乔夫——啊，世局的纷乱比电动的机种还教人不能适应——和他一起跳俄罗斯方块舞），你在看到少女春丽辛苦地撑完最后一场拳赛后，在哀伤的音乐下跪在她父亲的墓前，字幕上打着：爸爸，我已为您复仇。然后十五岁的少女，换上青春亮丽的洋装，把不属于她这个年纪的、染满血和仇恨的功夫装抛开。

啊，你怎么能不脸红心跳呢？电动玩具里的世界。你的世界。你清楚记得是自己把那个仙风道骨的老人干掉的。原来她是……仇家的女儿？不对。你是她的仇家。难道你要再用 Ru 或 Ken 那个丑不拉叽的怪兽，把这个单薄天真却背负着杀父之仇的女孩再除掉吗？

于是你每每在投币后，总是麻木地，故意不去理会底层复杂在翻

涌的心思，没有后路地选择了春丽，她代表这五元有效的、你电动玩
具里的替身。你是她的主人，你操纵着她如何去踢打攻击对手（好几
次你无意识地让她用出你最拿手的当初干掉她父亲的扫堂腿），她是
你的傀儡，而你却清清楚楚地看见，重叠印在每一场生死相搏的电动
玩具画面上的，你的脸，是她看不见的，在她上端的真正杀父仇人。

太凝重了。

再后来，你知道，每一个角色都是有星座的。

优雅平静的 Ru 是天秤座。金发火红功夫装暴烈性子的 Ken 是白
羊座。相扑的 Honda 是双子。怪异的人兽杂交的戴着手镣脚铐的布兰
卡是双鱼。美国空军大兵是狮子。印度瑜伽面容枯槁的修行僧是摩羯。
下盘较弱轻盈地在上空飞跳的西班牙美男子是水瓶座吧。满身刀疤俄
罗斯摔跤的巨汉是巨蟹。拉斯维加斯的拳王是金牛。那卧佛前的泰国
拳僧侣是处女座了。魔王是人马，毋庸置疑，干脆、利落、痛快。

复仇的春丽，别无选择，只好降生此宫，童稚、哀愁、美艳、残
忍完美协调地结合，天蝎座。从眼神我就知道。

当然我们都还记得三年十班的教室。那年我父亲因我至今不很清
楚的原因，被他任教的那所中学解聘，整整一年皆面色阴沉地赋闲在
家。家里孩子们疯闹地追逐到父亲的书房门前，总会想起母亲的凝重
叮嘱，声音和笑脸在那一瞬间没入阴凉的磨石地板。甬道的书柜、墙
上父母亲的结婚照、温度计、父母亲卧房的纱门，还有一幅镜框框着
的米勒的《拾穗者》的复印画。小孩子都知道家里发生了重大的事情，
是在这个甬道组成的房子之外，我们所不能理解的。

我清楚地记得，三年十班的教室。那之前，我和哥哥姊姊念的是

靠近要往台北的那条桥的私立小学，小男生小女生穿着天蓝色烫得笔挺的制服，小男生留着西装头，钢笔蓝的书包上印着雪白的校徽。私立小学的校长据说是抗日英雄丘逢甲的孙女，父亲是她政工干校的同学，所以全校的老师都认得我们家的孩子。每当姊姊牵着我走过办公室，很有礼貌地向那些老师问好，就会听见她们说："啊，那是杨家的孩子嘛。"

这样地和姊姊一同在回家的路上，同仇敌忾地睥睨着同一条街上那所公立小学的孩子：啊，肮脏地挂着鼻涕，难看的塑胶黄书包，黑渍油污的黄色帽子。也没有注意父母那些日子不再吩咐我们别理那些公立学校的"野孩子"。于是就在一次晚餐饭桌上，沉默的父亲突然面朝我说："这样的，小三，下学期，我们转到网溪小学去念好不好？"

本能地讨巧地点头，然后长久以来阴沉的父亲突然笑开了脸，把我的饭碗拿去，又实实地添满："好，懂事，替家里省钱，爸爸给你加饭。"

餐桌上哥哥姊姊仍低着头不出声地扒饭，我也仔仔细细地一口一口咀嚼着饭。一种那个年纪不能理解的，糅合了虚荣和被遗弃的委屈，嗝胀在喉头。

然后是三年十班的教室。我也戴上了黄色小圆帽。下课后教室走廊前使我惊讶新奇的孩子和孩子间原始的搏杀：杀刀、骑马打仗、跳远、K石头。陌生的价值和美学，孩子们不会为骂"三字经"而被嘴巴画上一圈墨汁。说话课时从私立小学那里带过来的拐了好几个弯的笑话让老师哈哈大笑，全班同学却面面相觑地噤声发愣。

然后是一次自然课和自己也一头雾水的老师缠辩蚯蚓的有性生殖和无性生殖而博取了全班的好感。不是因为博学，他们不来那一套。那天原是要随堂考的，老师却在紧追不放的追问下左支右绌地忘了控制时间。有一些狡猾的家伙眼尖看出了时势可为，也举手好学地问了一些莫名其妙的问题加入混战："那，老师，如果蚯蚓和蚕宝宝打架，是谁会赢呢？""那万一切掉的那一半是屁股的那一半，不小心又长出屁股来，那不是成了一条两个屁股的蚯蚓吗？"

后来便奇怪地和一群家伙结拜兄弟了。里面有两个女孩子。其中之一叫郑忆英的女生，开始挂电话到我家。第一次是在房间偷玩哥哥的组合金刚，母亲突然推门进来，微笑着说："有小女生打电话来找我们杨延辉了。"

讪讪地若无其事地去接了电话。

"喂。"

"喂，杨延辉，我是老五郑忆英，我有事情要告诉你。"

"什么事？"

"杨延辉，我告诉你哟，你不要去跟陈惠雯、高小莉她们玩哟，你连话都不许跟她讲，否则我们的组织要'制裁'你哟。"

"我没有，"但是那天放学我才看见老大阿品和老三吴国庆，和她说的那几个女生在玩跳橡皮圈，"这是'大家'要你来通知我的吗？"

"不是，"女孩很满意我的服从，声音变得甜软，"是我叫你不要理她们的啦，我跟你说哟，那几个女生很奸诈，她们最会讨好老师了，她们还会暗中记名字去交给老师……"

啊，三年十班的教室。有时你经过学校旁的烧饼油条店，穿着白色背心卡其短裤的老刘会像唱戏那样扯着嗓子作弄你："杨延辉吔——咱们的小延辉儿白净净得像个小姑娘吔。"你红着脸跑开。烧得熏黑的汽油桶顶着油锅，老刘淌着汗拿双很长很长的筷子翻弄着油条，老刘积着一小粒一小粒汗珠的胳膊上照例刺着青。油煎锅上方的油雾凌扰扭曲着，如果你坐在店里朝街上望，所有经过油煎锅的行人、脚踏车、公共汽车，都扭曲变形了。

后来是坐我座位旁边的结拜第六叫什么婷的女生，有一次上课突然举手跟老师说她患了近视，坐太后面常看不见黑板。然后是郑忆英自告奋勇愿意和她换位置。

这是个阴谋。接下来的一天我都很紧张。我没有和陈惠雯她们说话啊。她是不是来"制裁"我的？像是我的沉默伤到了她的自尊，女孩在前几堂课也异常地专心，闷闷地不和我说话。到了最后一堂课，她开始行动了。她仍然端正地面朝黑板坐着，一只手却开始细细地剥我手肘关节上、前些天摔倒一个伤口结的疤。一条一条染着紫药水的硬痂被她撕起，排放在课桌前放铅笔的凹槽中，我没有把手肘抽回，僵着身体仍保持认真听课的姿势，刺刺痒痒的，有点痛。手肘又露出粉红色渗着血丝的新肉。

连续好久，回家，母亲帮我上紫药水，慢慢结痂，然后女孩在课堂上不动声色地一条一条把它们剥掉。

直到有一天母亲觉得奇怪："小三这个伤口怎么回事，好久了，怎么一直都没好？"然后她替我用消毒绷带包裹起来。

另外一次是老大阿品带领，教师节那天所有结拜兄弟（妹）的孩子们，都骗家里说学校要举行活动，然后一群人坐台北客运去大同水上乐园游泳。我把母亲帮我刷得黑亮的皮鞋藏在书包里，穿着老大阿品多带的一双拖鞋，兴奋地和他们挤在公车最后一排随着车身颠簸，觉得公车愈开愈远，那个阴沉的父亲、小声讲话的母亲的家，仿佛会从此被我抛弃在身后，永远不知道我是在哪一天离开他们的。

全部的人里只有我不会游泳，兄弟姊妹们很够义气地凑了钱替我租了一个游泳圈。我静静地漂在泳圈上，看着他们一个个浪里白条，把寄物柜的号码木牌扔得老远，然后哗哗钻入水里看谁先把它追回来，我有点害怕，究竟这是第一次，大人不在身旁，且第一次是漂在脚踏不到底的成人池里啊。

然后，郑忆英游到我的身边，她突然拉着我的泳圈，朝向泳池最深的地方游去。我很恐惧，一个念头像周围带着药水味的蓝色水波无边无境地漫荡开来。

"她要处决我。"

我很想大叫救命，但觉得那会很难看。岸边戴着墨镜的救生员微笑着看着这一幕，不会游泳的小男生抱着游泳圈，让一个小女生游着牵他去看看水池最深那里的感觉。老大阿品他们追逐小木牌的哗笑声已很远很模糊了。她要处决我。然后他们全部都会相信那是意外。妈妈。我自尊地仍不出声，但是眼泪却混在不断拍打上脸的水波流了出来。

"好。"然后她说，在最深的地方停了下来，不再朝前游。这里连大人也很少游过来，稀稀落落地经过。

"你看我喔。"她让我攀住泳圈，像一个珊瑚礁孤岛上的观众席，然后放开我。她说："我自杀给你看喔。"然后她钻入水中。一开始我恐惧的是她会不会从水底抓我的脚把我扯进水中。但是一点儿动静也没有。我单独地漂在那儿。救生员和老大阿品他们在很远很远的那一边了。水面上寂静无声，时间太长了，她还是没有上来。

我不记得她是过了多久才又钻出水面，"杨延辉你哭了吧，哈哈，你哭了吧。"那个下午的印象，便是我攀着救生圈，看女孩一招又一招地表演她的水中特技。她可以倒栽葱钻进水中，让两条腿朝上插在水面上；她可以仰着脸，身体完全不动，像死尸那样浮在水面，后来她还学鲨鱼，潜入水中，只露出一只手掌环绕着我的救生圈游。

似乎是一场无声的意志力的相搏，女孩有绝对的优势，我唯一的防备便是顽固地不露出难看地保持沉默，待我哭出声来，驯服便完成了。

那是一九七七年的三年十班的课室，一切像透过油煎锅的上方而恍惚扭曲着。后来父亲又因我不知道的原因复职，我再度转学到另一间私立小学。四年后，在路上遇见老大阿品，他和一群初中少年倚着一辆机车抽烟。"喂，阿辉呾，那个郑忆英哪，你记不记得，去年自杀了哩。死去了啊。在浴室洗澡，好像把瓦斯打开啦。大家都有去出殡啊，老师嘛有去。你转走了不算啦……"

关于春丽的"倒挂旋风腿"，很简单，把游戏杆下压，然后上推，瞬间按下"重腿"钮；她的"无影腿"更容易，只要连续按"中腿"钮，非常快速地按，则只是春丽的腿踢出一片白色的弧光。但这两项的攻击系数皆只有三。春丽向以轻捷取胜，她的绝招并不突出（相对于 Ru、Ken，或是越南军官、西班牙美男子）。她的摔打有效速率比任何其他一个对手平均快零点一秒，且攻击效率高达四。

老电动迷应该清楚地记得，在我们的那个年代，有一种叫作《道路十六》的电动玩具吧？啊，说起来真叫人兴奋得喘不过气来（那是个什么样的年代啊），《小精灵》的王朝刚过，《天堂鸟》（就是第一代出现防护罩概念的太空突击类型的始祖）、《大金刚》《坦克》《蜘蛛美人》《巡弋飞弹》《激光》第三代、《小精灵》《顽皮鬼》（就是一种尾巴拖着颜料，把整个画面画满才算过关的小精灵的变种）等相继出现，那是电动玩具店争相开张，第一个百花齐放的电动王朝。奇怪的是，待第二王朝（《俄罗斯方块》率领着《雷电》《古巴反战》《一九四三》《麻将学园》出场的辉煌时期）和紧接在后的第三王朝（《快打旋风》王朝）的相继出现，都已隔《小精灵》世代有六七年之遥。在电动玩具店打《小精灵》时，你还是穿着深蓝色定做得很紧的短裤，把白衬衫拉在皮带外面，故意把书包背带放得很长的初中生；到了《快打旋风》的时期，你已是延毕了一年，叼根烟，面不改色，一摞硬币放在一旁靠银弹来"破台"的大学老鸟了。

我们总要为之困惑，这空白的六七年间，在屏幕那边的世界，发生了什么事，为什么中断了那么长的一段时间？是警力在这之间展现了他们扫荡电玩的韧性？那真是笑话。是因为任天堂家庭电视游乐器的出现？拜托，请尊重一个电动玩家的品位好吗？任何一个用惯游戏杆且纵恣于电玩店那种强烈的临场感的男子汉，怎忍受坐在自家客厅味同嚼蜡地玩着画质粗糙的《超级玛丽》《北斗神拳》？那是，那是因为赌博性电动玩具在那段时期盘踞在我们老电动迷的老巢啰？

我可以奉劝你，倘使再用这样的外缘线索臆测下去的话，有点自尊的老电动迷会摸摸鼻子，突然把话题岔开，他不愿再和你谈下去了。

再回到《道路十六》吧。

画面上是上下纵横各四行总共十六个格子（图一），音乐开始播放时，你会看见在画面上十六个格子之外的部分，那便是道路；有一枚绿色移动的小光点，那便是你；后头有三枚白色乱窜着追逐的小光点，那是电脑，也就是企图追撞你的"敌人"；在十六个格子中的其中六七个格子里，会有微微发光的星号，那是宝藏，提醒你不用进入其他没有宝藏的空格子。于是你开始在方格和方格间的道路上逃窜着，然后进入某一个里头有星号的方格之缺口。

豁然开朗。荧幕瞬变为你进入的方格的放大，原来一个方格是一个独立的迷宫世界（图二、图三），原先匿身在十六个方格中的一个格子，这时向你铺展出它整个回环曲折的道路迷阵。你原先的小绿点，原来是一辆逃亡中的赛车，随后莽莽撞撞跟进来的，是三辆穷追不舍的警车，方格里的世界可热闹了：除了缠绕纠葛在一起的迷宫通道、死胡同以及十字路口，你要找寻的宝藏、岔口处的一个泥淖（不小心陷进去了，车子会噗噜噗噜地前行不得，等着警车来追撞你了）、炸弹、移动的鬼脸，以及锦标旗（吃到了的话，原先追逐你的警车，会变成四处窜逃的钱袋，换你去吃它们）。

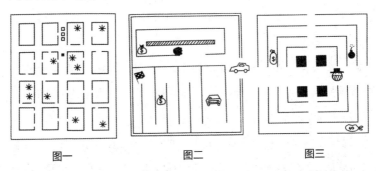

| 图一 | 图二 | 图三 |

三年十班的课室。

从哪一次开始呢？此后，许许多多次，正当处在生命的某种转折，脑海中便浮现了那样一个初秋的游泳池里，我脚不着底地攀住游泳圈，郑忆英环绕着我，在水里钻进钻出表演各种艰难的水上特技。没有说话的声音，只有哗哗拨水及身体和泳池的水撞击的声音。一次是高中时被一群留级生叫到小巷子里围殴，在"干伊娘"的吆喝声和结结实实纷纷落在脸颊和肚子的拳头中，突然想起一片湛蓝色的泳池，我浮在泳圈上漂在无止境延伸的恐惧里，而郑忆英努力憋着气把自己的身体压在水底的画面，突然嘴角带血地扑哧笑了起来。

"猎吧。"

几个留级生像是沾到了什么污秽的东西或是撞见了某种邪恶的巫祭那样，神色狼狈地丢下我跑开。

另外一次是大学时的第一次恋爱，拍拖了两年的女友有一次喝醉酒跑来宿舍找我。她原是个很少说话的女孩，那一次突然做出异常痛苦的表白。

"杨延辉，我完全不知道你在搞什么，"她说，"我也从来不知道你脑子里在想什么，我的朋友对我说你也许是个同性恋……我不知道我们这样算什么，不冷不热的……"

我一边拿着湿毛巾帮她擦脸，一边很努力地想听明白她说的每一个字。

"你不要老是一副置身事外的样子，你臭屁什么？"她哭了起来，"你又对我了解多少？我告诉你，如果有一天我毫无来由地自杀，你知道我心里在想什么吗？"

没有任何理由的，突然，我决定要和这个女孩分手。郑忆英在钻入水底前，微笑地对我："我自杀给你看噢。"那样的一张脸，像特写一般扩大浮出。戴上泳帽的圆脸，有一绺一绺没被盖住的发丝沿前额湿淋淋贴着。

有一次，在满妹的店遇见一个老电动迷。"满妹的店"是一个叫作满妹的女人开的一家pub，据说满妹从前做过空姐，据她本人说"满妹"这个绰号就是那时得来的。按说她们飞机一个班次通常不会坐满，一般是七八成，较空甚至五成。空服员在替乘客热排餐、端饮料、递毛巾，应付了一些较啰唆的人之余，总可以到后舱斜倚着休息，聊聊天。不过一旦遇上机位全满，空姐们可就得忙得叫苦不迭了。这时空姐之间就会出现一种介乎游戏和迷信的仪式："抓满妹。"几个空姐互相狐疑地嗅着彼此："谁是满妹？是谁？快承认。"意即"命里带满"害大家忙得不可开交之人。

满妹说，没什么好抓的，从她分发上机后，不管飞哪里，每一架次都是客满。罕见的纯种的满妹。绰号就这样传开了。一开始大家还又惊又好笑地混着她闹，久了，客满时的服务飞一趟下来会把人累死，她发现大家在背后排班时，都想尽办法调开不和她一起飞。"后来真的飞不下去了。就赔点钱不干了，"满妹叼着烟，在吧台上空悬着的大大小小的鸡尾酒杯下，感叹地说，"倒是自己开了店以后，觉得这个绰号倒挺顺耳的，每天都客满。"

那天我在满妹的店里按例用春丽破了一次《快打旋风》的台，不知为何心里空荡荡的，无限寂寞，我坐在吧台上，连点了两杯龙舌兰。

"满妹，会不会有一天，春丽在顺从我的指示踢打敌手的时候，突然灵光一闪，猜疑到她要面对的杀父仇人，不是这一关又一关周而复始——躺在她脚边的死人：Ru、Ken、印度瑜伽隐士、美国大兵、西班牙美男子、人兽杂交生出的畸形儿、泰森，还有越南军官。春丽知道，只要我投币，就一定会选择她。一旦选择她，杀父之恨一定可以报仇，但是这个'杀父之仇'为什么可以一再重复呢？上一次她最后一脚把越南军官踢死时，不是已在父亲的墓前告慰过父亲之灵，且已将功夫装丢弃了吗？为什么还要再一次又一次地从头开始呢？是不是其实'杀父之仇'根本从来就没有解决，真正的杀父仇人还逍遥地在一切杀戮之上，玩弄着她的命运？她会不会狐疑地抬起头，在一瞬间看到荧幕之外我的眼神？"

满妹一边听我说话，一边笑着调其他客人的酒，每个晚上，总会有这么一两个客人，神色认真，而不是调情，告诉她一些她听不懂却又觉得奇妙新鲜的事吧。满妹到底是个被寂寞浸染过的女人，我常常在想，当她每晚从一桌一桌醉倒的没有脸的人们的桌上，抽走一只又一只的空酒瓶；把飞镖盘旁边的记分黑板擦干净；清扫厕所时，发现狰狞盘扎在墙上的签字笔留言：各种性器官和性交的图案，还有重复了至少一千遍各种字体的FUCK，突然在其中发现一长排的工整的字：波德莱尔是白羊座祁克果是金牛座福克纳是双子座伯格曼是巨蟹座歌德是处女座葛林是天秤陀思妥耶夫斯基是天蝎当然啰贝多芬是射手三岛由纪夫是摩羯大江健三郎是水瓶而马奎斯是双鱼。

不知满妹会做何感想。

不过那晚我确知满妹是不可能了解我所说的那个世界，于是我的寂寞更加稠浓起来。这时候，旁边一个家伙，突然对我说：

"先生，你听我哼一段曲子。"他开始哼了起来。

"啊，《道路十六》，"我的眼睛亮了起来，"那么你是……"

"不错。那么老兄你也是经历过第一次电动王朝辉煌时期的老家伙啰。"我们都兴奋极了，又向满妹点了两杯酒，满妹也感染了我们的情绪，凑近坐在我们对面。

"嗨，《道路十六》。十六个格子，还有格子外面的街道。进入和离开。一旦进入，荧幕上张开的是你必须独自面对的迷乱道路，还有各种把戏：钱袋、泥淖、炸药、鬼脸、锦标旗，你还得对付后头跟进来的警车。离开一个格子，你又变回一枚小小的绿色光点，有其他的格子等着你进入。

"不过我们通常都在进入之前便已被暗示过了：发着微光的星号，哪些格子里有宝藏我们才进入它们，通常都是那六七个格子在轮流。虽然一关一关藏放宝藏的格子或有不同，但是，你知道的，电动这玩意儿弄久了，分数高不高破不破台是很其次的。"他突然停下不说，望着我。

"是不是你发现了什么蹊跷？"

"嗯，"他说，"最先是，我突然怀疑，我在这一关又一关逃着警车的宝藏搜寻中，真的曾经每一个格子都进去过吗？于是我开始不理那些发着微光的星号，朝那些个没有星号的空格子里钻。这样的不理会游戏规则的探险，其实亦要付出很大的代价——我常常被不知是否我多心但似乎更戒慎防范着我跑进空格子里的警车逼死在那些空格子里——不过基本上有的空格我确实记得是在另一关进去过了，而仅存的几个空格，进去后也大同小异……"

"啊，"我佩服极了，"说起《道路十六》，初中时我们班上还没有人敢向我挑战，没想到搞了一场，根本有那几个格子，是我根本不会进去过的……"

"你别难过，其实我也并没有全进去过。"

我不很明白这句话，不过他这时向满妹要了纸笔，把其中两个格子的迷宫路线画给我看（图四、图五）。

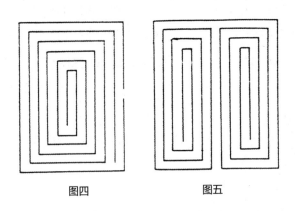

图四　　　　　　　　　图五

"怎么，全是死路？"

"对，一进去，发现苗头不对，但是警车就跟在后面，只有硬着头皮朝里面走，然后在迷宫的核心绝望地被撞死。"

"可是你还是进去啦。"

"我说的不是这个。"我感觉到他的眼神开始飘远，"进去了，就算是死路，好歹也进去了。但是，一直到今天都让我困惑不解的是，靠左那一行的最上一个格子，根本就没有入口可以进去……"

"没有入口……"

"对，根本进不去，就在十六个格子的缩小图的左上角，你看见你自己是一个绿色的小光点，绕着那个格子焦急地打转。然后，砰！我不知换了多少铜板，坐在电动前面，直到两个眼圈发黑，还是一样。投币，你有三架，砰！砰！砰！再投币。这样耗了一个礼拜，电动玩具店的那些长头发的混混和小学生，都围在我的后面看。他们以为我是电动白痴还是什么的，心痛地提醒着：'要进那些有星号的格子啦，那里面才有宝藏啊。'"

"会不会是程序设计之初，设计人偷懒，算准了这九个格子根本没有人会进去，而其中一个，他已经没有灵感该设计什么样的迷宫了，干脆把入口封住。结果不是'无法进入'，而是根本没有'里面'。"

他很诧异地看着我，仿佛不敢相信我会说出这样的话。

"你以为《快打旋风》设计之初，春丽真的有能力思考她为父报仇这件事的荒谬性吗？"

说着，他放下酒杯，板着脸叫满妹结了他自己的酒钱，看也不看我一眼，就推门离开酒吧了。

根据开普勒第一定理，行星在太空中绕行的轨道是椭圆形，而太阳位在此椭圆形的双焦点之一上。第二定理声称两行星与太阳的经矢（半径矢量）在相同时间内，所扫过的面积是相等的。第三定理叙述各行星绕日周期与其和太阳的距离之关系。

于是你想象着你为道路所包围，你太清楚每一条道路的号志、分隔岛、斑马线、行道树、商家，以及下水道的圆洞入口。你韬略于胸，知道如何超车、闯红灯而不致被拍照，甚至逆向行驶却可以流畅地闪过所有迎面而来的车阵。你知道哪一段和另一段的交叉路口因为地铁施工必然塞车，所以你从容地在那个路口之前便先钻进小巷道，又歧岔错乱恰好容你车身通过的窄巷里以四档快速钻行，然后越过那个路口才又回到大路。

你的乘客们骇异地叹息着你对道路的熟悉，像狎玩于自己手心的掌纹。在你的眼中，每一个城市，不过就是由大小粗细的道路编织而成。你不太理会流连于那些五光十色的招牌、路人的脸、便利商店，或是卡式电话亭。你只专注于道路的错密相衔接，所以你不太会迷路，而一个城市在面对你时，总得顺从地卸去它的饰物和武装，把它的管脉和肠肚摊开在你面前。

但你握有的永远只是道路，你发现你永远没有推门离开过车子，你永远在前进，循着路的迎面张开而前进。你从一处缺口进入一个格子，你以为你进入了，但你只是被路推着输送，然后你便又从另一处缺口离开了这个格子。

回到春丽身上吧。

你想到在你生命里，间断地以不同星座降生在你身旁的春丽。白羊座的春丽、处女座的春丽、水瓶座的春丽、金牛座的春丽、双鱼座的春丽。

第二次出现，你已是初中二年级的男生了。《小精灵》电动的热潮已全面淹过了之前的《小蜜蜂》和《三合一星际大战》。你冒出喉结，定期便假装大便坐在马桶上，偷用父亲的刮胡刀把细细冒出的耻毛剃掉。你和你的朋友面不改色把人家停在公寓楼梯间的脚踏车搬走，然后拼装改造，车子搬得愈多以后，你开始转卖给你的同学。你们还特地远征狮子林，大批买下那种铁工厂铸造的黄铜代币，十块钱可以买下一把，然后你回永和冒充五元硬币去打电动。后来电动玩具店全部贴出了"禁用代币"的警告，你们想出别的花招，把一元的铜板外环绕一圈保险丝，大小恰和五元铜板一般（啊，那时的一元和五元，都好大一枚啊）。

这是你自己的回忆的时间组合，在学校里，时间以另一面窗口在拼凑着你的角色。你很少讲话，像那些好学生一般神情凝注地看着上课中老师一张一合的嘴，但你的老师总是诧异不解，为什么这个安安静静的学生，每次考试，都能考出他们无法想象的低分呢？你乖顺地伸出手挨板子，从不露出难看的样子（有些家伙挨打时会难看地哭泣求饶或挣扎）。其实你心里正在盘算着如何将《小精灵》的百万公式路线修正，以适用于第二代程序改过的《小精灵》。

然后在一次月考后的座位重编，一个一向成绩维持在班上前十名的女生，突然被排在你的旁边。那次月考她考了全班倒数第二名，你当然仍旧因为垫底而坐在你的老位置上。那接下来的一两个月，惊怒的老师把注意力全放在这个成绩几乎可说是在一夕之间瀑泻而下的女生身上，反倒不太找你麻烦了。

但她终究是和你不同的种族。有一回她被叫上台去，却从容完美地在黑板上解出了一道很难的几何题，你在心里防卫地说：只要再经过一次月考，她很快便会被调回她原来的、在前排的座位。

女孩的心思却似乎并不放在这上面。另一次她又被叫上台去默一段英文课文后，回到座位上冷笑地对我说：

"你不觉得他们挺烦人的吗？"

我告诉她老师现在还在盯着她，有话下课再说吧。

"你相不相信，"她打了一个哈欠，"我是为了坐在你的旁边，才故意在月考乱考。"

在下一秒我们被老师怒叱在课堂上讲话而到教室后面罚半蹲之前，她说：

"不过我现在有点后悔了。"

（啊！我想起来了，那是你第二次的出现。春丽。但你究竟是天蝎座、白羊座，还是人马座的？）

白羊的形象代表了一种二元性（男性与女性）：它强调一种团体性的关系，而非孤立性的表现，这点和其星座宫及生肖表的意义也相符。白羊座掌管第一宫，所谓的开朗外向的性格特色，也是我们意识中社交性强的自我部分。白羊座的守护星火星代表着创世的第二波运动，自双鱼座的海洋上升，象征着星座之轮的生命火花，也是活力循环的起始点。在有意识的自我从无意识的内在性格中衍生之际，我们仿佛看见了白羊座的精力根源自双鱼星座那富创造能力的海洋中升起。双鱼座在宇宙的星球间、大气和云层之中合并起来，并因此形成了后来的太阳——白羊座。

——《女子星座》，席拉·费伦特

情境仅终止于此，女孩确实在下一次的月考后调回前排的座位，老师松了一口气，班上突兀地跃出他控制之外的一枚粒子，又归位于原初的秩序。

道路在你面前依序展开，她已经在你隔壁了，你可以听见格子里隐约跳动的心思频率，不同架子上不同试管里化学药剂咯咯颤响，你可以好整以暇地测量她两眉间和鼻梁间的十字比例，或是由颧骨和下巴的角度测知她是代表死亡和性欲的埃及遗族的天蝎，或是贞洁残忍的亚马逊女战士的白羊。

但是情境仅在此便终止了，你再度被摒挡于她的格子之外，只差一层薄墙，一个缺口，你便能进入，经历她所给你的迷宫路线。

没有情境。

或者你可以预先知道她所属的星座，替她假拟好一幅她所应有的迷宫路线（啊！你的全能的星座备忘小手册），再按照假拟好的岔口、转角、巷弄、速限、高架桥，替她构建她所应延续的情境。

譬如说人马座的她吧，会不会在一次午休时，糅杂着好奇、挑衅与犯罪共犯的艰室嗓音，问你敢不敢把你那个男生的小鸡鸡掏给她看，她只是不知道那是怎么样的一个玩意儿。或者是巨蟹座的她，在一个阴天的周末下午邀你去她家，房间里奇异地弥散着一种老人特有的癣药药膏的清凉气息，还有洞穴般的黯淡色调与光线。她没有和爸妈生活在一起，每天放学回到家里只有重听的奶奶。她的房间是那种老一代人的红木家具、斑驳不堪的五斗柜和圆镜梳妆台，墙上挂着一张镜框粘满蟑螂屎的她父母的黑白结婚照，你无法避开视线地看见她叠好在床沿的、不应是少女所有的、老阿嬷才穿的那种老式的粗布胸衣和胖大的内裤。

当然也可能是金牛座的她，比你要沉默地敌视着不断找她麻烦的老师，然后一个清晨的早自习，她的穿着牛仔裤、马靴的年轻母亲，在走廊流着泪告诉老师，她的女儿昨天夜里吞了一罐安眠药，还好发现得早现在在医院洗胃，这孩子承受压力的能力较差，又不知道她心里在想些什么，能不能请老师对她标准放宽些？

终于有一天你惊悚地想到一个问题：

"我是什么星座的？"

（是呀！我自己，我自己是什么星座的？）

关于神龙拳（Hurricane）的操作方式：以左手虎口衔住游戏杆，仿佛逆时针三点至十点半，画一道一百三十五度左右的弧，画弧同时

右手瞬间按下"重拳"之钮，荧幕里的 Ru 便会嘶喊着"厂ㄨ——ㄌ
一ㄨ——ㄎ一ㄢ！"举拳朝天擎飞而起。攻击系数三成三三。防御系
数二成五。若是画弧同时右手按下"重脚"之钮，则是 Ru 劈腿在空
中打螺旋桨一般的"旋风腿"。不过中看不中用，攻击系数只有两成。
防御系数低至零点五成。游戏杆若是由九点方位至四点半方位同样递
时针画一道一百三十五度之弧，右手按"重拳"钮或"轻拳"钮，则
是在第一代快打呲咤一时的"气功"，一团白色的气功球，Ru 在一招"亢
龙有悔"式的双掌中拍出，第二代攻击系数被压低，只有一成。防御
系数仍高达五成。

　　常常在和一个人分别了很多年以后，重逢时错愕地听见他们在描
述着一个陌生的、和你完全无关的你自己。像是一个你早已遗弃的、
有着你的脸的死婴，却在你毫不知情的情况下，在他们的温室里被孵
养长大。你恐怖地想象着那个死婴，在他们的温室里，发出啵啵声响
成长的情形。有一天，你在戏院里，或是隔旁的公用电话，或是公车
后座两个聒噪的女人的谈话里，听见她们在谈论着"你"——那个早
在某一处岔口和你分道扬镳的"你"。

　　"那不是我！"你在心里大喊。

　　大学时没有理由便分手的女友（后来我知道她是双鱼座的），许
多年仍持续着写信给我，大约拖了三四年吧，终因我始终没有回信而
终止了。有一个夜里我在满妹的店里拉 Bar 赢了四千多块，请满妹及
当时店里寥寥无几的客人每人喝了一杯酒，走出店来在街道上我突然
寂寞无比地想念起那个双鱼座的女孩。回到住处我疯狂地翻箱倒柜把
她这些年来所有的信给翻了出来。却发现一封又一封絮絮叨叨的自语，
正是她一次又一次关于她的保温箱里，我遗留在彼的死婴，培养中持

续在裂变成长的实验报告。

她的最后一封信有一段这样写着：

"……今天早上刷牙时，在牙刷上先挤一截百龄咸性牙膏，再挤一截很凉很辣的黑人牙膏，突然想到这不是你的习惯吗？我已不知模仿这个习惯有多久了。这样想着，便一个人在浴室里哭了起来，并且决定这封信以后，再也不写信给你了。……我周围的几个好朋友，都对你的生活细节了若指掌，她们成天听我重复地描述，似乎是我对于你童年记忆的一片空白的补偿，我至少比你还要清楚地掌握了某一段时期的你自己……"

我曾经有那样的一个习惯吗？在牙刷上挤一半咸性牙膏，挤一半凉性牙膏，我完全不记得了。

我是不是从那以后，突然耽迷于十二星座的认知游戏？

用黄道十二宫的白羊座、人马座、狮子座诸星代替了弗洛伊德的口腔期、肛门期意识与潜意识。

在认知的此岸，隔着随处充满了让认知灭顶的湍流和旋涡的真相大河，不敢贸然再涉水而入。于是你开始以人类极限的神话，去替浩繁无垠的星空，划分你所能掌握的坐标和罗盘。

十二个星座乍看是扩张了十二个认知坐标的原点，实则是主体的隐遁消失。他人的存在成了一格一格的档案资料柜。认知成了编排分类后将他们丢入他们所应属的星座抽屉里，而不再是无止境地进入和陷落。你会说，啊，这个家伙是双子座的，所以他的喜怒无常是在表层随语言而碎裂的宿命性格，他的性格随他说出来的话而递转。结果对不起，他说老兄你记错人了，双子座是另一个某某，我是天蝎座的。哦！于是你赶紧翻阅你的星座备忘小手册，那就是了，早熟的原罪意识，黑暗深渊的正义膜拜者，天蝎座的人，不能控制自己的犯罪本能，却远比任何一星座为着自己曾经的罪或不贞而自惩或自虐。我明白你的冲突。

可以挑选任何一套诠释的系统，只要你按照你所属的或你要的星座，所有的表象于外的乖诡行为、歇斯底里的扮相、你不能理解的沉默或空白，都可以汇编入它的星座解剖图。啊！你只要握有那个星座的指南，就可以按因应于他们性格节奏而设计的谋略，照着路线，一步一步直捣私处。

甚至你可以直视自杀，你可以直视自杀后面的无边的黑暗。

郑忆英。你想起了郑忆英。

我最后一次遇见那位"道路十六"老兄是在春丽在城市的上空出现的前一晚。那一阵我将近一个月没再踏进"满妹的店"，一方面是为了赌气。有一晚我在满妹的 pub 里，按例选了春丽，寂寞又麻木地操纵着那台《快打旋风》的游戏杆和按钮。像仪式一般地，当我破台之后，我会点一杯马丁尼。坐在台子前，看着荧幕上千篇一律的结局——春丽跪在她父亲的墓前，悲伤祝祷："爸爸，我已替你报仇。请安息吧。"然后她扔开她的功夫装，换上洋装，把发髻解开任长发披下。

但是那晚，当我已让春丽打至最后一关越南军官时，有一个穿着制服的小学生，跑来坐在我的旁边，在我来不及疑问小学生怎么可以跑到 pub 这种地方来时，他已敏捷地投了五元下去，并按下双打的按键。

这叫作切关，就是从中闯进来的意思。你和电脑的对打先停下来，必须和切关的人打擂台。打赢了再继续和电脑的比赛，输了，你就抹抹鼻子走开。

邪门的是那孩子也选春丽，穿红色功夫装的春丽。荧幕上只见两个衣服颜色不同长相一模一样的春丽翻跳厮杀。第一局我打赢了，但是接下来两局皆输。我不服气投钱再继续，但这回更惨，他的春丽几乎一滴血都没流就把我的春丽干躺在地上。

我大约换了两百块的铜板，不断地投币，但是一次又一次地看到我的春丽在哀号中躺下。我们的对决惊动了包括满妹和柜台这边的顾客，大家啧啧称奇地围在我和小学生的后面。那孩子气定神闲，等着我狼狈又暴躁地投币。

"算了吧！"当我把口袋的硬币用完，正准备起身再向满妹换钱时，满妹轻轻按着我的肩膀，小声地说，"不要和他打了嘛，我请你喝杯马丁尼好不好？"我真是伤心极了，看着那孩子轻易地破了台，"他的"春丽跪在她父亲的墓前："爸爸，我已替你报仇，请安息吧……"

就这样赌气地一个多月不再踏进"满妹的店"，所以当我再在"满妹的店"遇见那个"道路十六"老兄趴在一台机器前聚精会神地打电动时，我并不知道那是已放在店里一个礼拜的《道路十六》。

"怎么可能？这不是《道路十六》吗？"我失声惊呼出来。

"怎么样，"满妹得意地说，"一九八二年的机种，一个朋友在基隆的一家撞球店看见，一万块就给我杀回来。这个家伙啊，第一天来，看见一台《道路十六》摆在那儿，眼泪就直直两行流了出来。"

但是那家伙浑然不觉我们的谈话，下巴直直地伸向荧幕。画面上橙色绿色的光，在他面无表情的脸上流动。这下他可以慢慢地找出进入右下角那一格的方式了吧。心里这样想着。十年前的老电动，真是像做梦一样。但是我发觉他尽把自己的赛车往左上角走，然后在左上第二格里的死路被警车夹杀。

"就是上回《快打旋风》将你击败的那个小学生，"满妹兴奋地告诉我原因，但我微微有一种遭受伤害的委屈，她不知道我是为了什么而一个月没出现吗。"有一天站在后面看着他打，绕着画面右下那一角，怎么样都进不去，突然就说话啰，'第四格的入口不在第四格的外头，而是在其他格子的里面。'奇怪的孩子……"

"果然是程序设计的诡计。"

"也不算是诡计。这家伙誓死要进入《道路十六》第四格内部的消息很快就在店里的客人间传开。有一晚，一个客人扔了一本日文版的《一九八二年电动年鉴》在我的吧台……书里有一段报道了这个电动程序设计之初发生的一些内幕：《道路十六》程序的原设计者是一个叫作木濑的年轻人，这道程序上市之后三个月才被人发现出了问题，也就是第四格没有缺口无法进入。至于是木濑刻意设下的一格空白，还是程序设计中途因他瞌睡而发生的错误，没有人能知道，因为木濑在《道路十六》推出后一个礼拜，就在自己的车房内自杀了。总公司找了木濑生前的好友，也是他们电动程序圈子里另一个数一数二的高手，一个叫作渡边的家伙。

"这个渡边，尝试着把木濑设计的程序叫出，却一筹莫展，原来有关第四格部分的程序，被木濑单独用密码锁住了。年鉴上还透露着另一段关于这两个程序设计师之间的一段秘密：似乎是在木濑死去之后——或许在他生前便已暗潮汹涌地进行——渡边爱上了木濑的妻子，一个叫作直子的女孩……"

"先别说这个，"我打断她，"后来程序究竟解开了没有？"

"可以说没有，也可以说解开了。"满妹说，"渡边没有办法拆开锁住第四格入口程序的密码，但他也不是省油的灯，就另外设计了一套进入第四格的入口程序，但这个入口，他只好把它放在别的格子的迷宫里了。不知道有没有人找到这个入口，但显然确实是有这么个入口，可以进入第四格里。年鉴上提到，渡边替这个看不见入口的第四个格子，取了一个昵称，叫作'直子的心'。而且，在《道路十六》上市一周年的那一天，也在自己的家里自杀……"

"真是悲壮。"其实我不知该说些什么，坐在机器前的老电动，这时咕哝出一句："最后一格了，我就不信还找不着……"

"他这一个礼拜，全在做地毯式的搜寻，一格迷宫一格迷宫地碰……"

就在满妹的话说到一半的当下，毫无预兆地，那家伙的车已进入第四格了。

先是一连串的英文，大概是说：恭喜你进入第四格，不管你是无心还是故意的，你已闯入了我、渡边、我的好友木漉以及直子的秘密通道……

然后，他的赛车便出现在空格中了。这就是第四格了，我激动地想。这个格子（这时是整个画面）没有任何迷宫和道路，只有两行字：

直子：这一切只是玩笑罢了。木漉。

直子：我不是一个开玩笑的人。我爱你。渡边。

有好一晌所有围着电动的人沉默无声。画面上那辆赛车停在兀自闪跳的两行字旁。警车是无论如何也进不来了。我不知那个老电动他内心做何感想，困扰了十来年的格子，闯进后却发现是一段别人纠缠私密的故事。两个先后自杀的程序设计师和一个女人的爱情。"直子的心"。艰难地千方百计地进入，各种路线和策略，结果只是两句话。"真是炽热又寂寞的爱情啊。"我轻轻地说，并且发现每个人的脸色都很难看，便踮着脚，沉重地离开"满妹的店"。

不能进入。

当然你可以看见街道，街道上移动的人。或者你曾经到过公车站，你是隔着相当厚的车窗，人的表情和颜色很容易被拉成扁贴在余光的玻璃上的、水里的毛巾絮端或什么的。你可以看见仪表板、荧光的指针和钟面数字。那一阵子你开始利用塞车听贝多芬：《最后的弦乐四重奏》《合唱》《小提琴协奏》《皇帝》，后来你甚至听《命运》。你很认真地聆听，但你感到那是一种充满，你无法进入。

你把音响开得非常大声，所以你始终觉得车窗外的世界是清洁无声的世界。每一个红灯时，你会茫然盯着前一辆车的车牌数字。你会盯着任何另一辆车的里面，里面的人。有时有戴斗笠绑着花布头巾的黝黑妇女敲你的车窗，她会发觉你用惊悚畏缩的眼神看着她，她只是卖玉兰花的。你想着，在这道路和道路之间的车子，它们只是一个绿色的小点呢，还是一个自成空间的格子？为什么在格子和格子间的道路，会出现卖花的妇人？

不能进入。

下雨的夜晚，你可以听见自己车子的轮胎在积水路面曳行而过的声响，你可以听见雨刷贴着玻璃戛擦的涩腻声响。你可以看见转弯时自己的方向闪光箭头一眨一眨地在仪表上闪着。还有映着路口黄色闪光灯在路上的一摊流光。你有时真的想疯狂地大喊：只有我一个人！只有我一个人！

周而复始地催油、放离合器、排挡、打方向盘。在新生北路快速道路上你轻易便可飙到一百二，然后在自动测速照相机之前紧急刹车减速为中规中矩的六十。你随着车群离开快速道路，没入塞车的仁爱路。没有迷宫、宝藏、在后追逐的警车或是锦标旗。而你不能进入。你想到十六个格子中，最右下角的那个没有入口的格子，心里便抽痛一下。你想到自己的小绿色光点绝望又赌气地在那个格子的外缘徘徊，然后活活被撞死。正这么想的时候，车子的前方出现一个穿功夫装的少女，你在紧急刹车轮胎爆擦路面的刺耳声响中没有感到物体迎车头撞上的重量感。后面的车子相继紧急刹车，然后喇叭声大响。

我撞死了一个女人。你想，不对。

春丽。天蝎座的。是你。

慢慢你会发现许多绝招的操作方式是重复的：例如同样是把游戏杆朝最左压，然后再迅速右推的瞬间按下"重拳"钮。则画面上若你选的是越南军官，他会旋身平射而出浑身焚起蓝色的光焰朝对手撞去；美国大兵是射出回力飞镖；西班牙美男子是在地上翻个滚朝前用铁钩朝敌人刺；而日本相扑的 HONDA 和人兽混血的布兰卡则都是把自己变成一枚炮弹向敌人射去。同样把游戏杆下压然后再迅速上推的瞬间按下"重腿"钮。则画面上若你选的是春丽，她会使出"旋风腿"；若你选的是美国大兵，他会画出一道杀伤力甚强的光弧脚刀；西班牙美男子则是尖啸着凌飞上空，然后抓起对手倒栽葱在空中把对方摔下。慢慢你会发现，许多呈现而出的特性虽然不同，其实操作方式是一样的。

于是那天夜里你推门撞进"满妹的店"，你的脸色惨白冷汗淋淋湿透了衬衫，正在吧台上瞌睡的满妹矍然站起，看着你摔摔跌跌走向她。

"满妹……我撞死了人……是春丽……"

"是春丽……"这是靠弹子台后边落地窗那边有人在轻呼着，但他显然不是听见我说的话，因为他正背对着我们，把双手攀贴在黑色窗玻璃上，仰着颈子望着城市的天空。

"是春丽吧……"慢慢有人聚拢着凑了上去，一群人像壁虎一般贴在那整片的落地窗上，叹息声低抑地扩传开来。

满妹拉着我也挤到窗前，啊！是春丽，巨大的春丽正和越南军官在城市的上空对打。"是最后一关了……"有人这样低语着。和荧幕里一式一样的装扮，水蓝色绸布功夫装、绑着丫头髻，在月光下洁白如冥奠的纸人一般的娃娃脸，因为激烈的打斗而喘着气。越南军官红色的垫肩军服、黑色绑了腿的军靴，脸因为没在黑暗中，只模糊看出仿佛打不出喷嚏那样的不耐烦神情。春丽很快又腾身而起，跳上另一栋大厦的顶端。这是我第一次仰着头看着比我庞大许多的她在和对手决斗。她知不知道我在看着她的性命之搏呢？越南军官一个旋身放着蓝焰的"飞龙在天"把春丽撞翻下大厦。所有人担心地惊呼起来。然后，又看见春丽摇摇晃晃站了起来，她的脸上像抹了一片煤灰，有汗珠沿着眉梢流了下来。

时间在延长着，这不是最后一关了吗？

她正在为我卖命，自己却浑然不觉。

在她的头顶，是一片银光泛灿的星空。你以为你的头顶，能有什么样的星空？凡·高的星空（白羊座），夏加尔飘着农夫和半脸的星空（巨蟹座），耶稣在各个他含泪相望的星空（摩羯座），还是拿破仑在西伯利亚雪原上看见的星空（狮子座）？春丽似乎在等待着下一步的指令。潮汐迁移，只因你降生于此宫。全城的人在屏息观望着春丽和军官的无声对峙，只有我热泪满面。突然想起这许多进进出出我的星座图的人们。我记得他们所属的星座并且烂熟于那些星座的节奏和好恶，但我完全无法理解那像一大箱倒翻的傀儡木偶箱后面的动机是什么。天体的中央这时是由牛郎、织女、天津四所组成的夏天直角三角形，你可以看见天鹰、天琴与天鹅，以及横淹过它们的银河。白羊座以东，沿着黄道带，你可以看见M45星团中最灿烂的七姊妹共组的金牛座——淡蓝、铜矿、蓝宝石、罂粟的星座。你可以看见有M42星团位于腰际三颗星下方，极美的猎户座。并在它的上方找到双子座——淡黄、水银、玛瑙、薰衣草的星座。当然你可以再循序找到有M44星团的炫目的巨蟹座——绿色、灰色、银器、莨苕的星座。你可以找到尊贵的天蝎，它菱形的头部和美丽而残忍的倒钩……你可以在繁密错布的整片星空，按着你的路线和位置，抽出你要的神兽和器皿。但你再一眨眼，则又是一整片紊乱的、你无由命名的光点。

只因你降生此宫，身世之程式便无由修改。春丽，在全城的静默仰首中喘着气，她的头顶是循环运转的十二星座。眼前，则是仿佛亦被紊乱的星空搞乱了游戏规则，像雕塑一般静蛰不动的敌手。

时间在延长着，这不是最后一关了吗？

——原刊载于《皇冠》杂志，一九九三年十月号

【导读】

骆以军，祖籍安徽无为，一九六七年生，文化大学中文系文艺创作组毕业，台湾艺术学院戏剧所硕士。现专事写作，著有《红字团》《第三个舞者》《月球姓氏》《降生十二星座》《妻梦狗》《我们》《我未来次子关于我的回忆》等小说集。

二十世纪九十年代初期，骆以军以浓厚的后现代风格，在文坛崛起，并获得时报文学奖首奖、联合文学新人奖评审奖等多项，《红字团》一书可谓此一时期的重要代表。自一九九九年开始，他连续三年以《第三个舞者》《月球姓氏》《遣悲怀》等三本重量级著作获得年度好书奖，并让他跻身于小说名家之林。

　　《降生十二星座》是他一九九三年的作品，他透过电玩的人物身世设定，以及星座中对于人命运的蓝图，作为现实世界的隐喻，透露了在这个后现代情境的时代里，人的意义如何破碎在日常事务之中，不再是一个整体，因此个人身世与记忆成为无法寻回的时间碎片。因此，在这个通俗文化统治的社会中，这个世代的人只能试图透过各种流行的系统及脉络，去理解他人与自我。然而，这样的途径，更可能是一种误解，因此骆以军说："十二个星座乍看是扩张了十二个认知坐标的原点，实则是主体的隐遁消失。他人的存在成了一格一格的档案资料柜。"

　　骆以军透过有如诗的隐喻方式，将电玩《道路十六》中穿梭街道最后闯入设计者的悲剧故事，与星座中所呈现的个性指示，以空间的概念联结起来。而又将《快打旋风》中角色行为模式、其星座背后所设定的命运轨迹，与现实世界中的我们相互隐喻："你想到在你生命里，间断地以不同星座降生在你身旁的春丽。"既点出了那种人与人之间相互想象的方式，也间接凸显了相互理解的困难。

　　在《快打旋风》中，春丽被设定成天蝎座："只因你降生此宫，身世之程序便无由修改。"电玩世界的秩序决定了她的身世，每当玩家投下硬币，春丽就必须重复这个无法逆反的复仇命运，但她毫不知悉背后的动机跟原因。既然如此，骆以军在这篇将虚拟与真实世界相互隐喻的作品中，其实最终要探问的形而上问题是，如果我们是那个在虚拟世界中重复掌控电玩角色的命运之手，那么，又是谁，或是什么力量，在掌控着现实世界中的我们所遭受的无常命运呢？这其实是我们在阅读《降生十二星座》之后，必然会不断追问下去的问题。

——陈国伟撰文

第三章

查拉图斯特拉如是说

乌龟族

吴锦发

"现实之我"与"理想之我"的生命拔河。

阿根把肥皂沾上水，轻轻地在脖子及锁骨附近抹了抹，抹出一些泡沫来。

抹了一会儿，放下肥皂，用手搓一搓试试，觉得似乎够滑润了，不自觉地，他竟自顾自对着镜子恶作剧般地笑了起来。

一、二、三

心里默数着，数到三便把所有的力量集中在脖子上，双肩往上耸，脖子使力地往内缩……

一寸、两寸、三寸……奇怪的事发生了，他的锁骨渐渐向外张开来，而脖子竟缓缓地往体内陷落下去了。

他把两眼睁得大大地注视着镜子，一眨也不眨地看着自己把头、颈缓缓缩入体内的奇景——

脖子进去了，接着下巴、嘴唇、鼻头……缩到鼻子的部分时，鼻头突然卡住了胸骨，他把双手举上来，用力把露在外面的鼻头往内挤一挤，然后用尽力量，一缩，"扑！"很细微的一声，鼻头缩进去了，鼻梁也顺势滑落进去。然后……这是最关键的时刻了；一个多月来，他重复练习了无数次，最多也只能缩到下眼睑的地方，以上就再也缩不进去了；今天，他决定拼死也要把眼睛的部分缩下去，因为眼睛是最重要的地方。他想。如果能把眼睛也随着缩入胸腔内，便可以不看这个世界，不看，才会觉得自己是彻底地掩藏起来了，否则只能缩到鼻子的部分，那这种"缩头功"有什么意思？两只眼睛还不是得露在外面眼睁睁看着这个丑陋的世界？

把自己这套独门功夫叫作"缩头功"，当然是为了和一般走江湖卖药的郎中所狂称的"缩骨功"有个分别。他向来看不起中国功夫里面所谓的"缩骨功"。他看过很多人表演过那种功夫，表演者大都是小女孩，她们把自己缩入小的皮箱或竹篮之中。称这种功夫叫"缩骨功"实在是言过其实，这种功夫只要从小就练习，把筋骨锻炼得柔软些，任何人都练得成，哪有什么稀奇？那样的功夫与其称为"缩骨功"不如称为"软骨功"来得恰如其分。

但是他这套"缩头功"可就不同了，他是真的像乌龟一样，可以把头缩入胸腔之中，把整个头隐藏起来；当然，现在这么说也有些吹牛的嫌疑，到目前为止，他还只能做到脖子、下巴及下眼睑的地方缩入胸腔中而已。

不过，迟早，我一定可以练到把整个头颅都缩进去的。他想。

说起他练"缩头功"的经过，可真是充满了传奇的色彩。

阿根学会这套功夫可从没有拜过什么门派的什么大师，他的这套功夫自始至终可都是无师自通的，甚至可以这么说，连他自己也不知道怎么回事，在很偶然的机会之下，他竟发觉自己拥有了这种奇异的独门绝活。

第一次发现自己有这项奇能，是一个月前的事了。

那一天，他因为副刊上的一篇文章出了问题，被社长叫到社长室臭骂一顿，就在那种又羞又愤的情况下，他蓦然发觉自己在社长的咆哕声中，把头低下来，脖子一直往内缩，不知不觉竟把脖子连同下巴整个缩入胸腔之中了……

起先，他自己并没有发现这件事，他也是一径低着头，任由社长滔滔不绝地数说自己的不是。

"你要知道，办报不比办杂志，不是泼一盆水就了结了，办报要像滴水穿石。经过长时间的努力，把新思想传递给民众，渐渐地改变民众的想法……"

社长义正词严地训斥他，他因为编副刊被社长如此训斥已不止一次了。社长的苦心他是明白的，社长一向是爱惜人才的人，但是社长也不希望因为他编副刊而把整个报社拖垮了。

"我明白你的理想，但理想要慢慢去实现，你不能因为率性要达到自己的理想而拖垮了整个团体，这个团体有几百人在吃饭，万一因为你，报纸被停刊了。那这些人要到哪里去吃饭？他们可都是有家室的人……"

社长的话，如针锥一般，一句一针地刺中了他的心，他宁可社长大声地斥责他无知、无能，也不愿意社长以别人可能因为他而堕入苦难中来警示自己，社长也明白他的个性，他是一个宁愿自己受难，也不愿眼睁睁看着别人因自己而受难的人。

社长的话使他觉得对同事愧疚难当，他强烈地觉得想在地板上找个洞钻进去，但是他脚下踩的却是地毯，地毯下面是钢筋水泥，而且社长室在二楼，就算他钻个洞也掩藏不了自己，从二楼穿个洞，他势必要掉到一楼去……

所以，他只能又羞又愤地把头低下来，紧闭着眼睛拼命地把脖子往内缩。

"上次被警告，我就告诉你了，要小心，要小心……"

啊，羞愧，羞愧……

"这次又登那种黄色的东西，你……你真是……政治不能碰，色情当然也不能碰，暴力的更不可以……"

羞愧羞愧羞愧羞愧……

"你也是写作的人嘛，你难道不了解我们这儿的尺度吗？你……"

啊，啊，啊……他拼命地把脖子往内缩、缩、缩……

咦？社长高亢的训斥声突然停住了，许久许久，他耳边似乎只听到嗡嗡不已的冷气机的声音。

汗水流得满头满脸，他伸手用衣袖拭眼角的汗，顺着眼角往下拭过鼻梁，拭到……啊！下巴不见了！

他悚然把眼睛往前一扫，看到社长眼睛瞪得铜铃般大，满脸青白，以极端恐怖的表情看着自己，然后一直往门口挪身，突然，打开门冲了出去。

啪、啪、啪——听着社长在外面走廊跑步的声音，他惊恐地想把头抬起来，却发现下巴卡在胸骨上抬不起来，他又急又怕，慌忙把手抬起来，往头上一阵乱按。"扑！"缩进去的脖子和下巴终于像装了弹簧的玩具木偶一般从胸腔中弹跳起来。

他傻愣愣地原地站立，脑海里一片空白，他一时转不过脑筋去想方才到底发生了什么事。

正在他仍呆立在那儿的时候，社长已和几个同事神色慌张地跑了回来。打开门，看到他好端端地站在那儿，社长的脸色一时显得尴尬万分。

同事以狐疑的眼光打量他一会儿，又转头以同样的眼光一直打量社长。

"你们回去吧！"缄默了一会儿，社长慌忙向他们说。等他们嘀咕着转身离去后，又向着愣在那儿的他说：

"你也回去吧，下次小心一点儿！"

他听到社长那后半句话说得极其细微，而且似乎还带着颤抖的尾音。

这便是他初次显露出"缩头"奇功的经过。他回家之后，一直回想当天发生过的奇事，觉得似真似幻，连自己也不太确定在社长室里发生的那件事到底是真实的，还是只是一次短暂的梦境？

为了求证这件事的真实性，他回家之后，便一个人躲在浴室里，对着镜子试着看自己是否真的可以把脖子和下巴缩入胸腔之中。

刚开始的时候他试得并不顺利，他把全部的力量集中在脖子上，猛力往内缩，脖子似乎真的一寸一寸地往内陷落下去了，但是伴随着陷落的动作，脖子的皮肤却因为和锁骨的摩擦而产生阵阵的剧痛，痛意使得他忍不住掉下眼泪来。

试了几次，痛意越来越强烈，他灵机一动，干脆把衣服都脱光了，在脖子上和锁骨附近抹上肥皂润滑，并且闭起眼睛，想着社长曾经斥责过他的话，使自己重新回复到在社长室时那种羞惭的心境，这样一来，果然顺利多了，他竟毫无困难地就把脖子和下巴一起缩入胸腔之中了——

证实了自己的确莫名其妙地拥有了"缩头"的奇功之后，阿根的心境蓦地变得复杂起来，这一方面当然难免产生了一些恐惧的心理，发觉自己的身体起了奇怪的变化，使得自己和别人有了差异，这种差异的自觉，自然地使他产生了某种程度的"不安全感"。但是另一方面，阿根却又隐隐约约地为着这种他和别人的"差异"感到兴奋。

在这个世界上能把脖子和头都缩入胸腔之中的人，恐怕还没有吧？在这方面，我……我可算是"世界第一人"吧？但是令阿根拥有最大的快感的，还不是那种"世界第一"的炫耀感，而是当他日复一日重复着练习这种"缩头功"的时候，他无意中发觉，把头缩入胸腔之中，竟是一件极端舒服的事情。尤其在劳累了一整天之后，把脖子缩入"体内"休息片刻，脖子的酸痛马上便消除了；更妙的是，如果当天碰到了什么不顺心意、令人心烦的事，他只要躲在浴室里，把脖子"缩进去"休息一会儿，再"伸"出来，一切的烦恼便随之云消雾散了。

就是缘于"缩头"带给了他那么多意想不到的乐趣，所以一个多月来，每天深夜从报社下班回来之后，他一定趁着妻儿正在熟睡之际，悄悄地躲入浴室之中，在浴缸中放好适度温热的洗澡水，然后脱光衣服躺入浴缸中，把头一缩，在热水的拥抱下静静地享受着逃离人世的乐趣。

阿根的"缩头"功愈练愈进步，练到方才为止，他已经能够把眉毛以下的部分全部缩入体内了，眼看着只要他再持续努力下去，在很短的时间内，他就可以达到把整个头缩入体内的绝妙功夫了。

昨天才缩到下眼睑的部分，今天却已进步到眉毛的位置，阿根很为今天的成就感到满意。对着镜子练习了几次之后，他就以一颗喜悦的心，踏入浴缸之中，他身体舒适地平躺入温热的水里，像往常一般，将头一缩，甜蜜地进入短暂的极乐世界之中了……

月悬在中天，阴历十五左右的月浑圆皎洁，在这河边地带，由于水的反光，月色显得格外凄迷，薄薄的、雾雾的，因着天上浮云的掩映，时明时暗，像会浮动的纱一般，悄悄地罩上竹林、河滩、沙蔗，缓缓拖曳而去，然后，又一波摇曳而来，无声无息地罩上去……

阿根蹑着脚步，不，感觉连脚步也似乎没有着地一般地，随风飘浮而来……

他站定在河岸边，浏览着在月下如银河般美丽的河面，心中不由自主地愉悦起来……

他慢慢地脱下——不，他猛然惊觉自己已没有衣服可脱。他，现在，除了头的部分是人的形象之外，剩下的，已十足像一只巨大的乌龟，他有着巨大而黑亮的壳，善于游泳划水的掌与趾；甚至——他也有一条两米长、曳地而行的龟尾巴——

他，阿根，在这个万籁俱寂、无人察觉的夜晚，已悄然幻化，不，梦化为一只庞大无比的大"人"龟——

他站在河岸边，轻轻地用前掌拍打胸前的甲壳，"叩，叩，叩，……"甲壳发出如敲木鱼一般的声音，然后他噘起嘴拉长声音"尔呜——尔呜——尔呜——"地叫着，当然，这种声音人类的耳朵是听不到的，它只适合"人龟"耳朵的频率；这都是他们乌龟族特有的呼朋引伴的讯号。

人龟阿根对着河面呼叫了好一会儿，河面依然波平如镜，只有夜风偶尔拂过水面漾起粼粼的细纹——

啊，今天我来早了。

阿根慢慢地"走"到水湄，试试水的温度，然后，微笑着趴伏下来，头前尾后，"咕噜"一声滑入水中……

此时水中的世界可就比岸上热闹多了，虾啊，蟹啊，还有鲶、鲤、河鳗——各式各样的水生动物，都循着月色出来觅食，平静无波的水面底下却是另一番繁盛的世界。

阿根沿着河岸逆游而上，绕过水中的竹丛、石堤、沙坑——无声无息地往潭的方向游去，河床底下积存着一层竹子的落叶，月光透过水波的折射穿到河床底下，使得竹叶不停地反映着银色的亮光，这月夜的河底，竟像铺满了一层薄薄的银叶一般……

阿根适意地划游着，一颗心随着游过的景色渐渐地舒展开来，这是阿根一天之中最愉悦的时刻；梦化为一只龟，在深夜的河底下泅泳，使得他有一种彻底解放的快乐——水，像一层最隐秘的掩饰体，隔开了他和水面的世界，在水的隐藏之下，他发觉终于挣脱了水面社会无所不在的监视——水，这个最柔弱也最坚强的东西，是一切生命起源的世界，现在，他投身在它的怀抱之中，有如回到了母亲的胎内。他，游在这河流的深处，感受到了从来没有过的安全感……

阿根愈游愈感到心中的欢愉简直要控制不了一般，他一会儿正面游着，一会儿侧面游着，侧身过来和河床呈四十五度角游、六十度角游、九十度角游，甚至偶尔来个大翻身，肚上背下，把腹部白色的甲壳平贴着水面倒游，这些游泳的绝技是一般乌龟绝对办不到的，这是他们乌龟族特有的绝技，这些绝技都是那个叫阿真的乌龟族头头传授下来的……

说起这个乌龟族的头头阿真，阿根的一颗心倏地便抽痛了起来，他真是苦命，事实上，不只是阿真，他们乌龟族的每一个成员，如果要认真地追究起他们"阳世"的命运来，他们可以说都是一群饱受迫害的苦命"龟"，不，苦命"人"……

乌龟族亦人亦龟，白天是人，晚上则梦化为龟。

这样的大秘密，是阿根在偶然的机会下发现的。

想起自己第一次梦化为龟的经过，阿根至今仍觉得诡奇而不可思议。

有一天，他在浴室内练"缩头功"，练得疲累极了，便躺在浴缸里，不知不觉地睡着了……

迷迷糊糊之中，他冥然觉得自己的身子从浴缸中飘浮了起来，随着夜风飘浮过田野、沟壑、蔗园……等他意识稍觉清醒的时候，他猛然发觉，自己竟已然站立在一条广大的河面之前；更令他骇异的，他的胸前背后竟都附着厚而坚实的甲，这是梦吗？这不是梦吗？说是梦，为何一切的感受竟如此真实？他清清楚楚地感受到夜风拂面的凉沁，他悄悄地把手伸上来咬一口，也清晰地感到痛意；但说它不是梦吗？天下岂有人变成"龟"的异事？而且方才自己也的确会随风飘浮好长一段路，人可能随风飘浮吗？那么现在站在河边的是……只是我的"魂"吗？想到这儿阿根忍不住打了一个冷战。

正当他为着眼前的一切感到大惑不解时，宽广平静的河面突然像煮沸的水一般沸腾激溅起来，随着翻滚不已的波涛，似乎从河底下传来"叩、叩、叩……"阵阵敲木鱼一般的声音。

阿根一时惊呆了，愣在河岸上瞠目结舌。

"尔呜——"

木鱼似的声过后，一阵阵幽远而令人心悸的呼啸声从河里传了上来。

然后，哗——突然从他站立的河岸边蹿上来几十只大大小小和他一模一样的大"人龟"。

"吓——"阿根吓了一大跳，猛向后颠簸着连连退了好几步。

"别怕，别怕，好兄弟，我们早知道你要来，已经在这儿等候你多时了！"从龟群中走出来一只白发苍苍面貌祥和的老人龟，微笑着向他说。

"你……你们？"阿根骇异地张大了口。

"我们和你都是一样的啦！我们在阳间都是人！"

"阳间？那……那么这是阴间吗？我已到了……"阿根颤抖着喊了起来。

"不！"老人龟仍温和地笑着，"非阴非阳，非人非鬼，这里是梦幻之境！"

"梦幻？我……"

"对！"老人龟打断他的话，"你是在梦幻之中，随时可以回到阳间去！"

"……"阿根狐疑地盯着老人龟看。

"今天是我们刻意召你的魂来的，我们的灵非常敏锐，在阳间的任何人只要有哪一个和我们拥有了同样的心境，我们的灵马上便能收得到那种讯息，我们便召他的灵来加入我们。"

"你说同样的心境？什么样的心境？"阿根知道了这不是阴间，心里逐渐平静下来，他好奇地问。

"你自己想想看，乌龟会有什么样的心境？"老人龟神秘地笑着。众人龟听老人龟这么一说都哗然哈哈大笑起来。

这一笑很自然地便打破了彼此间的僵持与戒心，那群人龟纷纷过来和他握手，并且热情地寒暄起来。

听过他们一一自我介绍之后，阿根不觉又悚然心惊，原来这些人龟都不是泛泛之辈，他们都是近几十年来此地有名的政治家、医生、企业家或文化人——这些人当中还有许多是闻名遐迩的大人物。

当其中有一只绿色的人龟说出他阳世的名字时，阿根忍不住惊呼出声：

"啊，你不就是那个喜欢坐禅的小说家吗？你……你不是羽化成仙好几年了吗？"

阿根这么一喊，奇怪的事竟发生了，那绿色的人龟突然之间面孔痛苦地扭曲起来，他张大着嘴惨叫了一声，"哇——"声音悠长凄厉，在黑夜的河面上荡漾开来，幻化成了一波大过一波的声浪。

那声浪愈来愈大，几乎要震破大家的耳膜，众人龟紧捂着耳朵，惊慌而逃，纷纷跳入河中。

老人龟急怒地呐喊着："笨蛋！你……你触犯了我们乌龟族的大忌了！"

喊完也跟着跳入了河水之中。

留在岸上的那只绿色的人龟，仍凄厉地惨叫着，伴随着惨叫，他的身体竟从龟壳的部分像被烧熔的蜡一般，慢慢地熔化了。

阿根看着逐渐熔化的绿色人龟，也惊骇地张口大叫起来。

"啊——"

"啊，啊，啊，啊"，当他从浴缸中猛然醒来的时候，仍歇斯底里地大叫着，叫声吵醒了正在酣睡中的妻儿，他的妻子惊慌地跑来捶着浴室的门喊道：

"怎么回事？怎么回事？"

他这才彻底地惊醒过来，打开门，连衣裤也没穿，猛冲出浴室，跑到卧室，钻入棉被觳觫着……

由于夜里那个梦实在过于离奇，第二天仍使阿根沉浸于一种鬼魅的气氛之中。

尤其是那只绿色人龟逐渐熔化的景象，更令他一想起来就毛骨悚然……

特别是那只人龟曾经报出他阳间的姓名叫萧竣，萧竣？他不就是多年以前轰动文坛的那个名作家吗？但是他明明记得那个作家在多年以前就已经"坐化"了，他"坐化"的消息还曾经在报章杂志上被大大地渲染过呢！因为他年纪轻轻地就"得道升天"，超出尘世的烦忧进入涅槃之境，他被火化的时候，还在余烬之中发现了许多五彩的舍利子呢！

从身上烧出五彩舍利的得道者，怎么也变成了绿色的人龟呢？

那是魔幻吗？那是真实吗？

为了求证这怪异的幻梦到底是怎么一回事，阿根坐在书桌前，拿出稿纸，就记忆所及，随便写下了几个梦幻中那些人龟报出的姓名及居住地。

当天早上，他打点好了旅游包，打算出门几天，到台湾各地去拜访这几个名人，以彻底探明那奇异怪梦的真正底蕴。

他第一个去采寻的便是那个叫高传真的作家，也就是那个人龟群中的头头。在梦幻中，当那老人龟报出他叫高传真时，他就大大吃了一惊。

因为他正是此地大名鼎鼎的老文学评论家，虽然这些年来他已封笔不再写作，但是阿根一直都非常敬佩他，阿根在还是文艺少年的时候，曾读过他文学方面的评论文章，当时就非常崇仰他的文学立论。

阿根从来没有见过他，也不明白他后来为什么会封笔，但据说和多年前的一场文学笔战有关。

多年来，阿根便一直想找个机会去拜望他，向他说出内心里的敬慕之情，并希望他再拿起笔来为此地的文坛奋斗，但是，由于一直忙着自己的工作而没能抽出空来将这个愿望实现。

现在，正好可以借由这个机会达成多年来的凤愿了，所以他把高传真列为第一个拜访的对象。

高传真住在府城边缘的一个小渔村里，他换搭了好几趟客运车才到达那个渔村，再经由村人的指示，好不容易找到了他的家。

他敲了门，出来应门的是一个十八九岁大的年轻人，阿根表明了要拜访高传真先生的心愿后，那年轻人突然露出忧戚的神色问：

"你要找我父亲？找我父亲有什么事情？"

"我是报社的副刊编辑，我有一些文学上的问题想来采访他！"

"哦——"年轻人的脸上掠过一丝痛苦的神色，嗫嚅地说，"但是……但是他现在不能讲话呢！"

"唔？"阿根感到很诧异。

"上个星期五，我父亲在卧房里睡午觉，不知道怎么地突然跳下床来，大叫着：'乌龟，乌龟……'我们赶忙跑过去，发现他昏倒在地上，送到医院里去，医生说他中风，替他做了紧急脑部手术，现在他还住在医院里，我妈妈在照顾他……"

"这样吗？"阿根听到他的说辞，大大地吓了一跳，全身直起鸡皮疙瘩，慌忙告辞离去……

随后几天，他连续地去拜访了港都的某一个画家、一个隐居在台湾东部的小说作家，以及住在南港的一个年轻女心理学家……

令他惊骇的是，这些名人，奇异地在最近一两个月内都纷纷发生了可怕的事情，有的失踪了，有的莫名暴毙，有的得了急病突然失去了说话的能力。据他们家人的描述，这些人在出事前几天都有过怪异的举止，他们都说曾经做过怪异的梦，梦见自己变成了奇怪的"人龟"。

阿根愈往下采访愈觉得心寒胆战，尤其是那港都的名画家，阿根是在一家疗养院的隔离病房里找到他的。疗养院的医生告诉阿根，他是在一个多月前发疯被送到这儿来的，据说他突然向家人说他是一只大乌龟，把整个画室的内内外外都画满了乌龟，并且失去了走路的能力，在地上不停地爬行，更怪异地，他的头竟变得可以缩入体腔之内……

阿根一听到医生说那名画家可以把头缩入体腔之中，不禁一阵心惊，满脸苍白，几乎瘫痪下去……

阿根鼓足勇气去隔离病房看那个画家，画家隔着铁栅栏看到在室外探视他的阿根，突然露出奇异的笑容叽叽不已地笑着：

"嘿嘿嘿……，我认识你，我认识你……"

那笑声充满鬼魅之气，听得阿根汗毛都竖立起来，自背脊骨冒起阵阵寒气。

"你这混蛋，你这混蛋……"画家喃喃不已地念着，突然大吼起来，"你看什么？你不知道我们乌龟族的规矩是绝对不可以探访同志们的秘密吗？王——八——蛋！"

吼着，那画家竟猛地冲过来，双手从栅栏空隙中伸出，想要捏他的脖子，阿根吓出一身冷汗，掉头便跑。

跑过阴暗狭长的长廊，阿根仍清晰地听到那画家凶猛摇撼铁栅栏的声音以及凄厉的嘶吼声：

"放我出去，放我出去，我没有疯，我没有疯，我是一只大乌龟……"

旅游回来的那天晚上，阿根又做梦了。

他的"灵"第二度被乌龟族们召唤到河边。到了那儿，他遭到了乌龟族们严厉的批判，尤其白天里曾被探视过的那几个名人所化身的人龟更是愤怒，纷纷主张应按照乌龟族刑法的第三十八条规定，"探询同志秘密者应处以斩断尾巴的刑罚"。在乌龟族的社会里，被斩断尾巴是莫大的耻辱，虽然他们那条尾巴并不怎么漂亮，而且也没有多大作用，但是那条尾巴却是乌龟族用来嘲笑附近那些鳖族的利器，乌龟族唯一能使鳖族感到羞惭的便是：他们比鳖族拥有更长的尾巴，而鳖族则几乎没有。

所以人龟被斩去尾巴，简直就像武士被剃光头发、夺去刀剑一般的耻辱，这是一件严重的事情。

幸好那只老人龟头头一再地替阿根说情，说他是新来的，刚加入乌龟族，所以也不了解乌龟族的种种规矩，应属情有可原。好说歹说的，才平息这群乌龟族的怒气。

逃过这场可怕的刑罚，阿根早已吓得面无"龟"色。

虽然刑罚没有加身，但阿根活罪还是难逃，他被罚当场做伏地挺身两百个（带着重重的背壳伏地挺身可不是容易的事）。而且强迫背诵"乌龟守则"一百遍，所谓"乌龟守则"便是他们乌龟族立身处世的原则，一共十二条，开宗明义第一条便严厉规定：身为乌龟族不得探询同志的阳世身份的秘密……

他一直不明了，为什么乌龟族不愿意人家知道他们的身世，百思不得其解的情况之下，他只好去请教老人龟。

"你不必明白那么多，你只要好好把那条文背起来就行了！"老人龟以严肃的脸色向他说。

"但我心中老是怪怪的，你们既然让我加入乌龟族，却又不让我明白乌龟族种种规矩的来源，那我总觉得……"

"好啦！好啦！你总觉得我们一直把你当外人对不对？"老人龟打断他的话。

"……"

"你这几天偷偷去探寻我们阳世的身份，你难道没有什么特别的发现？"老人龟幽幽地说，脸上闪过一丝痛苦的神色。

"唔？……"阿根不解地盯着他。

"你忘了我们初次见面时，我曾告诉过你，我们之所以化身为乌龟，就是因为我们有共同的心境，乌龟的心境！"

阿根仍会意不过来愣愣地看着他。

"看来你真的是一只笨乌龟！让我告诉你吧！我们在阳世都是挫败者、退缩者，我们都是处于被淘汰边缘的人，所以……我们……，哎呀，我不说了，你想想你自己的遭遇不就可以明白啦！"

老乌龟这么一说，阿根倏地心痛起来，他不由自主地联想到自己最近的遭遇来，他的确是一个挫败者，他是一个老被人骂来骂去的副刊小编辑，一个月赚不了几个钱，还常常要被老板警告，被作者抱怨，回到家还要受妻子的嘲讽，啊，啊，啊……阿根想着想着竟也泪流满面了。

"好了，好了，既然来到这个地方成为乌龟族中的一员，我们要的就是找寻快乐，阳间的事不要想它了！"老人龟看到他伤心的样子，忙拍拍他的背壳安慰他说，"来吧，我带你去找一些美味的小鱼小虾享受一下，顺便带你到这河的四处游一游，让你熟悉一下这里的环境！"

"……"阿根赶忙擦掉眼角的泪，微笑地点了点头。

"啊，对了，我一直忘了问你，你会游泳吗？"

"会，我会蛙式、自由式。"

"不行，不行！你看过乌龟游蛙式、自由式的吗？我们乌龟族有乌龟族的游法，我来教你！"说着老人龟边走向河边，边回过头来向他笑着说，"你能找到我这个老师算你的福气，我除了会乌龟式的游法之外，我还会其他乌龟族都不会的'乌龟大翻身'游法，我看你老实，我可以教你，来！"

说完咕噜一声，老人龟便溜入河中去了。

现在他正游着的方法，便是所谓"乌龟大翻身"的游法，把腹部翻过来，让腹甲平贴水面倒过来游，这样游，河底的景物由于视角的改变而显得格外绮丽，这种游法还有一个好处，河底的鱼虾都会以为他是一块漂浮在水面的木头而疏忽戒备，甚至游到他身边来，他便可以安逸地看准时机，一个大翻身冲下去咬住它们饱食一顿。

阿根今天晚上便以这种方式，四处逍遥地游着捕食，在月光的映照下，他显得快乐无比，他几乎忘了，今天晚上乌龟族将在下游潭边，召开紧急的临时大会……

"叩——叩——叩，尔鸣——尔鸣——尔鸣——"

正当阿根乐不思蜀陶醉在逍遥游的时候，下游突然传来一阵紧似一阵的紧急召呼声。

"啊！糟糕！"这种呼叫声，使他猛然觉醒过来，他慌忙往水潭的方向急速游去。

到达水潭边的时候，乌龟族早都已到齐了，正围着一个大圆圈在岸边争论着。

他刚从潭水中冒出头，便听到岸上有一只年轻的人龟正在慷慨陈词，他的声音高亢而尖锐，阿根不必看也知道，准又是那只黄色的小伙子在发狂言了。

"这些水鸟是侵略者，它们再三侵入我们的领域，捕食我们的鱼虾，如果不驱逐它们，这些鱼虾迟早会被捕食光，那时我们的生存一定会面临问题，所以我们现在一定要打倒这些侵略者！"

"它们有锐利的爪和喙，我们用什么打倒它们？"老人龟用平稳的声音回问他。

"用意志啊！用正确的坚定不移的精神啊！你们不要那么懦弱，不要老是当乌龟……"

"你也是乌龟！"他这句话还没说完，有一只中年人龟马上打断他。

"你既然那么勇敢，那你来当领袖，你到第一线冲锋，我们一起来追随你好了！"大家异口同声地说。

"哪里哪里哪里……我不行啦！我个子那么小……"那只黄色人龟一听大家这么说，吓了一大跳，慌忙把头缩入壳里，推托着说。

"那……他来当前锋好了！"这时人龟群中有一只看到阿根从潭水中蹒跚地爬上来，忙尖声叫着。

"对！对！对……"大家发出一阵掌声，"他今天迟到，罚他当前锋，罚他当前锋！出发！出发！"

阿根没来得及弄清楚是怎么一回事，人伙儿已经一拥而上，把他推回到水中，接着大家也都游入水中来押着他往下游游去。

"干什么？干什么？"他惊慌地问着身旁的老人龟。

"大家要去对付那群大水鸟，你来迟了，他们投票要你打前锋啦！"老人龟幽幽地说。

"水鸟？什么水鸟？"

"前几天不是向你提过了吗？最近我们这儿，不知怎的飞来一群夜间水鸟，它们食量奇大，个性又凶残，不但吃掉了我们赖以维生的鱼虾，还啄死了几只小人龟。今天召集大家开会，就是打算杀一儆百，大家团结起来干掉它们的头头。那么重要的会你竟然迟到了！"

"我今天来得很早哇！我在上游叫你们，你们都还没来嘛——所以……"

"你不要强辩，你迟到总是事实吧！"那黄色的人龟在一旁猛地插进来一句话。

阿根正待辩解，老人龟已暗示他不要再说了。

"没有关系，我会帮你忙，你用不着担心，大家也都会帮你忙……"

听老人龟一说，阿根只好噤声不语地跟着他们往下游去，游了大约一公里，到达了一处河滩，乌龟族纷纷由河里爬上河滩，聚集在那儿向前眺望。

那群庞大的夜鸟就群集在离河滩不远的河湾地方觅食。

阿根一看到它们庞大的身躯就吓慌了，尤其那又尖又长的喙，在月光的映照下，看起来那么森冷而恐怖。

"我……我不干，我才不当前锋！"阿根直打哆嗦地叫着。

"不干不可以，不干就斩掉你的尾巴！"黄色的人龟厉声地叫着。

"斩掉我的尾巴我也不干！"阿根看着河湾边几副被啄去了身躯丢弃在那儿的龟壳颤抖着说。

"你别忘了我们乌龟族的规矩，犯规的人要认真地接受惩罚！"一只中年人龟警告说。

"我又没犯规！"阿根连忙辩解。

"你开会迟到！"黄色的人龟大叫着说。

"我才没迟到！"阿根也大声吼回去，"我来的时候，你们根本还没来！"

"谁看到你了？"黄色人龟紧抓住他的辫子不放，说，"当前锋有什么好怕的？你别当缩头缩尾的乌龟！"

"唉！唉！谁缩头缩尾的？你这小子也犯规，你已经先后两次侮辱我们乌龟族了！"那只中年的人龟用着低沉的声音警告黄色的人龟。

"对！对！他也犯规，他也要去当前锋！"有许多只人龟附和起来，走上前去把那只黄色人龟推出队伍。

"干你妈，你别推我！"黄色的人龟向一只推他的年轻绿龟吼道。

"你说什么？你再说一遍，你干谁的妈？"绿色人龟一听，气得冲上去，大骂几句，一口往黄色人龟的尾巴咬去。

"哎哟！"黄色人龟惨叫一声，也回过头咬住绿色人龟的尾巴，两只人龟刹那之间便打成一团。

"你放口，你不准咬我儿子的尾巴！"

紧接着，两只人龟的家族也纷纷加入了战局，十几只人龟由河滩打到河里，在河底翻滚扭打成一团。

阿根一时被眼前的景象吓住了，他没有想到平时看起来那么温和懦弱的乌龟族，互相残杀起来，竟如此凶猛而冷酷。因为撕咬而从他们身上汹涌而出的血，染红了附近的水域。

阿根不忍地别开头，无意中看到老人龟在一旁已经泪流满面，嘴里喃喃不已地念着：

"这些混蛋，这些混蛋，内斗内行，外斗外行……"

阿根一听，一颗心猛地如针刺般痛起来，他忍不住也感触万端地流下眼泪。

"你们……你们住手！"阿根忍了忍，突然向着打斗中的乌龟族大声地吼了起来，"你们别打了，我……我当前锋！"

大家经他一吼，都纷纷止住了手，浮上河面来，愣愣地看着他。

阿根头一低，冲入河里，在水底一个大翻身，把腹甲翻到水面，以倒着的姿势向鸟群的方向悲壮地游去。

"等一下，等一下！"老人龟呼喊着从后面跟着游过来。

奇怪的，这时前面的河里却突然亮了起来，刺眼的光芒照射得令他睁不开眼睛。

隐约中，阿根听到了夜鸟拍翅飞走的声音，以及背后人龟群们仓皇地惊叫：

"快逃！快逃！电鱼的人来了！"

阿根还没弄清楚是怎么一回事，顿觉全身猛地一麻，像是被雷电击中，整个身体不能自主地向着河面打了个大翻滚。

"哇——一只好大的乌龟！"

这是他最后听到的一句人的尖叫声，然后他四脚一伸，便失去了知觉……

尾声

最近，小说家阿根猝逝的消息震惊了此地的文坛。

据他太太的描述，他是深夜从报社下班回来，临睡之前在浴室中暴毙的。

多年来，他临睡前都有沐浴的习惯，当晚，他也和平常一般进入浴室沐浴，他太太是在半夜里被他一声悠长的惊叫声吵醒的，她走到浴室里，看见他直挺挺躺在浴池中。

可怕的是，他死的时候，整个头都缩入了胸腔之中，起先他太太以为他被人砍去了头，打电话叫来警察之后，才发现了事实。

头缩入胸腔之中的死法太奇特了，法医验过尸仍百思不得其解。

警方原以为是他杀，但从尸体中却找不到一丝外伤，后来经由解剖发现：阿根好像是因为触电而心脏停搏去世的，但哪儿来的电呢？到现在，警方仍未找到事件的真相！

唯一让警方感到有趣的线索是，警方在他书房的桌上找到了一封《联合文学》的邀稿信，信纸上有几滴血迹，那信是由该杂志的一位彭姓编辑写来的，大意是希望阿根能为该杂志写一篇具有创意的小说。

信的旁边，摆开放置着一堆稿纸，显然阿根死亡当天，已应邀开始起笔写这一篇小说了。

稿纸上，已然这样写了几行字：

乌龟族 阿根
吴锦发把肥皂沾上水，轻轻地在脖子锁骨附近抹了抹……

——本文刊载于《联合文学》第二十九期

【导读】

吴锦发，一九五四年生于高雄美浓。台湾中兴大学社会系毕业。曾任电影编导，《台湾时报》《民众日报》副刊主编，《台湾新闻报》总主笔、文化总会副秘书长，现任台湾地区行政主管部门文化建设委员会副主任委员。曾获吴浊流文学奖、时报文学奖及联合文学小说新人奖。著有《青春三部曲》《妻的容颜》等十多部小说、散文、诗、童话。

这篇小说中的主人"阿根"，身在职场，所谓的"媒体人"角色，必得屈从于报社自我制约之限，灵魂深处的纯真却在自我纠葛、拉扯。

作家多少呈现出"现实之我"与"理想之我"的生命拔河，某些情节呼之欲出，显示作家在书写此一小说时，毫无隐晦地移情于所创作的主角"阿根"，当是一种异趣的吊诡。

读者或会问起，作家是否忍抑不住自己跳入小说圈套，难以脱身；但必须肯定作家对自我生命的勇敢与真诚，这是《乌龟族》这小说难得的成就，必须给作家鼓掌。

无可讳言，主角阿根在近似"魔幻写实"的精彩推演里，所思所感，亦如作家提出的是否真能做到"忠于自我"的信念，并终于溃于现实巨大而残暴的世俗红尘，主角宁愿"龟缩"，从浴缸怀疑自我到暗夜幻化为"人"龟，宁愿涉水深潜，这多么悲情又何等悲壮。

读者同思：这是作家吴锦发的沉埋之郁或是主角阿根的自我放逐？这呈现台湾社会里的伪善以及表面形式最不堪的戕害乃至于扭曲。

作家显然深受日本预设小说的私淑之情，自我嘲谑却意外显其沛不能御之生命抗争，亦是作为一个台湾作家百年来虽说隐忍，却在被强力挤压时所造成巨大的反弹之力，当是读者在阅读此小说时，不能不具有的同感共鸣。

——林文义撰文

生之祭

霍斯陆曼·伐伐

嘹亮的祝福声在山谷间引起阵阵的回响，

久久都不停止。

一

山林的夜晚是安静的，只有看得懂黑夜的山鸟和溪谷的树蛙依然守着白天的嘈杂。

月光像厚厚的棉被覆盖着冷冷的山林。远远望去，大地就像一个刷洗过后的锅底，散发着干净的银色光芒。晚风顺着山脉的形状起伏飘荡，并且调皮地把月亮慢慢吹向另一边的山峦，苦楝树下数不清的碎光，跟着风的方向不停地四处跳跃，仿佛是萤火虫们正忙着举行属于它们的祭典。

毕马将小小的身体蹲靠在祖父的裤裆之中，传统的石灶里，堆满了火红炙热的炭火，不但将窄小的厨房照得通红明亮也温暖了原本冷冽的空气。

"Luhi[1]，你不累吗？你该上床睡觉了。"头发斑白、满脸皱纹的老人，低着头问着裤裆中的小男孩。

"我睡不着，吉娜[2]哭得好大声，祖父，她会不会死掉？"不知道是厨房的烟雾太浓还是自己确实累了，毕马红着眼睛望着祖父。

"不会的，你的吉娜只想用高亢的哭声把你的弟弟从肚子里叫出来。况且她是部落里最勇敢的女人，不会有事的，你可以安心地去睡觉。"

"吉娜在傍晚的时候就跟着竹鸡一起哭叫，现在竹鸡累了，不叫了。吉娜依然痛苦地叫喊，我看弟弟是不会来了，要不然就叫弟弟不要来。祖父，我不要吉娜那样痛苦地哭喊。"毕马低着头，抽动着肩膀。

"没有用的小男人，你现在的能力不是可以帮着父母打扫住屋、喂食猪及烧火煮饭吗？我们 Isibukun[3] 的男人是不允许哭泣的，那会被大自然的精灵所讥笑，那是耻辱啊！好了，眼泪擦干，像个勇敢的布农人。"老人轻轻地拨弄着男孩的头发，自己却不停地观望着客厅。

傍晚时分，疲惫的太阳歪歪斜斜地靠在最遥远的山峦，许多不知名的山鸟像往常一样，贴着阳光让人看不清楚地飞回隐秘的巢穴。许多的大树也在清凉的山风中抖落了一天的酷热，一个不小心却把生病的叶子散落满地，雨点般的坠地声，让屋檐下睡意正浓的猎犬不得不竖起双耳倾听声音的来处。部落的孩童们正在空地上玩着追逐的游戏：一种猎人对猎物或猎物对猎物的追逐游戏。空地上掀起阵阵的灰尘，毕马也在里面。就在竹鸡道别白天的啼叫中，部落向外延伸的小径出现了一群快步奔走的大人，妇女凄厉的嘶喊声随着竹鸡的叫声像子弹般地奔向部落。

"毕马，是你的吉娜的声音。"耳朵比较大的孩童首先停住了追逐的游戏。

"我听得出来，确实是我的吉娜的叫声。"吉娜的声音是生命中最熟悉的。毕马也一样。

"我的弟弟可能要住进我家了。"毕马转身朝着自己的小茅屋奔跑。

前些日子，达玛[4]告诉自己：我们即将多出一个家人，就是住在吉娜肚子里的婴儿。达玛还说经过产婆的抚摸，发现肚子里的婴儿双脚是平排的[5]，是个男婴。毕马到达住屋之后，立刻把大门打开，好让大人快速地进入客厅，毕马守着一屋的宁静，听到吉娜的嘶喊声愈来愈近，愈来愈近……

就像部落所有的女人一样，吉娜被安放在客厅的泥土上，等待产下自己的儿女。从大地上出生之后，族人坚信人类依赖着大地而活，因此新生命的第一件事就是与大地接触，彼此建立亲密的关系。

部落的产婆听到消息之后，带着两三位妇人前来帮忙，她们都是族人所尊敬的长者，她们将以自身累积的智慧和经验维护母子的生命安全。

"达鲁姆，当你们知道 Dihanin[6] 要赐给你们婴儿的时候，你和塔妮芙[7]有没有遵守祖先定的 Samo[8]，例如起床后有没有立即将被褥折好，并且将窗户、木门敞开等这些祖先所规定的？"生产带给塔妮芙极为痛苦的情况，让一家之主的祖父不得不开始怀疑家人的行为是否虔诚、是否触怒天神。

"达玛，就像您眼睛所看到的，我是一个信仰虔诚、行为诚实的男人，十个月来，自己和家人是如此虔诚、严格地遵守着所有的禁忌，就是从耕地背回来的地瓜，一进家门也立即倒在地上，带到耕地充当食物的小米，到了目的地立即打开包巾，让小米展现在众神面前。这一切都是期望获得天神的喜悦。让婴儿能够顺利落地，不要伤害大人的生命。"达鲁姆也不明白：为什么塔妮芙要承受比别人还多的苦难？

"甚至……为了避免婴儿长大成人后成为令人讨厌、人人喊打的小偷，我还告诉塔妮芙在怀孕期间不要吃飞鼠肉。我们一直遵循着祖先的脚步，难道天神没有看到我们虔诚的心灵吗？"达鲁姆说完之后，摇着头继续擦拭着火枪。他准备用这支枪所发出的雷电般的声音迎接自己的第二个儿子。

"Anana-Kai！Anana-Kai！[9]"吉娜令人担心的呻吟声持续在屋内飘荡。

"达玛，我们去帮吉娜，好不好？"毕马走到父亲的身旁。

"唉！可怜的孩子，每个人的能力是有限的，不是每一件事情都可以胜任。就像山林的动物一样，有的会飞，有的会跳，有的会爬，有的动物跑起来像风一样地快。我们的天神是希望拥有不同能力的人学会互相帮忙。就像生产一样，只有产婆才能让你的弟弟尽快地跟我们见面，只有产婆才能赶走吉娜生产所带来的疼痛。来！我们能做的就是向候猎[10]的猎人一样，在孤独、害怕中等待最好的结果。"达鲁姆将孩子拉到自己的怀中安抚。

二

客厅内，数个年长的妇女围绕着塔妮芙，有的跟着坐在地上扶持塔妮芙的上半身，有的忙着擦拭塔妮芙脸上的汗水，有的压着过度撑开的双脚，整个客厅几乎变成数个猎人合力捆绑猎物的猎场。产婆——玛拉丝，因为拥有族人认同的法力而成为部落里专门负责迎接小生命的长者。经过一夜的奋战，玛拉丝的脸上除了老人该有的苍老之外，眼睛疲惫地缩成一条细线。

"孩子像水蛭般抓紧着母亲的肚子，这样下去对母子都不好。谁帮我抓住苎麻布的另一端？我们必须把孩子强迫挤出来。"玛拉丝说着。

"用力！往双脚的方向用力挤压，快啊！要用力啊！"产婆大声地催促着。其他的妇女或紧张，或害怕，造成客厅内不断传出犹如老鼠慌张逃难的脚步声和撼动泥墙的碰撞声，不规律的嘈杂声让人担心这些女长者是否真的拥有保护母子的能力。

"Anana-Kai！Anana-Kai！"吉娜的哭喊声再度响起，只是已经沙哑了，微弱了。

突然间，"哇！哇！"整夜期盼的婴儿哭泣声终于划破了部落的夜空，客厅内同时传来女长者清脆的欢呼声，就连屋外的山林也"沙！沙！"地一起欢呼。

小生命的哭声让火堆旁的家人整齐划一地垂头倾听，传统祭仪中，敬谢天神的仪式也是这样。石灶内，即将成灰的木炭也为婴儿的哭声提早滑落，让火边堆积已久的木炭跟着波浪似的骚动起来。

"塔妮芙，你还有力气感谢天神吗？"产婆看着满身汗血的母亲。塔妮芙皱着眉头，努力地想坐起来，但是额头的汗水却轻易地让她跌落在身旁的妇女身上。

"你以你的鲜血换取孩子的平安，你所有的力量已经用尽。现在让我以你的名字举行谢天的仪式吧。"产婆立即将婴儿平放在母亲的身边，然后握着塔妮芙的右手和抚摸婴儿的右手掌心，以虔诚的心灵向天祝祷：

"Hu……Hu、Hu[11]！我以孩子的母亲'塔妮芙'的名字，向最有力量的天神献上母亲最感激的心。婴儿的生命来自您的喜悦。告诉我们怎样拒绝恶灵[12]的诱骗。天神啊！我的孩子还在肚子的时候，如果我吃了触犯禁忌或不洁净的食物，别将诅咒的结果让我的孩子承受。我以母亲的名字，祈祷孩子在将来的日子里，能够健健康康、平平安安地活着。孩子长大之后，声音就像瀑布一样地洪亮，行为像泉水一样地清澈。"

　　祝祷完毕，产婆立即用竹片削成的利刀将连接母子的脐带割断，然后从口袋中取出事先用刀柄就石盘敲碎的 Gan[13] 涂在母子的脐带之上，并吩咐其他妇女将母子身上的秽物清理干净。客厅内的脚步声在婴儿平安落地之后，忽然变得欢乐和轻松，持续的忙碌中不时传出轻微又调皮的笑声。

　　脸色苍白的塔妮芙在笑声中，终于露出母亲拥抱婴儿该有的笑容，满足的笑容就像绽放在山坡上的百合花。刚到部落的小婴儿闭着双眼，紧抿着红润的薄唇，双颊透着枫红的颜色，躺在妇女们赠送的布匹中沉沉入睡，讨人喜欢的样子让屋顶的壁虎不禁发出"Dik！Dik！"的赞美声。吉娜被族亲扶到床上休息，塔妮芙紧闭着因兴奋而不断颤动的双眼假寐，早已变成紫黑色的嘴唇依然绽放着令人羡慕的微笑。

　　"呼！担惊受怕的时刻过去了。法力高强的玛拉丝又一次成功地守护了一对母子的生命，恶灵的力量已经无法控制这里了。"祖父呼了一口气之后，身体累歪在身旁的木柱上，闭着双眼，努力掩饰着一夜惊慌失措的表情，耳朵却依然专心倾听着客厅的动静。

　　"好长的黑夜。"达鲁姆跟着松了一口气。

　　屋外的天空慢慢地散发着微弱的白光，似乎抛开了黑夜的纠缠。山风带着睡意尚浓的懒散身影，摇摇晃晃地走向大地，准备叫醒万物迎接新的一天。

　　"达鲁姆，这是婴儿的 Binainuk[14]。做父亲的必须亲自埋在屋外的大树底下。"一位妇女捧着红色的布包，走进厨房。

　　"谢谢你们带领着我的女人和儿子走过最危险的峭壁，我不会忘记今晚你们所做的一切。从今以后有任何困难，我允许你们使唤我的家人。"达玛对着妇女低头弯腰表达自己的心情并接下红色的布包。

"毕马，帮我到仓库拿锄头。"

毕马扛着锄头往屋外的大樟树前进，达玛的背影在灰黑的树干底下像幽魂般地薄弱、模糊。

"达玛，是达玛吗？"毕马停在不远处，怯怯地喊着。

"锄头呢？"是达玛的声音。

达玛将红布包放在粗大的树根上面，然后在树根之间的空地挖掘洞穴。

"弟弟的胎衣为什么要埋在树下？"空气寒冷，毕马缩着身体，双手交叉于胸前。

"胎衣拥有保护弟弟的法力，我们必须尊敬和感谢它，不能随便丢弃，这会给弟弟的生命带来不幸。埋在大树底下是希望弟弟将来能像这棵大树一样地强壮，能在大风大雨之中，依然骄傲地站在大地之上。"达玛的表情相当认真。

"您是说每一棵埋着胎衣的大树都和某一个族人的将来有关系？是一个族人的'生命树'？"毕马蹲下身子，好奇地问着。

"当然，我们的祖先都是这样子做的。"达鲁姆放下锄头，开始用手将松软、冰冷的泥土捧到地面。"所以，当你们爬到树上游戏的时候，不要踏断了它们的树干，不要摘掉它们的树叶，就像不伤害一个族人一样。"

"为什么？"毕马歪着头。

"如果你弄断了树干，那么它所代表的族人将会跟着受伤。例如手脚残废而行动不便、眼睛受伤失明、耳朵受伤而听不到声音。如果摘掉大部分的树叶，那个人的生命能力将会减弱，就会不断地生病，直到死亡为止。毕马，你想想看：如果你伤害的是代表自己家人的'生命树'，就表示你亲手伤害了自己的家人，这种行为将遭到天神惩罚的。"

"达玛，那我的'生命树'在哪里？"毕马睁大了眼睛。

"也是这棵强壮的樟树。这棵樟树会带领你们兄弟走向平安的未来。"达鲁姆抬头望着高大茂密的大树。

"我不……"毕马本想说出自己不想与他人共有一棵大树，但是看到樟树令人尊敬的外表，心中的满意胜过了自私的想法。

毕马转身看着逐渐清醒的部落，每一间茅草屋的屋顶都冒出一缕缕白色的炊烟，正学着晨风在半空中歪歪扭扭地起舞，部落的空气则是纹丝不动，清澈而新鲜。远方绵延不断、高矮不等的山峰，那么清楚地在接近天空的地方显现出来，就好像有人刻意地用干净的泉水擦洗过似的……部落后方，某些翠绿调皮的山峰绑着旭日染红的云雾，犹如布农猎人入山狩猎前，头上绑着红布表示自己十分英勇的样子。

三

塔妮芙侧卧着身体，露出奶水充足而显得特别高耸的胸脯准备喂食小婴儿。看着躲在肚子十个月的小生命，一夜的苦难化成晶莹的泪珠在眼中闪闪发亮，心情激动，自然而然地对着婴儿吟唱着古老的布农童谣：

吉娜笑着从耕地回来，
达玛给她苎麻做衣裳，
用水泼洒馋嘴的小狗，
小狗咬着苎麻蹦蹦跳。

"还没有喝下热汤怎么能喂奶呢？往后你将失去与病魔战斗的能力。"达鲁姆端着一碗装满生姜和绿豆合煮的热汤，踩着碎步，异常小心地走入卧房。

"塔妮芙，我现在必须带着孩子迎接他生命中的第一个太阳，这对他的未来非常重要。我要祈求天神让他成为英勇善战的猎人。"

"太阳快出来了吗？祭仪需要的火枪、配刀、兽皮都准备好了吗？"从小跟着族人从这一山迁移到另一山，塔妮芙早已熟悉每一个生命在山林成长之中，必须经历的每一个生命祭仪。

"都准备好了。来吧！把孩子抱给我。"

就在大门左边的屋檐下。祖父忙着将一堆破布和干硬的木柴放在一起燃烧，青蓝色的炊烟随着晨风在庭院间飘荡，庭院前练习扑打、追逐的猎犬们，误以为大地开始起雾，纷纷躲进屋檐下席地而卧、闭眼休息，有些年轻好玩的猎犬用生气的眼神，坐立不安地看着蓝色的烟雾。

"祖父，您要烤肉吗？厨房不是有火吗？"毕马从屋内走出来。

"你的吉娜现在的身体像鸡蛋一样的脆弱，一阵风就可以把她带到很远的地方。我想恶魔一定会利用这个时候伤害她的生命，让我们用落泪迎接每一个日子。恶灵就是喜欢让族人过着充满哭泣、失败、耻辱和灾难的岁月。我们的祖先都是用这种方法对抗恶魔。"祖父继续跪在地上闭着眼、红着脸，朝着火堆猛力吹气。

"起火又能干什么？"

"天神知道我们的能力是薄弱的，为了保护族人，特别化为烈火与我们同住，并且时时刻刻地保护我们的生命。为了保护你的吉娜，从现在起，只要有外人进入屋内，一定要让他跨过火堆，让天神的力量驱离外人从外地带来的恶灵。"祖父深呼吸之后，继续说，"乖孙子，看到火种小了、熄灭了，必须赶紧加上木柴让它继续冒出炙热的火焰，直到你的吉娜可以下床走动为止，知道吗？"

火堆的火种开始展现该有的力量，越来越少的炊烟被微风带到蓝蓝的天空。猎犬们又在庭院中玩着扑打、追逐的游戏，掀起了阵阵的灰尘。屋檐前，一群等待机会奔入屋内的蚊蝇昆虫，早被烟火驱逐到远远的草丛之中。

"毕马，把木门关起来，烟火会让你的吉娜不停地咳嗽。"达鲁姆左手抓着火枪及一片晒干的兽皮，右手抱着小小的弟弟。

"弟弟好漂亮，给我抱，达玛，让我抱一抱。"毕马不停地往上跳，却始终抓不到弟弟的身体。

"我要带着他去 Duhumis[15]，你这种随便的行为会让众神不高兴的。"

"我要去。"毕马开始喜欢突然成为家人的小生命。

走出庭院之后，达鲁姆立在左边树林的前方，右边则是垂直而下的大峭壁，前方的视野非常宽阔，从这里望去，远方的山峦已被阳光洒成金黄色的一片，教人无法直视，山谷像是一条细长的裂缝在脚下伸展，流动其中永不枯竭的溪水则像猎人与猛兽近身搏斗时所用的匕首一样，发出冷冷的光芒，黑夜留在清晨的残影就在朝阳猛烈的推挤之下，一步一步地躲进山谷之中。逐渐地，空中飞翔的山鸟、沉睡中的部落、阴暗的山林、准备前往耕地的族人，在金黄色山峦的反射之下，一清二楚地在毕马的眼中展现。

"砰！"达玛左手抱着婴儿，右手单举火枪朝着山林的方向射击。

"Hu！在我胸前抱着美丽又善良的男婴儿，长大之后，必定成为一个能力最强的布农猎人，他的生命犹如山脉一样，延续到眼睛看不到的地方。部落的人被恶灵诅咒而生病的时候，我的孩子依然健壮不会生病。孩子长大上山狩猎，不会迷惑于峭壁、深谷而跌落。他必将拥有来自天神的双眼，瞄到哪里，射到哪里，引弓射兽，每射必中。孩子也带来了许多享受不完的福气，从此之后，家族在耕地所种植的小米，必像炼珠一样地硕大美丽。家中所豢养的猪、鸡等动物，必像蜜蜂一样，众多而嘈杂。围绕在我们身边的恶灵必将羞愧地逃入最黑的山谷。Hu! Hu! Hu! "达玛洪亮、真挚的祈祷声在安静的山谷间来回飘荡。达玛跟着声音望向高矮不一的山脉，仿佛看见一位头发斑白、面目慈祥的老人，脸带微笑、神情满意地凝视着大地。

"毕马，进屋去吧。"达玛双手紧抱身上的孩童，转身走向住屋。

"我来抱着弟弟。"

"不行，祖父还没抱过，你不能先抱。"达玛有意无意地将弟弟抬到肩膀的位置。

虽然老人的力量被岁月精灵换成满脸的皱纹，但是却也留下惊人的生活智慧和经验。部落的族人都相信：老人是最接近祖灵的人。因此大家很尊重老人如同疼爱孩童一般。部落中一切新事物的发生，都由老人来解释，也以他们的观念来决定善恶、对错。

达玛将弟弟交给祖父之后，立刻把手上已经晒干的兽皮张挂在"十"形的竹筐之上。

"毕马，抓住另一边的竹筐，免得兽皮挂歪了。"达玛低着头工作。

"这张兽皮要做什么？"

"这是代表弟弟第一次射中的猎物，也象征着弟弟往后入山狩猎，必定丰盛而归，绝不空手而回。等一下要藏入仓库以免被恶灵发现遭到破坏。这对弟弟的未来并不是好事。"

"我也有吗？象征我打猎丰盛的兽皮在哪里？"

"挂在仓库。"

仓库内，毕马在阴暗中高兴地露出笑容，因为达玛将弟弟的兽皮挂在墙壁的时候，旁边早已挂着又大又平的另一张兽皮。

"我将是猎获量最多的好猎人。"毕马高兴地抚摸着另一张大兽皮。

四

屋外的世界还是像锅底般地漆黑，万物就像乖巧的婴儿静静地躺在大地的怀中，自由、安详地在属于自己的梦境之中悠游。毕马以最大的力量从床上跳下来，双脚踏上冰冷的泥土，弓着身躯，两脚交互点地地奔向火光闪烁、发出一阵阵噪音的厨房。

毕马挣脱孩童该有的贪睡习惯是有原因的。昨天傍晚当达玛告诉自己，希望毕马能够早起，一起到名叫"沙里仙"山上的新耕地看看。那是去年经过祖父、达玛和吉娜努力了很长的时间所开垦的耕地，那儿盖着一间工寮，养了许多的土鸡及种植了属于今年的小米。达玛要前往耕地抓几只土鸡，采摘一些树豆和老姜，除了要宴请保护吉娜生命有功的产婆之外，顺便摘取一些能让吉娜奶水充足的食物。

毕马心里一直想替吉娜做一点事。可惜当初吉娜为了弟弟平安落地而痛苦嘶喊的时候，自己一点办法都没有，想抱抱弟弟减轻吉娜的负担，大人们却认为自己的力气不够，无法胜任。三四天来，毕马像看不到的风一样，只能远远地看着吉娜在床上一边呻吟一边吃力地翻转着虚弱的身体。因此听到达玛要带着自己去做对吉娜有帮助的事情，毕马就迫不及待地等待着今天的来临。

"哎呀！这么早起的小勇士是谁的孩子呀？"达玛故意很惊讶地说。

"早安！祖父、达玛。"毕马神情得意地对着厨房里的长辈祝福。

"真正的男人就是要远离使人懒惰的床铺。"祖父却严肃地告诫小男孩。

"沙里仙"在族语中的意思是指对面的山。因此毕马和达玛必须从部落顺着山谷的起伏蜿蜒而下，到达 Sivsiv[16] 溪所冲刷而成的河床低地，再贴着对面的山谷往上爬。

屋檐下，猎犬们用后腿站立起来地跳着、转着，充分显示跟着出门的意愿，但是当祖父严厉斥责的时候，这些猎犬仿佛听得懂般地夹着尾巴发出恳求似的低鸣，有的甚至跑到屋檐的角落发出高亢的哀号，表示自己的不悦。达玛熟练地将数十根芦苇秆绑成一束火把，就在闪烁火光的带领下，毕马跟着达玛的脚步往阴暗的山林小径前进。越往山林的深处，整条小径全被满是露水的矮草丛占满，达玛就像走在浅水般地直着小腿切开草丛迈进，冰冷的露水虽然赶跑了身上顽强抵抗的瞌睡精灵，但是湿透的裤子却愈来愈重，浪费许多的体力。毕马愈走愈慢，笨重的脚步声在山林间引起杂乱的回音，就像许多的精灵在附近玩耍、呼叫一般。

"达玛！达玛！"毕马忍不住叫着前面晃动的黑影。

达玛停下脚步，转身将火把朝向后方，毕马看着被火光照得通红的小径，使尽全力、跌跌撞撞地疾步向前。

"我累了。"毕马喘着气。

"在劳累的时候，先确定你的大腿是否还是你的。"达玛等毕马站稳之后，又继续地走下去，只是速度放慢了，毕马可以轻松地跟着达玛的步伐前进。身边的树木开始拉开距离地站立着，树干不再显示粗大高耸的骄傲，来自天空的微光开始穿透了树叶，让眼前的小径逐渐明亮。愈靠近谷底，两旁山壁垂挂着许多的瘦小山涧，垂直落地滚过岩石的溪水发出淙淙的水声，或轮流，或重叠地在四周响起，就像族人在祭典中所吟唱的 Pasibubutl[17]。山风开始在树梢上飘荡，明亮的天空在树叶之间的裂缝，一小块、一小块地出现。此时达玛把火把栽入山洞所形成的小潭，"噢！"的一声，熄掉了火种。

到了谷底，毕马才发现溪流竟然是如此雄伟；溪底传来的石头滚动声、湍急的水流加上犹如热锅里滚烫的气泡，让毕马有着说不出的感动。

"毕马，不要再看了，流水的样子会让你头晕目眩，甚至让你没有体力攀爬对面的山。"达玛坐在一块好似被人故意削平的大石头上。

毕马跟着爬上大石头，清凉的山风适时地吹拂着汗流浃背的行人，达玛从 Davath[18] 中取出黝灰、干瘪的烤地瓜，毕马一边咬着，一边看着山风和金黄阳光抢着彩绘的山脉景观。此时山顶上的阳光，突然像瀑布一般由山顶一直往谷底垂直奔泻，山坡上，成千上万睡在树叶上的晨露，立即闪烁着五彩缤纷的色彩，令人无法直视。

"达玛，明明是同一座山林，为什么在部落所看到的和这里所见到的完全不一样？"毕马像只小松鼠惊奇可又快乐地问着。

"亲近是让我们了解万物真相的开始。"

"这里的美丽吸引我的眼睛到处游走，无法安定。"

"它不但美丽而且是我们祖先长年依赖的精灵。从大地上出生之后，祖先所需要的，山林始终仁慈地施舍着，日复一日，从不间断。长久以来，我们的祖先都以'够用的心'和'诚实的手'就可以得到今天所需要的，并且把多余的留给明天、后天及其他的族人。我的孩子！你要常常亲近山林才会明白它的重要性，才会诚心诚意地喜欢这块印着祖先脚印的土地。记住！要以祈求的心灵亲近山林，不要以小偷的心灵亲近山林，这样才是布农人对待好朋友的态度。"达玛的表情十分严肃，一点笑容都没有。

达玛带领着儿子继续往溪河的上游前进，就在河面最窄的地方，毕马看到数十根竹子互相联结并用藤蔓结结实实、层层捆绑而成的竹桥，由低矮的这一边上坡般地伸展到对岸较高的岩石，达玛牵着毕马的手顺着竹桥的坡度横跨河川。

眼前的小径开始贴着山脉往上爬升，小径陡峭的坡度却让毕马的双脚不听使唤。经过持续地攀爬和不停地前进，眼前突然出现了许多平坦的新耕地，沙里仙溪落在身后的远处，寒冷的空气让父子吐出白雾。路旁低矮光秃的树枝上垂挂着一滴滴的露珠，断断续续地跌入地上。这时候逐渐热烘烘的晨光已经把黑夜顽固的残影融解得无影无踪。

"到了！我们的耕地到了。"达玛回头看着落在约六条百步蛇远的孩子。

毕马惊奇地看着翠绿的耕地，小米秆笔直粗壮，露出地面的根茎又粗又硬，扁长、肥厚的叶片浓密得看不到泥土的颜色，在山风的带领之下，愉快地互相拍打、嬉戏。

"大人们一定流了许多的汗水，才能让小米长得这么健康。"毕马沉默地想着。

"毕马，先到小工寮休息，让山风吹干身上的汗水和劳累，还有许多的事情等着我们亲近呢。"达玛经常告诉毕马：任何事情不要让它看到隔日的太阳，因为过去未完成的事情总会用更多的劳累取代今天的快乐。

小工寮是面向山坡挖出平坦的凹地后建立起来的，为了争取更多的光线，大门没有门板的设计，屋顶是用附近的茅草就地取材铺盖而成，四面的墙壁用芦苇秆架设，内部的陈设除了供人休憩的大通铺之外，就是一小块的空地摆放简单的农具，烹煮食物的石灶则放在屋外。为了赶上播种季节的脚步及增加工作量，许多族人在播种、农忙的季节，就住宿在耕地，因此族人的耕地都会有一间比部落住屋还小的小工寮。更多的时候，这间温暖、安全的小工寮则是许多山鸟和小动物筑巢、休憩的地方。

"毕马，我们先剥树豆吧。趁着泥土没被太阳晒干之前，我们要把豆壳平均撒放在耕地上。"达玛站起来，准备开始劳动。

"为什么要把豆壳还给土地？"

"土地虽然豢养着数不清的万物，但是土地的力量并没有我们想象中的强大。你注意到我们经过的山林小径吗？整片山林的底层铺满厚厚的落叶和动物的粪便，除了防止泥土的表面被风吹散被太阳晒干之外，日后它们将化成泥土，产生更大的力量豢养更多、更高壮的树木，让许多动物从树林中得到更多的食物及更安全的地方。万物就是这样的互相依赖、互相保护，这是大自然的规则。我们应该学习它们的方法和行为，成为大自然的朋友，大自然才会包容我们，豢养我们。"

"哦？"毕马似懂非懂地说着。

逐渐高升的太阳像一颗爆炸的火球，毕马原本灰黑、潮湿的裤子在阳光之下变了颜色，让毕马觉得轻松了许多。耕地在晨光照耀下开始膨胀，小米们挺直了叶片和腰杆犹如充满勇气的战士，根部的伸展让小石子相互推挤，发出"毕剥、毕剥"犹如山崩般的细小声响，许多藏匿地底多年的种子现出难以想象的力量挣破坚硬的石块，以翠绿的身影加入热闹的早晨，更多不知名的小昆虫奋勇地追捕更小的昆虫，让耕地隐隐发出惨烈的厮杀声。一大群翅膀橙色、布满花豹斑纹、下翅腹面画着白色弧形带的豹纹蝶，在父子眼前踏着晨风无忧无虑、上上下下地飞舞。

"滴！滴！滴！"几只 Tiktik[19] 躲在隐秘处互相传递着属于它们的信息，好像计划着什么样的阴谋。突然间，一只比手掌还小的

Tiktik 鸟飞到毕马面前的小米丛，左右晃动的眼神和不断上下拍打的尾巴，好像寻觅着昆虫，又仿佛引诱着毕马陪它玩耍似的。达玛一直注意着这一切，毕马也一样。他们甚至听到深不可测的山林传出青蝉歌颂大地的吟唱声、山鸟互道早晨的祝福声、山风与山林共同起舞的低沉呼啸声。

"大地清醒了！大地开始呼吸了！"达玛安静地听着。

"是的，我的双脚已经感觉到大地因呼吸而起伏的脉动。"毕马跟着低头倾听。

"达玛，我们的部落就在对面的山林里面吗？祖父、吉娜和弟弟也在那里吗？"毕马第一次离家那么远，那么久，心里竟然牵挂起部落的家人。

"对，那条发着亮光的长线就是部落后面的瀑布。"达玛用手指着对面的山峦。银色的瀑布静静地躺在山脉的怀抱中，这个时候很难想象水柱狂泻的雄伟场面。天空洁净得没有一片云，瀑布上方的山峰洁净险峻，在山岚之中忽隐忽现。

"祖先真聪明，在这么美丽的地方建立了我们的部落。"毕马对于自己和族人拥有这样的地方感到高兴。

"早期的时候，邹人称它为 Tonpo（东埔），意思是制作斧头的地方。我们的祖先称它为 Nupan，意思是狩猎的好场所。"

"那么现在叫什么呢？"

"这个地方是邹人先开辟的，因此祖先就引用邹人的语言称它为'东埔'，借以表示尊敬的意思。"

"达玛！达玛！瀑布上方出现了一道彩虹。"毕马激动地指着瀑布的上方。

"把手放下来，你想要让你的手指弯曲或残废吗？"达玛惊慌地拉下毕马的手臂。

"不能用手指着彩虹吗？"毕马快速地将手藏在背后，睁大眼睛像只受到惊吓的老鼠。

"彩虹拥有古老的诅咒，用手指着彩虹会让诅咒的力量惊醒。"

"为什么？达玛，把这个故事告诉我嘛。"浓厚的好奇心让毕马遗忘了刚才的惊吓。

部落中，许多古老的故事或者孩童尚未经历的事情，都是父母口传给孩童知道，让孩童的经验和视野不断地成长，这对必须长期生存于山林的小生命是很有帮助的，因为在山林生存并不是想象中的那么容易。

"可以啊！但是你的手不许再指着彩虹。"达玛微闭着双眼，深深吸进一口气之后，开始讲起属于彩虹的古老故事：

"很早很早以前，中央山脉的郡大山下，有一个古老的布农部落。一对年老的夫妻早出晚归地过着自由自在的生活。但是有一件心事终日困扰着阿思和毕玛，老夫妻一想到此事就愁眉苦脸，唉声叹气。原来他们有个独生女名叫玛拉丝。虽然长得美丽大方，可惜生性懒惰，手脚又不灵活，老夫妻强迫玛拉丝居家织布，她总是织得乱七八糟。如今，玛拉丝虽然已到适婚年龄，却没有一个男子上门求亲。

"'玛拉丝！好好加油，你总不能一辈子靠我们生活吧。我们有一天会离开你，到时候你要怎么活下去。'年老的双亲不时训斥着女儿。

"隔壁有一个好心的妇女叫布妮。她经常帮百步蛇照顾它的蛇孩子，并且把蛇孩子照顾得干干净净、活泼可爱。百步蛇为了感恩，就按照自己身上的花纹做出红、蓝、黄、紫、绿等颜色的苎麻线送给布妮。布妮看了非常兴奋，赶紧把它编织成一件美丽的传统布农服，衣服在太阳底下散发出五彩缤纷的光芒，获得族人们的称赞。玛拉丝看了更是喜爱，整日只想着那件衣裳，就连做梦都梦见自己穿上了美丽的彩衣，走在路上接受族人的赞美。

"'如果我拥有那件彩衣，我看起来就更加美丽，一定会引来许多男子向我求婚，到时候双亲就不会天天对我啰唆，部落的族人再也不会嘲笑我了。'玛拉丝闭着眼睛快乐地幻想着。

"玛拉丝占有彩衣的念头愈来愈强大。终于她趁着布妮到耕地工作的时候，偷偷地把那件衣服拿回家，立即穿在身上，并对着水缸东张西望地欣赏着水中美丽的影子。老夫妻从耕地回来，看见玛拉丝穿着鲜艳的衣裳，很惊讶地问：'女儿呀！你已经会做出这么美丽的衣服？'

"'我连织布都不会，哪会缝制衣服？'玛拉丝天真地回答。

"'那……衣服是怎么来的？'

"'就是隔壁布妮利用百步蛇赠送的麻线所制作的衣服嘛。你们看这颜色多光亮，女儿穿起来好不好看？'玛拉丝一边转身，一边得意地说。

"'她真是大好人，她送给你的？'吉娜小心地问。

"'才不是呢！我是趁她不在家的时候，把衣服拿回来的。'

"达玛一听，眼睛睁得像猫头鹰一样大，又气又急地说：'你真是笨啊！你知道吗？在我们族里偷东西是有罪的。你这种行为会被族人乱棍活活打死，傻瓜！'

"这时候玛拉丝才知道自己闯祸了，害怕地拉着吉娜的手说：'怎么办？我该怎么办？'

"'趁着人家尚未发现，赶快脱下来还给布妮。'吉娜催促着。玛拉丝正要脱下衣服，忽然听到一位长老大声叫喊：'族人们！布妮所做的美丽衣裳不见了，大家有没有看到？'

　　"玛拉丝一听吓得全身发抖，想到自己可能会被乱棍活活打死，赶紧穿着彩衣从后门逃了出去。布妮看见玛拉丝正穿着自己辛苦编织的衣裳顺着小径逃跑，立即大喊：'大家快来看啊！是玛拉丝偷了我的衣服，大家快点出来抓小偷啊！'族人听到了，一窝蜂地跟在后面追赶，准备抓住小偷加以惩罚。

　　"玛拉丝看见许多的族人气冲冲地拿着棍棒在后面追赶，吓得连滚带爬地拼命往山上逃跑，好不容易爬上了山顶。这时候忽然下起大雨，把玛拉丝身上美丽的彩衣都淋湿了。

　　"'糟了！大雨把彩衣淋湿了，先找个山洞躲一躲吧，等太阳出来再拿出去晒干。'不久，雨停了，大地又笼罩在温暖的阳光下。玛拉丝乘机把五颜六色的衣服悬挂在山洞之外。

　　"山脚下的族人不知道玛拉丝已经爬到山顶的山洞藏匿，还认真地在部落的附近寻找。忽然有一个人指着山顶，大声地喊着：'看啊！那是什么东西？'族人抬头一看，天上有一条五颜六色的布弯弯地挂在两座山的中央。玛拉丝从山顶上看到族人用手指对着自己指指点点，以为是讲自己的坏话，生气地让那些人的手指弯曲或折断。

　　"'那就是我编织的衣裳，怎会挂在天上呢？快点还给我。'布妮愤怒地狂喊。玛拉丝听到之后，害怕彩衣会被主人取回，赶紧将彩衣收起来，再度跑进山洞躲藏，天上的彩虹也跟着消失。从此之后，玛拉丝再也不敢回到部落探望自己的父母，一生都在外面流浪直到死亡。

　　"好了，这就是彩虹全部的故事。毕马，绝对不能偷取不属于自己的东西。这种行为会遭到族人的惩罚，你也会羞愧地不敢面对父母和族人，这种心灵的惩罚是来自天神的诅咒，谁也无法化解。"达玛的语气很诚恳。

"当然啦,我们更不能养成在别人背后说坏话的习惯。毕马,你现在的心也被玛拉丝偷走了吗?"达玛随手将一粒树豆丢向张着口依然沉浸在浪漫传说里的儿子。

"啊?什么?"毕马赶紧胡乱弄着手中的树豆。

"天神会让喜欢在背后批评别人的人,得到嘴巴歪掉、说话结结巴巴的惩罚,就像用手指着彩虹的人一样。"

"达玛,彩虹真的就是那件美丽的衣裳吗?"毕马转头望着远远的彩虹。

"我也是从部落的耆老那儿听来的,到底是不是这样,我也不清楚。不过,部落的族人都高兴地认为:我们是住在离彩虹最近的部落。"

五

隔天早晨,毕马看见吉娜在厨房忙碌着,好几次停下来用手驱赶扑向眼睛的炊烟,脚步轻轻地在泥土上移动,像是怕踏痛了泥土又像惧怕弄痛了身上的伤口,远远望去,吉娜的身影跟着炊烟在厨房里飘来飘去。

"吉娜,你可以劳动了吗?要我做什么吗?"毕马跟着吉娜来回走动。

"有儿子真好!帮我抬一桶水吧。今天早上我们要邀请产婆来跟我们一起吃饭。"

"哇!这么多菜,我以前都没有见过。"毕马看到厨房的空地上摆着一锅由树豆、鸡肉、生姜合煮的杂汤;装在木盘上切成条状的熏鹿肉,还有花生及小米酒。除了部落举行传统祭典,族人才会增加很少看见的食物,平常的日子里,大家以小米饭及 Sanlav-hudu[20] 过着简单的生活。如果大人在耕地发现蜂蜜、甘蔗或汁液甜美的野果，那则是运气最好的一天。

"这是为了感谢产婆的帮助所准备的。我们要懂得让人高兴的方法。"吉娜依然忙着准备菜肴。

三块石头所组成的炉灶冒出熊熊的火焰，闪亮的火光像调皮的精灵在厨房的四处跳跃。祖父、达玛、吉娜和产婆稳稳地蹲在装有食物的圆形锅子和木盘前面。

"吉娜·玛拉丝[21]，谢谢您让我的孩子平安地来到这个部落。这只不听话的公鸡不像别家的公鸡长得雄壮又漂亮，除了干硬的骨头之外，实在不知道还有什么可以咬的，我是忍着被讥笑的羞耻请您老人家来这里吃饭。"达玛右手拿着木匙从铁锅捞出许多的肉块装进左手的木碗，然后送到吉娜·玛拉丝前方不能再小的空地。毕马看到原本肉块林立的铁锅，顿时变成水汪汪的一片，还散发出炉灶火种的波光，毕马紧张地移动了自己的身子，表情有点失望地看着大人们谈话。

"天神一定看到你们家族诚实的行为，才能得到一个健康的婴儿。"产婆的声音低沉、沙哑，"小婴儿呢？大人应该为力量薄弱的孩子祝福。"

"对！我们的祖先曾经告诉我们：'孩童是最大的财产。'替婴儿祈求健康、平安是很重要的事情。"祖父跟着附和。

达玛将婴儿小心翼翼地交给产婆，产婆用右手掌抚摸着婴儿的额头，语气虔诚地为婴儿祝祷：

"Hapikaunan[22]！这小孩的家人特别好客，对我很好，请我吃最丰盛的食物及最甜美的酒汁。祈望全天下的小孩都能够平安地活下去，不会破碎了吉娜慈爱的心灵，祈求这家族的小孩像珠链一般地让人喜爱。"产婆用手沾了一些酒汁洒在婴儿的身上，"Hu! Hu! Hu!"呼喊之后，把弟弟还给吉娜。

"塔妮芙可以下床走路了。从今天起，进屋探望母子的族人就不要跨过火堆了，阻止恶灵进入屋内的火堆也可以熄灭了。"吉娜·玛拉丝的表情十分慎重，让脸上的皱纹十分清晰。

毕马看着从圆锅冒出的白烟愈来愈少、愈来愈淡，他一边吞着口水一边担心饭菜是否冰凉了。

六

就像平常的岁月一样，毕马正准备出外寻找同伴共同嬉戏。有时候，自己也觉得当小孩是一件很幸福的事情，除了洒扫庭院或搬搬小东西等轻便的工作之外，自己就像一只快乐的小鸟可以尽情地在天空翱翔。

"老人和小孩是部落最幸福的人。"毕马点着头，肯定着自己的想法。

"毕马，去哪里？今天早晨不能在部落走动。"吉娜的声音从背后传来。

毕马像一只老鼠被人抓住尾巴似的卡在门槛上，对吉娜的举动感到非常疑惑。

"我想跟同伴一起玩耍。"

"不行！就算要去也要等达玛组成的猎队上山了才能去！"

"达玛要上山打猎啊？"

"是啊，月亮快要变成弟弟落地时的形状，祖父说应该给弟弟取名字了。所以为了准备宴客所需要的兽肉，达玛邀请了部落中能力强大的猎人们一起上山狩猎，他们正在达玛·布衮的空地举行

Mapuasu[23]，现在整个部落的孩童和妇女都远远地避开。你这样胡乱冲出去是触犯禁忌的，猎队将因此无法入山，你想要被大人惩罚吗？"吉娜心平气和地问着孩子的意思。

"那我到石墙上观看大人们举行的仪式？"毕马拥有着所有孩童的好奇心。

毕马双脚向外垂挂地坐在石墙上，眼睛像云豹盯住猎物般地注视着部落上方的小茅屋，住屋前的空地上挤满了猎人装扮、表情严肃、沉默不语的大人。

"达玛一定是做了吉梦的猎人。"部落的狩猎活动必须先举行Mataisah[24]，若得到凶梦，代表天神不允许此次的狩猎活动；得到吉梦，代表天神允许了这次的狩猎活动。毕马心中认为获得天神吉梦的猎人一定是自己的达玛。

空地上，达玛·布衮手中握着小米酒粕，上下洒放酒粕于猎枪上，并带领猎团对着摆放在中央的枪支，唱着只与天神对谈才吟唱的布农古调：

"什么东西到我的枪口？"

"所有的山鹿、山猪、山羊、山羌都到枪口前面来！"猎人虔诚地唱出心中的希望。

那内敛、沉潜的多音部和声，像蜜蜂群带着蜂王移居时，"嗡、嗡"地从空中飞过，歌声和谐而完美；更像那瀑布冲向高低不一的石板，发出沉重有力的声音；并隐藏着水滴轻扑叶片般的巧音，那种美妙的歌声，足以让山林的野兽醉得无心奔跑。

"Dut! Dut! ""Chis! Chis! "猎人召集猎犬出发的指挥声，开始了漫长的狩猎活动。

吉娜赶紧带领着妇女们勤快、熟练地开始酿酒：她们用木臼杵小米，杵好的米浸水泡软之后捞出，放进木甑；并置于锅上蒸煮。蒸熟的小米让山风吹干之后，将植物果实磨成的酒曲捣碎，放入盛水的大铁锅，如果没有酒曲，妇女会以浸过水的小米用口咀嚼来代替，小米进锅后，加以搅拌均匀，然后用山芋叶覆盖并且完全密封。天气阴冷则在附近起火加温，以增加发酵的速度，两三天后就成为香醇的小米酒。

孩童真的是幸福的。大人的世界忙得撞来撞去，毕马和部落的孩童却在部落附近由大雨形成临时溪流冲刷而成的小河床上追来追去，似乎同样地忙碌着。孩童们主宰着小小的河床，任意地分配沙石、野草，开始游戏，并从游戏中学会与大地共享欢乐的智慧。就像部落体制一样，孩童们的一切的行动、游戏都是由年纪大的来安排、指挥。担任领袖者总会先带所有孩童打野食，以增强游戏所需要的体力，河床上到处充满大自然日夜准备的丰盛食物：鲜红累累的桴叶悬钩子、咸味十足的罗氏盐肤木、天蓝色的扛板归，以及红得刺眼的朱砂根，当然，还有甜甜的茅草根、高大的野石榴，调皮的孩子经常指着野石榴说：

"这是某一个人的粪便长出来的。是谁的？"孩童们听了之后，笑着蜂拥而上，争相采食。

毕马的祖父经常搜集野石榴的嫩叶和白茅草的根，并加以晒干。听到部落的人有肚子痛或小孩发高烧，祖父就会将它们一起用水煮开给患者喝，许多的族人就是这样度过要命的病痛。祖父也以野石榴的老叶和龙葵叶一起煮汤，凉了当水喝，并且得意地说："喝了它，不容易生病也不容易老迈。"有时候，还会端着绿绿的汤水散发给其他的老人。

女孩子在小树丛里以杂草做屋顶盖起小屋，一边用各类野花编织头饰，一边诉说自己创造的悲惨故事。男孩子则在沙滩上玩起打猎的游戏。拥有弹弓的小朋友到地形平坦的尽头分占小鸟可能飞行的位置守候，没有弹弓的就以地形等宽的距离形成一排负责赶鸟，不多久撼动山林的呐喊声以及尘土飞扬的追赶情景热闹了整个河床。男孩们捕获猎物（小鸟）就拿给女孩子烧烤，因为布农人的男人如果蹲着、跪着烧烤食物是没出息的。

玩沙子更是永远玩不腻的游戏，有时懒得到水源提水，大家干脆把沙子挖成碗形，然后一起把尿挤出来搅拌，再用轻巧的手雕出未来的房子，雕出自己想拥有的东西，但是留了满地的总是一群沉默的父母雕像，原本慈祥的容貌任由风沙吹袭、掩盖，直到大地恢复原状为止。

傍晚，太阳像累了的小孩缩进山的怀抱，毕马也跟着大家忙着采集一丛一丛的茵陈蒿，以便晚上燃烧驱除蚊虫，每个孩子戴着女孩编的头饰，一边踢着路边的含羞草，一边奔向即将黑了天的部落。

七

猎队入山的第三天傍晚，冰冷的空气在部落的上空停滞不动，许多的族人聚集在部落的前端，大家不安地来回走动，让冬雨形成的泥泞小径更加泥泞，慢慢升起的薄雾让部落的气氛更加诡异。神情急躁的祖父，口中不停地念着："月亮在明天就要变成孩子落地时的形状了，猎队一定要准时回来啊。"

一道白色的浓烟在绿荫深深的山谷冉冉升起。

"回来了！猎队回来了！"有个族人指着白烟弹跳地喊着。其他族人跟着在原地狂跳。

"别吵了，我们从他们的枪声，看看猎队的收获吧。"祖父大声地制止大家轻佻的行为。

传统上，归来的猎队会在不远的地方，以鸣枪的次数预先告知家人所猎获的动物和数量。连鸣两枪表示山鹿一只，鸣枪一次表示山猪一只。

"砰！砰！"……"砰！砰！"

"砰！"……"砰！"……"砰！"

"Hu! 两只山鹿、三只山猪。丰收！是一次丰收的狩猎！"许多年轻的妇女，连走带跑地朝着枪声的地点迎接，好心的猎人也会割一些在猎区熏好的兽肉给迎接的妇女。

第二天清晨，达玛的心情特别好，狩猎的劳累似乎没有停留在他的身上，说话的声调也特别高昂。

"Dauvi[25]！今天部落的族人都要来看孩子，孩子有新衣服吗？你酿的小米酒香醇吗？我的衣服清洗过了吗？"达玛像刚下蛋的母鸡一样地说个不停，还发出一大堆的噪音。让毕马无法继续睡眠。加上从隙缝中溜进来的阳光在眼前形成无数的光束，毕马不得不带着僵硬的身躯离开温暖的床铺。

"毕马，你的弟弟今天要举行 Pagingan[26]，许多族人会到家中一起庆祝，身为哥哥要懂得礼貌。"达玛依然像只刚下蛋的母鸡。

"不行，小孩子不能参加 Pagingan 的仪式。这是祖先的规定。"祖父一边咬着长长的烟斗，一边说着。

"为什么？"毕马失望极了。

"孩童控制身体精灵的能力还不够，常会在仪式中做出打喷嚏或放屁的行为，会破坏好事的。"

"这也是触犯禁忌的行为？"

"当然。打喷嚏的声音会招来恶灵，这对我们的未来很不好；屁的气味会让在场的老人家不高兴，这种不孝顺的行为是天神所不允许的。"

"那我要干什么？"毕马的语气充满了委屈。

达玛很客气地邀请达玛·乌玛斯主持为弟弟命名的仪式，因为年老的达玛·乌玛斯年轻时的狩猎技巧和勇气令族人尊敬，诚实的行为和爱护族人的心灵也是族人教导孩子的榜样。达玛希望经过他的命名之后，婴儿能够承袭他的能力和名声。

吉娜穿着合身的传统服，抱着穿新衣的婴儿，低着头坐在客厅的中央，达玛则穿着 Hapan[27] 坐在旁边，不时笑着招呼前来祝贺的族亲。

达玛·乌玛斯端着盛有小米酒的葫芦瓢走到婴儿的面前，神情严肃地呼喊 "Hupikaunan"！所有的族人都安静地看着即将进行的神圣仪式。

"Hu! 这个小孩取名为 Vava。小孩承袭着曾祖父的伟大名字。这个名字将使孩子永远健康强壮胜过他人，恶灵带来的疾病将无法侵入孩子的身体。孩子的动作像老鹰般地矫健，长大后的行为像月光般地皎洁，他的声望像 Savah[28] 一样地崇高。所有恶灵会对今天所取的名字感到惊怕，不敢来到我们的部落。Hu! Hu! Hu！"

部落里，每一个婴儿的名字除了要在天神面前命名之外，还必须严格遵守祖先定下的命名规定：长子袭祖父名，次子袭曾祖父名，三子袭叔祖名，四、五子袭伯叔名；长女袭祖母名，次女袭曾祖母名，三女以下都承袭姑姑名讳。除了纪念祖先的恩惠之外，更造就了牢不可破的家庭凝聚力。毕马是长子，所以自己的名字和祖父的名字一样。

达玛·乌玛斯祝祷完毕之后，用手蘸取酒汁抹在婴儿的嘴唇上。仪式结束后，观看的族人陆续走到婴儿的面前，轻握着婴儿的小手，口中说着最虔诚的祝福。毕马从达玛的口中得知：握着婴儿的手是代表整个部落的族人承认了婴儿成为部落的一分子，也承诺着婴儿成长期间若遭遇苦难，族人将尽一切力量扶持婴儿平安地走向未来。每个族人祝福之后，都会虔诚地说着："Mihumisan[29]。" 小 Vava 似乎感受到大人的祝福，竟然在吉娜的怀中高兴地笑了起来。

八

在族人互相的帮助之下，丰盛的菜肴整齐地摆放在庭院的空地上，祖父、达玛和吉娜更是热情地招呼族人享用。一段时间之后，小米酒的力量让族人的谈话声及欢笑声愈来愈大，整个部落似乎因为小生命的到来而充满了喜乐。

在阵阵的笑声中，毕马独自走出庭院，来到埋藏着自己和弟弟胎衣的大树面前。第一次发现树干竟然如此地巨大，高大的身躯几乎触及天空，许多不知名的山鸟在大树的身上自由自在地上下跳动、飞舞，浓厚的树叶随着山风发出低沉、有力的啸声。

毕马很满意这棵属于自己和弟弟的"生命树"。

庭院传来族人赞颂众神灵的祭歌，部落附近的万物开始随着歌声起舞，有的扭动着细细的腰杆；有的前后摆动，万物齐舞的大地让人眼花缭乱。突然间，毕马看到自己牵着弟弟的小手，健康、快乐地站在大树的最高处，看着很远很远的地方。毕马高兴地学着大人为小生命举行的祝福仪式，对着大树不断地高喊："Mihumisan！""Mihumisan！""Mihumisan！"……

嘹亮的祝福声在山谷间引起阵阵的回响，久久都不停止。

—— 选自晨星版《黥面》，一九九九年五月

【注释】

1. 布农语。祖父对孙子的昵称。

2. 布农语。即妈妈。

3. 六大社群之一，即郡社群。

4. 布农语。即爸爸。

5. 双脚平排是男婴，交叉是女婴。

6. 众神的总称，此处指天神。

7. 族人名，此处为达鲁姆的妻子。

8. 禁忌。从事某种活动，该做或不该做的特定行为。

9. 痛苦的哀叫声。

10. 狩猎方法之一。

11. 布农人对神灵的呼喊声。

12. 布农人认为精灵有两种：对人有利的叫善灵，对人有害的叫恶灵。

13. 一种高山植物，辛辣有香味。

14. 衣服。这里指胎衣。

15. 大人替婴儿祈求未来的"许愿祭"。

16. 溪流的名称。指南投县信义乡境内的沙里仙溪。

17. 布农人独有的多音性音乐。

18. 族人用苎麻纤维编织的网袋。

19. 褐头鹪莺。俗称芒当丢仔。

20. 野菜的名称。

21. 布农人对女性长者的名讳都会加上"吉娜""妈妈"表示尊重，亦是传统。

22. 布农人对天神的呼喊声。

23. 狩猎祭。

24. 以梦境占卜未来的结果。

25. 夫妻间的昵称。

26. 婴儿命名的祭典。

27. 布农男人的传统服。

28. 布农人心中最高的山，指玉山。

29. 布农语，意即：好好活下去。亦是族人最虔诚的祝福语。

【导读】

霍斯陆曼·伐伐（汉名：王新民），布农人，一九五八年生。屏东师院数理系毕业，现任小学教师，著有《中央山脉的守护者》《玉山的生命精灵》《那年我们祭拜祖灵》及《黥面》等书。

和其他的少数民族作家相比，霍斯陆曼·伐伐的创作起步虽然不算早，但却能以特殊的文字魅力，在二十世纪九十年代中期以后迅速崛起，并陆续获得吴浊流文学奖、南投县文学奖、台湾文学奖等重要奖项。

霍斯陆曼·伐伐的创作以小说为主力，其同时兼具教师与作家的双重身份，造就他偏重族群文化论述的作品特色。迥异于其他聚焦在内容情节及文字刻画的少数民族作家，霍斯陆曼·伐伐的文字显得相对朴实，也更强调族群文化主权宣示的积极态度。

《生之祭》选录自《黥面》，此作曾获得南投县文学奖小说正奖。这篇小说是以分节顺序的方式，叙写一个新生命的降临过程，并以原乡的场景变换，渐次融入族群的生活习俗与文化信仰，且强调族人崇敬大自然、贴近大自然的思想。小说以景物描写、禁忌传说与人物对话为主轴，内容从"山林的夜晚是安静的，只有看得懂黑夜的山鸟和溪谷的树蛙依然守着白天的嘈杂"起始，而至"嘹亮的祝福声在山谷间引起阵阵的回响，久久都不停止"结束。基本而言，这是一篇探索少数民族生活与自然崇仰的小说，用字遣词平实自然，同时杂入大量注释，以维持少数民族语言的内涵特色，而如此的书写与表达，也正是少数民族文学之所以能殊异于其他族群的重要区隔。

由于霍斯陆曼·伐伐长期着力于田野采录与母体文化的保存，所以这样的思维也经常对等地呈现在他的作品中，《生之祭》也正是这样的典型。他不以诡奇的文字与曲折的情节引人入胜，反而以平凡真实的生活叙述，展现族群文化的信仰传承，而如此的文字感染，或许更能传达其写作的初衷。

在逐渐崛起的众多少数民族作家中，霍斯陆曼·伐伐展现的是一种更素朴的真诚，也是一种更深层的力量。

——林于弘撰文

最后的猎人

拓拔斯·塔玛匹玛

觉醒于千年沉寂之后的呐喊和呼唤。

傍晚，比雅日在柴房蹲着劈木柴，眼神露出老人样的痴呆，轧断的木头没有以往干净，须须地像老鼠啃过的生猪肉。有时劈歪了，斧头砍入泥土里，他愈做愈烦，于是双手托着斧头，蹲着发呆。

"比雅日，快点好不好，火要熄了。"

比雅日身旁打盹的猎狗突然跳起来，竖起两个大耳板，前腿半蹲，后腿拉直，摆出攻击的姿态。比雅日依然低头看着劈木头遗下的薄木层。猎狗伸长背脊，抖了几个冷战，又懒懒地躺下。

帕苏拉坐在小椅子上看到这幕景象，就要开口大笑，但看到自己的男人毫无反应，又气又恨，她回到火炉旁取暖。

"比雅日，你想念谁啊？你是聋子吗？如果你听我的话到平地做临时捆工，买几件毛衣，现在就不需为冷天劈木柴，快快丢两根木头过来。"说着并把小椅子丢到他脚前，右手叉腰站了起来，咬紧牙齿，露出常被小孩调侃的大门牙。猎狗仍然懒懒地躺着。

"干吗发起脾气？帕苏拉，你把孩子的椅子摔在地上，上天将会惩罚我们，假使弄断椅子的脚，可能会咒我们生下断脚的孩子。"比雅日捡起椅子，顺手丢三根木头给帕苏拉。

　　去年夏天，她第一次怀胎，经过两个月细心养护，有天夜晚不幸流产。比雅日同时也制好那把椅子，本来准备将来给孩子当礼物的，现在他看到椅子愈觉伤心，抚着椅子的四个脚，查看是否受到创伤。

　　"把椅子藏好，下次你怀孕时再拿出来。"他将椅子藏在晒小米的台架上，穿上夹克，然后走近帕苏拉身旁，伸开十指就近火堆取暖。今年冬天他依然穿旧夹克，袖子原来是乳白色，现在已看不出当年它在橱窗时令他喜爱的样子，背后破了两个大洞，是他打猎时滑倒被木头穿破的，但他不会有丢掉它的念头，反而愈来愈喜欢它。

　　"如果不是你家流传诅咒的血、附有魔鬼的身子，今晚我不必蹲在火旁取暖，她应该是个女儿，现在应该长这么大了，抱着刚好在两个乳房之间。猎人、猎人，都是你的祖先。"她的声音颤抖地骂道。

　　"不要吵，请你不要再讲，过去就算了，相信我们一定会有孩子。"

　　比雅日话还没说完就叫起猎狗，快速跑出去，差点踢到他丢进来的木头，一瞬间就跑出火光可达到的地方。

　　"出去就出去，不要回来。"

　　自从那次帕苏拉流产以来，他们无法找出流产的真正原因，于是开始敌人似的生活，互相冷言嘲语，比雅日怪她的子宫没有耐性，她怪他的种子适应能力差，加上她对比雅日的巫婆世家和祖先的咒语一直感到恐惧。半年以来她已习惯了比雅日的出走，半夜后比雅日会自己回来。

　　雾水开始笼罩整个部落，湿气由墙缝缓缓喷进屋内，帕苏拉缩着小肚与颈子，但无法与寒冷继续抗衡下去，她反锁房门，独自回房钻入被窝里。

　　云霭愈积愈厚，宛如雪崩那般猖狂地从山上滚下来，比雅日跟在猎狗后面，生怕走出小径而跌入水沟里，有次他跌进水沟，第三天才

把鼻涕止住，他一直认为那是痛苦的故事。他从木窗探头看看帕苏拉
是否已睡着，然后慢慢推开大门，见到房门已反锁，就倒在长椅上，
猎狗也爬上椅子与他相拥而睡。

比雅日无法入眠，想着雪崩、寒冻的空气，那不就是野兽也下山
来的时候吗？于是他下定决心干脆明天上山去打猎，家里的气氛简直
使他快窒息，压得他失去了勇气，他闭上眼睛把应带的猎具想一遍，
子弹藏在仓库，铁丝、袋子、火柴……把这些在脑里准备妥善之后，
便安然睡着了。

凌晨，云雾渐渐逃离山谷，同四周扩散，好像害怕人们知道是它
们造成冰冻的夜晚似的，公鸡的叫声此起彼落，男人劈柴的声音与猎
狗的吠声，也趁太阳未出来同时奏起，此时已有几户人家点起柴火，
烟囱上吐着黑烟，在这里从来没有人想到黑烟会造成空气污染，因为
部落的人相信黑烟会随着云升上天空。帕苏拉坐在火炉旁，以干竹子
与木炭生火，烤紫色皮的地瓜，她无意叫醒椅子上的比雅日，火焰愈
烧愈烈，她正把快烤黑的地瓜翻身，饭锅盖被蒸气喷到地上，发出尖
锐的响声，比雅日和猎狗同时被惊醒。

"伊凡，去厨房看看，是不是老鼠偷吃剩饭。"

"来来，伊凡，是我啦，连你也对我凶巴巴！"

"帕苏拉，你已经起床了，今天我要上山，昨天晚上我做了一个梦，
就如爸爸他们相信'巴哈玉[1]'，猎人的梦绝对不会撒谎，你帮忙准
备米和盐巴，我可要在森林度过两个晚上。"比雅日起身跟在伊凡后
面对差点吓昏的帕苏拉说道。

"算了，不要再提托梦的事。你的祖先就不会托梦给你生孩子。"

比雅日于是自己动手，收拾打猎必备的东西。帕苏拉夹住已熟透
的地瓜，用口吹吹，在手里拍拍。

"拿去吃吧，希望你捉到活的山鹿，卖给山脚下那个客家老板，你家的墙壁应该填补了，如果春天以前不能整修房子，我真的会回到我爸爸那里，到时你别后悔。"

他笑笑，脸上出现冷冷的表情，右手提起背囊，把伊凡抬到机车汽油桶上，然后开动车子离去。

十二月的清晨，气候冻寒，树叶枯黄，山坡多了几种色彩，由山谷到山峰，颜色由漆黑渐渐棕黄而亮白，像一幅儿童画，没有整齐划一的设计，看来杂乱，但却令部落的人不得不称赞它们美妙的组合。土地干裂，部落的人一直渴望着下雨，不再管天气是否寒冷，他们只想着云层快点转黑，以解除冷且干的空气。东方的天空由粉红渐渐泛白，比雅日在小路上穿梭，他个子高大，脸上长了一脸胡子，像懒惰的农夫整理的草地，高低不平，眼窝深且宽、鼻梁两侧浅浅两道沟痕，浓密的眉毛常随着表情而变形，往往停在忧愁的形状。他有七个姐妹，他是唯一的男丁，从他母亲身上吸取最多的营养，胳臂强壮，现在家里只有他们夫妇。他身穿着宽大的天蓝色长袖毛衣，墨绿色长裤，黄色的长雨鞋，裤子上半部到处是缝缝补补的痕迹，他继续加快车速，毫不在意冷风的吹袭。

比雅日扩展他宽大的胸板，用力吸一口湿湿的空气，越过吊桥之后就离开了部落的视界。他愉快地再加快车速，车子在碎石路上磕磕绊绊，他故意驶过凹凸地，前轮跳离地面时把屁股抬高，伊凡很不安地趴在油桶上，他却十分舒爽。

经过一家杂货店前，那沾满灰土的柜子里没有几样货品，但一年四季从不缺酒类与槟榔，老板是一对客家夫妇。

"嘿，俺要两瓶米酒，三包青槟榔。"他停下车，以客家话向老板叫道。

"你要买什么？关上引擎再告诉我好吗？"老板把头伸出门外，露出满是皱纹的颈子，像乌龟般害怕地问比雅日。

"两瓶米酒、三包槟榔，听到没有？"

"知道啦，怎么不买高粱酒呢？我有卖金门的高粱酒，我自己也喜欢喝，米酒太淡了。"

"不要。烈酒是给快死的人喝的，留着吧，卖给那些悲伤的人，酒精可以洗去他们的痛苦，我只要清淡的老米酒，这是三十元。"比雅日摸摸口袋，幸好只有这三十元。

动身之前，他再检查袋子里的东西，盐、火柴、米酒、槟榔，然后点点头赞美自己的谨慎，且满足于拥有这些足够他在森林里生活两天的粮食，他感到活泼、强壮且快乐，他重新发动引擎。

下霜季节来临，田里的稻秆收回仓库，年轻人都下山寻找临时工作，补贴寒冬的取暖物品，多年以来，比雅日一直固执着他父亲传袭的念头，不是农夫就是猎人，他知道父亲就因为固守这个原则，因此他小时候不曾有过愉快的冬天，皮肤皲裂的情形他永远记得，看到同年龄的玩伴穿着布鞋在草地石堆上玩耍，他更加憎恨父亲。秋末，他要勤奋地捡木柴，一到冬天，全家人围着发黑烟的火炉，闭眼取暖，即便天天有山猪、飞鼠可吃，也转不过他望着窗外的头，他曾经埋着可怕的想法，父亲年老无助时，他要报复，冬天时只管去打猎，不去理会柴房是否堆满干柴，但他已经没有机会。

前年冬天帕苏拉要他筹些钱，预备买些冬天降临的婴孩所需的物品，他兴趣十足地找工作，找到搬运货物的临时捆工，做了五天，老板因缺钱要辞掉一个人，偏偏选上强壮、勤快的比雅日，他气愤地离开，忘了带回一件长裤和八百元工资。从此他不再打消他父亲的遗嘱，农夫、猎人是他永不灭的印记。

太阳已升高到四十五度，在海拔两千多米高的森林里，纬度已不是决定温度的主要因素，路过阳光射不进的树荫时，他总夹紧两腿加速越过树林的影子。

"伊凡，你冷不冷？在森林里你将不会寂寞，那里的一声一响都会激起你的野性。呜呼！比雅日，你不会后悔吧！让那混账女人一个人寂寞地待在家里，可怜的帕苏拉，哈！"他对着山谷大喊大叫，他喜欢干这种勾当，或唱自编的骂人歌，甚至对着山下小便或放个屁，他的仇敌都在这里被他凌辱，然后他的恨意便完全解除。

一路上，人烟无迹，除了站得直直的扁柏，他觉得很好，现在他看到人就感到厌恶，尤其是女人。他在一个破破的工寮前停车，工寮危耸地坐落在路旁，白铁皮铺成的屋顶已变成锈红色，扁柏堆成的墙看来还能撑住屋顶，防止雨水的渗透，但不能抵挡寒气。猎狗跳下车查看屋内的情况，也许屋里有山猪正在避寒，工寮旁有不间断的水声，发出缓慢且低沉的音响，水道粗如比雅日的小腿，泉水流过雪地，冰凉中还带点甜味，比雅日摘下一片山芋叶折成漏斗，捞泉水喝，然后坐到路中央晒太阳。

太阳正直射整片森林，比雅日静静地坐着，伸手往袋子里摸索，他摸到装有液体的瓶子，有一股强烈的热气在他的胸膛中翻腾，从袋子拿出米酒，用前白齿拔开瓶盖，盖子还没落地，酒已流到他的喉咙。

"不行，不能喝太多，它不会醉倒我，但喝多了肚子会饿。"比雅日对着伊凡说道。

他又倒一口，来回在口中漱着，酒精在口里四处扩散，然后让酒慢慢流进食道，再喝一口，锁上瓶盖，一丝不止的热气把他弄得兴奋起来，耳朵渐渐变红，尤其是眼睛，颈子以上映出喝酒的讯号，难怪他一直无法瞒过他的女人。

"汪汪……"伊凡突然跳起来跑向前。

比雅日脸上浮现出猎人本能的警戒，那并不是人类感到生命受威胁时的紧张害怕，而是他恐怕自己没有完成攻击的准备。他灵巧地跃出沉重的第一步，跟着伊凡的影子追去，伊凡在路边面向杂林吼叫，原来是一只红鸠。

"算了，伊凡，射杀红鸠会破坏猎人的运气，中午以前我们要越过这山头，才能在日落前到达山洞。"

他唤回猎狗，然后踮步走回来，身体变得轻快起来，他对自己的敏捷和伊凡的机警感到满足，认为猎人当中只有他拥有这份聪慧，部落里已经没有这般好的猎人。

他跳过一摊泥水，右脚踏到一片潮湿的绿色苔藓，他的左手恰巧顶着地，否则就会像小孩翻筋斗，然后在水中打滚，他赶紧伸直腰，转头看看四周，拍一下左手掌的泥土，好像害怕别人看到这种窘样。他悄悄地回到车上，他害怕着打猎的禁忌，如果滑倒，就不需继续上山打猎，即使在森林周旋几天也不会有收获。

走过坡度很陡的弯路，空气愈来愈冰，地面已冻得坚硬，天空像撒下冰粉，迎面来的水汽打得比雅日的两颊红痛，阵阵轻微的战栗从脚底传到颈子来，比雅日拉上衣襟。两点钟方向一座山头覆着白雪，云水制造了更多的飘雪，过了二十五个大弯路，阳光已透不进这地区，比雅日打开车灯慢慢行驶，路旁可以清晰看见昨晚酝酿成的残雪，路面被融化的雪水弄湿了，行车更加不稳定，他的手一直颤抖着。

他跃过海拔三千多米高的产业道路，转到面向西北的山路继续行驶，太阳已经在西边等着，他开始走下坡，比上坡时更费力，但车速快，经过检查哨，看到小屋附近无人影，他大胆地溜过去。这哨站是为了监视盗林的不肖之徒而设的，禁猎的法令颁布之后，它不再是猎人休息的中途站，警察的态度也变了，不再和路过的猎人亲切地招手，害得猎人猜不着那警察的为人，比雅日把机车停靠路边，那儿已有两台机车停靠。

比雅日开始点数袋子里的东西，这段下坡路一直要到山谷，所以到这里他尤其特别小心。走进一条猎路，放眼一望无际的箭竹林、草丛及黑压压像电线杆立着的松树干，十几年前一场大火灾，把森林烧成沙漠，现在已成为一片草原，只有从仍站立的炭木才看得出这里原是一片森林，猎人常对年轻猎人说，当林务局砍走贵重的原木，就放把火重新种植新树苗，年轻人未必会相信林务局如此愚笨，但相信一定不是猎人造成的灾祸，他们晓得森林里的生命占了大地生命的一半，其中大部分与猎人息息相关，比雅日确信他爸爸不会做出这种傻事。

他一面跑一面吹口哨，偶尔即兴唱山歌，步伐轻快且有规律，他停在一块大石头下，草原中这是唯一的阴凉处，他由石缝中拿出一个米酒瓶子，里头有将近一半的水，草原上没有泉水，但有滴不完的露水，瓶子里的水就是每夜积成的露水。

喝了两口，瓶底有些蠕动的幼虫，但他装作没看见，这两口水可以帮助他走过这片草原，他坐下来吹着山风，抱住伊凡的两脚，躺下避开太阳。

"人类最糟糕了，而女人又是最混蛋，比起你伊凡，女人没有你的忠心和驯服，当然我不会与你结婚，我愿意与你常在一起。"他摸着猎狗的头说道。

"但是我对女人还是有兴趣，我比较喜欢多愁善感的女人，厌恶乐观的女人，帕苏拉不会为我的出门担心，有一次我吞下橄榄核，她翻起白眼对我说，明天早上它会掉在大便坑里。如果女人像森林多好，幽静而壮丽，从森林内，从森林外，尤其从高处俯瞰森林的美丽是绿色和谐的组合，像牧师讲道词中伊甸园的世界，帕苏拉，你算什么，你只像秋天发红的枫叶，冬天过后就失去魅力。"比雅日心里想着。

然后低着头自言自语："我那女人如果有一天变得令人讨厌，我还有这森林。"

伊凡突然似被什么东西惊醒，疾速翻身拔腿往下冲，比雅日也跟着跳起来。伊凡最怕蛇，比雅日以为附近有蛇出现，他尚未搞清楚发生什么状况，向前望，原来有一个人跨大步走上来。

看那人走的步伐太不寻常，走路的姿态过于夸张，他后面是不是有女人，他看起来多可爱啊！多肉的胸膛看起来很暧昧，他一定很温柔，缩小腿的样子看起来很年轻，只可惜神色憔悴像养路的老兵，比雅日看着他一面想着。

"嘿！平安，原来是大猎人——比雅日。"伊凡跟那人走上来。

"平安！路卡，你的呼吸停了吗？怎么没听到你大声喘气，森林酋长，我的伊凡还喘着呢，你的背囊中一定装满肉块？"比雅日两眼转个圈，斜看路卡看起来空空的背囊。

"帕苏拉的脾气又发作了吗？可怜的比雅日，你圆大的胸肌竟然无法让她变乖？你不应娶她。"

"路卡！不要故意谈你背囊以外的事，难道你要试探祖先的诅咒吗？走向上坡的猎人应该分块肉给下坡的猎人，你应知道我祖母的故事，五个猎人亲自送大块肉上门来，才解除他们身上的诅咒。"

"背囊里只有一只松鼠，可能只有一岁，小得不能剖开，分给你的不够你喂狗，算了吧！"

"来森林前你做些什么梦，有没有什么'巴哈玉'，我来解说使你难堪的打猎。"

"那晚我梦见家里有喜事，族人大吃大喝，吃城市那种放在漂亮瓷碗的菜，喝彩色的酒，那真是个好梦，我以为可以抓几只山鹿回家。"

"森林酋长，大家不该这样称呼你，你脑壳里的东西不属于酋长，摸摸你的耳朵，形状是不是不一样？像长在枯木上的木耳，软软的且没有力气。"比雅日吞口水继续说道。

"你既然大吃大喝，而且在大城市，怎么可能用精致的盘子盛野肉呢？那当然是不敬的。"

"最近我的运气不好，也许……"

"动作快的猎人是不受运气影响的！"

"你这趟打猎，也许像我一样，背囊空空，只带一身的疲劳回家，森林已经没有什么东西了。"路卡被比雅日鄙视得青脸气昏，并暗暗地诅咒他。

"你的诅咒没有用，它吓不倒我，从小就跟着我爸爸的猎枪四处打猎，没有一次背囊是空的，更何况野兽不可能因家庭计划而被迫结扎，所以你那样咒我是不对的。不然我只看看你的松鼠的样子就好。"

路卡知道比雅日不会放过他，无法逃离他的纠缠，把背囊卸下，打开让他瞧。

"路卡，这么小一只你还要带回家吗？如果是我早就在森林里自己吃掉，免得回部落让别人讥笑，就说到森林玩玩而已。"

"我只是想给孩子们吃，不需要太大。"

"它比你刚才用手比的更小一点儿，算了，我应得的部分不要了。"

路卡气得快哭出来了，他知道比雅日是部落里有名的猎人，因此不再与他计较。

"比雅日，我要赶路，不能跟你再抬杠，等着瞧吧。"路卡迅速拿起背囊，悻悻地离去。

比雅日抚摸两腮看着路卡摇摆的臀部想着：我的脸不怎么烫，我没有生气吧！猎人最忌讳被人知道没捕到猎物，我不是故意的，从早上到现在他是我唯一遇上的好人，怒气不该弄痛他的心，也许我们可以坐下来，喝半瓶酒，唱唱森林的故事，可以谈谈山底下讨厌的人，骂一骂那些棕色皮肤的公务员，他们的脊椎真变化多端。

"喂，路卡，告诉我女人，我会背大块肉回部落。"比雅日大声喊，要路卡把话带回，但路卡再也没有回头。

比雅日站在原地许久，路卡渐渐消失在草丛里，于是比雅日收拾东西继续赶路，速度变得缓慢。

一路上从草丛走过柳杉林、枫树林，比雅日不再注意火红的枫叶，也不再注意脚下沙沙作响的落叶，更不会回过头，比雅日到达山洞时黄昏已过去。他卸下背囊，坐在石头上喘着。

"自己原谅自己吧，今夜可以玩得痛快，哈哈。"他用双手拉开两边的嘴角大笑，恨不得有面镜子，对着镜子把脸整理成笑脸。此时夜已降临整个森林，他站起来，把背囊里的东西掏出来检查，检查发现无误之后，把预藏的枪拿出来擦亮，以粗铁丝通枪管，将枪管里过冬的蚂蚁赶出来，猎枪的例行检查完毕，套上枪药带子，起身沿着山谷在两岸峭壁搜索。

晚上正是靠皮膜飞行的动物活动的时间，山谷是它们滑行的园地。在山谷穿梭约一小时光景，比雅日听到远处鬼号的山猪，距这山谷至少两公里以上，飞鼠低飞时也发出鸣叫声，似乎它们体力过剩，嚷着不会停住，比雅日一直没有机会放枪。

比雅日疲倦极了，四肢愈来愈沉重，他开始放慢脚步，腿酸，心神不定，头脑涨得很痛，差点往后栽倒，肠胃不停地抽动，胃酸欲吐出，但又不自主地吞回去，嘴唇干裂，舌尖不断地伸出嘴外，湿润发黑的嘴唇，一股冷风掠过他的胸膛，肚子缩得更小，紧紧握住枪托，他恨恨地想，只要一只飞鼠，他就满足了。

在一处宽两平方米的平台上比雅日坐下来休息，他注意摇晃的杉树枝，眼前出现帕苏拉烤地瓜的景象。于是他放下朝天的猎枪，想着，早知道厚着脸皮向帕苏拉讨地瓜，现在就可以捡些木头，再烤热，好好吃一顿，不必受这种痛苦。

"伊凡，我们不要想帕苏拉手中滚烫的地瓜，我绝对不会对自己说，留在家该多好。"他咬紧牙关对着伊凡说道。

比雅日起身继续往树林里搜索，一面喃喃自语，丧失警戒心，他已饿得失去了控制，破口大骂道："混账，我的天啊！飞鼠快点出来，不要躲在洞里，猎人饿死在森林是森林的耻辱……"

比雅日不知不觉地走到河床来。他跨大步伐跑到水边，倒下来把嘴伸到水里喝水，河水冰冷，弄疼他蛀了虫的大门牙。他利用月光的照明，找到一个河水的支流，捡一些树枝、树叶与细土，把另一个水道的水挡住，好让水道的水流干，不到五分钟光滑的石头一个个冒出来，留下几处水坑，比雅日很轻松地抓了十几条手掌大的鱼，看不清抓到什么鱼，幸好森林没有不可吃的鱼。

比雅日不再感到寒冷，就在不远的地方，有一处温泉水窟，猎人喜欢谈论的公共澡堂，走到水边来，他搭起木头来，点燃木头烤鱼，月亮渐渐移向天空的正中央，比雅日已吃饱，而且不见鱼骨头。

一阵阵尖叫、高呼、卡车喇叭声似的嘶吼，唱撒布尔伊斯昂[2]的鸟也不停地叫着，它们开始由树顶往这山谷活动，在月光不再照明山谷之前，它们陆陆续续钻入树干里的洞穴及山洞，它们喜欢居住在洞穴里，和人类一样没有安全感。

硫黄形成的烟幕使他的鼻子感到不舒适，烟火加重对眼睛的刺激，眼球抹上一层泪水，比雅日熄了炭火，静静等候下来喝水的山鹿。突然一个黑影滑过他的头上，那黑影就要伏在他头上，他往上看，零零乱乱的星星点缀着天空，原来是一片乌云遮住了月亮。他缩回下巴，努力想着昨晚到底有没有梦的暗示，今天忙了一天，连一点儿值得怀疑的兆头都没有，他深信没有梦的寄托，就如盲人在森林走路，他放下枪，锁上保险，套上盖子，以防露水沾湿火药。

温泉蒸发的水汽渐渐聚集成薄雾，冉冉弥散在树林间，被晚风吹动在半空中形成旋涡，月亮在旋涡里翻转，使得森林愈来愈模糊。比雅日脱掉长雨鞋，把大衣及裤子用小石子压在地上，然后捞一手掌的水，往前胸和额头泼水，拍拍锈红色的胸肌，引起全身一阵子的颤抖，但他仍得意于身体的结实，然后迅速躲入温泉里。

"来，伊凡，下来泡水，消除今天的倒霉运，今天累了一天，疲劳会跟着汗珠一起排泄出去。"比雅日叫猎狗也下水，但伊凡吃饱就躺着睡着了。

比雅日走到水深之处，恰巧水淹到第六个颈椎骨，他把手洗洗，洗去鱼腥味，用力搓颈子和胸大肌，全身用手磨了一遍，就找一个椅子大的石头，坐着看月亮标示的时分。

十二月是比雅日出生的月份，布农人的历法里，十二月份是打耳祭的季节，男人带未成年的男孩操练弓箭，在月光下射树上吊着的山猪耳朵。突然间他想到他父亲曾在这里说过一个故事。

从前部落里有个男人叫拓拔斯·搭斯卡比那日，有一次出外工作时将婴儿留在树荫下，工作做完回来，孩子变得像晒干的野葡萄，全身紫黑色而且干皱，那时天上有两个太阳，他对着太阳破口大骂，誓死要报复。出发寻仇之前，他在屋前种植了一棵橘子树，留下他年轻的女人，带着弓箭前往最接近太阳的山头，经过若干个冬天，族人不知他的下落，然而他的女人不会变节。有一天的早晨，天空显得比以往柔和，原来另一个太阳已被拓拔斯射中了，成为现在的月亮。拓拔斯离开之前，月亮对他说——人类从今以后要以月亮为生活的时间标准。当拓拔斯回到部落，那棵橘子树正好结果子，他成为族人向往的勇士，他的女人也成为族人所称赞的妇人。

"哇！好威风的名字。"比雅日想着，如果帕苏拉没有流产，不论是男还是女，一定取名拓拔斯。

月亮已开始走下坡，比雅日紧缩颈子，不敢再想那故事，此时野兽都玩够了，就将回巢洞里休息。比雅日赶紧跳出来，穿上衣服走回山洞，且重新架起火堆取暖，今晚，他特别早睡。

早晨，比雅日醒来，拍下头发上未被阳光蒸散的露滴，他捡起一些枯叶和干树枝，堆在昨夜至今未熄的余烬上生火，他还有三条鱼，他一面烤一面想着，帕苏拉一个人在棉被里会不会冷，她是否也想到我昨晚睡不好。他下定决心，今天一定要猎到山猪、山羌，带回家讨好帕苏拉。

有一片枯叶飘到火堆里，他尚未确定是何种树叶，树叶也烧了大半，剩余的已看不出它的原形，他抬头往上望，一只母猴正好走过去，他的肌肉却毫无反应，好像手中就要烤热的鱼减低了他对母猴的欲望，他继续烤鱼。

他吃掉两条烤鱼，将鱼骨头丢给伊凡吃，然后清理背囊，发现纸里的盐被汗水溶掉了一大半，他走回山洞，抓一把储备用的盐，装妥之后，提起猎枪开始在森林里搜索。

冬天的雨量少，而且山头下着冰雪，河面上露出零零散散的石头，比雅日不必费心脱去长裤，就能轻易地跳石过河，伊凡则游泳上岸来。他和伊凡又穿过一片草丛、山谷，开始走入原始森林，这里已属于比雅日的猎场，他拥有三个山头和一处水源及共享的温泉，猎人们有这种枪下的规令，谁也不能擅入别人的猎场，事实上猎人不敢不遵守，因猎场里有各式各样的陷阱，闯入他人的猎场，也就等于一只动物一样，也有被猎捕的可能。

伊凡重新追着深且新鲜的足迹。比雅日蹲下查看，他确定是只独自散步的山羌，五千克多重，昨晚路过这里。他紧跟着足迹，不到五米，大部分的足迹被山猪踏坏了，尔后又躲入柳树林里，比雅日也跑进去，这一带铺满了石子与石片，再进去有一处宽阔的黑泥土空地，这里有更多的足痕，到处是山羊、山猪的粪便，有一处似窝巢的凹地，除了留下粪便，还有一撮黄棕色的毛，比雅日捡起来闻一闻。

"伊凡，快上来，这里昨晚有野鹿住过，看住它的脚。"

零乱的足印使得伊凡原地打转，无法突穿，只好离开柳树林。

比雅日口渴且两腿酸痛，他跨过一棵巨大的倒下的树，枝叶已腐烂得看不出叫什么树，长满黄褐色片状的灵芝，比雅日找一片当椅子坐，正当他搁下猎枪时，伊凡在草丛里大叫。

就在二十米处，比雅日架起射击姿态，但草堆里毫无动静，全身戒备的情况下，每条神经变得敏锐起来，他闻到一种怪味，不是腐木散发的味道，他跑进草堆里，发现一只闭口的狐狸，看来死前不会发出声，看来它宁可死在陷阱里，而不愿被老鹰啄死。

他早已料到狐狸肚子里长了蛆，他熟练地剖开腹膜，他尽量不看，把腹腔里的东西割掉，往草堆里丢掉，他把清理好的狐狸装入背囊里，此时已日正当中。

再走过去是一片人造林，他叫住伊凡不要前进，他知道那里不会有任何奇迹，于是他决定往另一山头继续寻找猎物。

天气渐渐转热，阳光像笔直的杉树干直直插入大地，此时比雅日已看不到头的影子，他在一棵榉木树荫下卸下背囊休息，他没有预备中餐，也没有食欲，就拿两个小石子在手掌心玩着。

　　一大早到现在不见走动的野兽，他归罪于森林的日日缩减，他想到再过几年森林到处是人声、车声，动物会因森林的浩劫而灭迹，从此猎人将在部落里消失，森林是最后能使他得到安慰的地方，比雅日愈想愈孤独，但他也为森林感到不平，应该把发福的公务员带来山上，深探森林的秘密，也许他们真的是因森林的奥妙而恐惧，就像有的主管生怕每个部属健壮、聪颖地成长，应该让他们独自在林中听鸟、风、野兽和落叶的声音，再走进山谷，瞻望雄伟的峭壁，脱下鞋子，脚踏纯净的泉水，欣赏未享受人类废物的鱼优美地游水，它们单纯得一点都不怕人，他们会理悟这谜般的森林，然后像狱里将判刑的犯人一样，懊悔当初为何不把眼光放亮一点。如果那些人看重的不单单是原木的粗细……

　　不久，他渐渐进入恍惚的境地，像喝过一瓶米酒后的忘我状态，神经放得更松，此刻如有只狗熊来袭，将他吃进食道之后，他才发现自己的难堪，他努力睁开眼睛，但森林的宁静、暖和的阳光和令人倦怠的树荫，接连不断地包围他，他终于被森林的魔法催眠了。

　　太阳很快地越过大树，从他的脚底缓缓移到他脸上，他被强光惊醒，以为是蚂蚁爬上眼睫毛。起身之后，他显得慵懒无力，突然想到治疗疲劳、忧愁、各种疑难杂症的特效药，于是喝下昨天剩余的米酒。

　　他觉得体内的精力正慢慢恢复，血液在心脏火辣辣地奔窜，眼睛愈来愈敏锐，暗自得意于酒后的年轻，他感到很满足。

　　午后，山谷变得凄清幽凉，山风弹动树枝，落叶和折断的树枝发出沙沙声，扰乱比雅日的听觉。他放轻脚步，尽量不再增加声音的干扰，最后他还是失望，山风愈吹愈烈，他走过一处山棱，一处台状草坪，依然没有一点儿动静。

他钻入藏青色模糊的树林里，因为光线太暗，比雅日慢慢地走，他边走边想着他的帕苏拉，想到她熟睡时的美态，她的丰满影姿重新在比雅日脑中浮现，变得动人美丽，且每夜亲切地欢迎他回床，把他压得几乎粉碎……

比雅日脑海里不断地浮现帕苏拉的影子，眼看太阳就要下山。突然一只山羊由林里蹿出，停在比雅日前三十米处，瞪着他。

发痴的比雅日被突然出现的庞然大物所惊吓，伊凡也吓呆似的停顿了一下，山羊乘这段时间跑进草堆而消失。

"伊凡，怎么不追呢？"

比雅日摇摇头，自言自语说道：

"真可惜，帕苏拉喜欢吃山羊的小肠，黄昏之前一定要打到猎物，不然回家得不到帕苏拉的欢心，那路卡也许会在路上等我，想调笑我。"

他又折回去，格外注意四周的动静，他一心一意想抓只山羊回家，因此更加小心搜索。

山风在山谷流窜，把热气带走，他感觉到黄昏就要来临了，心里愈发着急，他走到山谷，沿着河床逆水而上，突然他望见五十米远处的石头后方，有个黑黄色细长形状的东西，摆动的方向、频率与附近的草不同，直觉上那是野兽的尾巴。他倒下匍匐前进，枪已开好保险，伊凡也看到了，就要冲去，被比雅日制止。

"嘘！不要急，这次不能再让它跑掉。"他尽量小声地叫住伊凡。

他爬了约二十米远。它正要走向山崖，比雅日不待它露出全身，扣下扳机，子弹落在它的前胸，它以右腿蹬地，似乎想要逃走，但是伊凡在它倒地前就咬住它的脖子，四肢不停地抽动，眼睛仍张开着，心跳愈来愈微弱，不久它不再挣扎。那是一只公的山羌。

比雅日傲然抬头，抚着枪洋洋得意地想，大猎人是不靠运气的。

他把山羔由伊凡口中夺取，两手称称重量，他非常满意它的肥大，装入背囊，口中欢呼歌唱猎得山羔的歌，连跑带跳地走回山洞。

回到山洞之后，他将猎枪用布袋包好，拿一个小纸团塞住枪口，埋在土里，避免猴子来捣乱摆弄他的猎枪，清算背囊里的东西，然后轻松愉快地回家。

晚上。他留在一棵老松树下扎营，两只小腿已走酸，但心情一样激昂，他想到羔肉可以给帕苏拉补身体，流产之后，她的丰满也一并被冲走，而且她没有再吃到山上的佳肴，羔肉足够使她再肥起来，他砍下松树的树枝，在月光下可看清滴下的油脂，他点上火，蜷曲身子睡着了。

昨夜他睡得很平静，宛如死亡那么安详，他起来之后，才发现他已在海拔两千多米高的山上。

他收拾背囊，向火堆撒一泡尿，不留一点儿星火，然后快步走到产业道路，路上铺了一层薄冰，他愈走愈缓慢，感觉到胸部难以扩展，氧气似乎输送不到大脑，头感到昏眩，他两边的太阳穴汗水不断流出来，内衣及长裤也湿了，最后的三百米，他花费了二十分钟才到达摩托车停靠的地方。

比雅日高兴地把机车由草堆里拉出来，前天的那两辆机车已不见，他踩了好几次发动杆，拍下油门上的霜，始终不能开动，他开始怀疑前天不高兴的路卡，再踏三次后引擎发动了，然后把伊凡拉起放在油桶上。

快接近检查哨时，一位衣冠笔挺的警察匆忙跑出来，赶紧放下栅栏。

比雅日心惊胆跳地看着那矮小的警察，他到底要干吗？他尚未想妥如何摆脱他的各种盘问，机车已驶到那警察前。

警察先生六十来岁，白发已在耳边蔓延，眼睛瘦小，看来不很慈祥，左眼是凤眼，眉毛细短，比雅日更惊讶的是他圆形状的鼻翼，呼气时像寻找食物的山猪，比雅日愈看愈觉得好玩，他发现警察的皮肤细白，可以猜出他不是台湾人，鼻梁好像断崖突然陷落，令人悚然。

"喂，番仔，看什么鬼东西？你是干什么的？是打猎还是放火的？"

"我是人伦部落的人。"比雅日提高嗓子压抑心里的害怕，两掌紧握着。

"你说什么？你的普通话太差了。"

"我来山上采兰花，顺便到森林玩玩，打开栅栏好吗？请相信我。"

"这位大胆的猎人，进来我要你登记，我不会放过说谎的人。"

警察的胖脸逐渐布满鄙视的神色，故意把胸章贴近比雅日的眼前，他是一条一星的大人，黑色制服很新，而且烫得直挺，看来像是巡佐以上的官人，他顺手拔走机车的钥匙，走进矮小漆黑的房子。

比雅日眼看无逃走的机会，摇摇头无奈地下车，跟着进屋子里，头差点儿碰上门。

屋里没有电灯，但有一具旧式黑色电话筒，看来警察刚吃过早餐，书架上摆了几本簿子和漫画，四周墙上没有什么装饰，只有一面摆着香火的肖像，再进去是他的卧床，厨房还冒着烟火。

"看什么？进来，你叫什么名字？"

"比雅日。"

"警告你，不要开玩笑，我要的是中文名字。"

"哦，全国胜，住在人伦部落。"

警察一一记录在本子上。

"禁猎的法令早已颁定，你一定知道，'妈里卡比 [3]'，你胆大包天来违犯法律，来破坏森林。"警察边骂边走近电话筒。

"你如果不承认，不讲清楚，一通电话，你就可以直接住进监牢里，那里会自理安排。"

"是的，我是去打猎，但是用陷阱捕猎，我没有猎枪。"比雅日的热汗未干，现在又冷汗浃背。

"妈里卡比，你读过书吗？真不知廉耻，老实说，你的猎枪射中什么东西？"他看到比雅日的背囊染了血污，更提高他的嗓门。

"你怎么知道我有猎枪？你有听到枪声吗？"

"当然有，不但如此，还听得出那把是无照私枪，不是吗？"

比雅日吓得魂不附体，最近从村主任口中听说又有枪炮管制的法令。他无意间看到盘子里的肉，看来像是路卡猎到的松鼠，他怀疑路卡告他的状，他又想到路卡也许和自己一样，然后以松鼠贿赂，才得以解脱。比雅日出现可怕的遐想，如果真的是路卡搞的鬼，一定要斩断他的腿。

"喂，你们残忍成性的山地人，本性难移，当局让你们无忧无虑，免于外患，你们反而好吃懒做，肮脏不守法，你不懂法律吗？应该把你们猎人都关进牢里，好好教育一番。"

比雅日认了，他是猎人，猎人不能说一句假话，所以他一直不答话，他只是急着要回家。

"我这个人很仁慈，因为我不忍心动物被你们滥杀，所以不得不逮捕你，不管你有没有猎枪，你盗取森林的产物，可说是小偷，法律不容许小偷存在。"

云气渐渐透进屋内，路上的雪逐渐加厚。警察看他不搭腔，全身仔细打量一番，比雅日身材高大，至少高他一个头，留着长长松散的黑头发，腰系一把弯刀，警察看了心寒，口气急遽缓和下来。

"你来森林打猎是什么动机？你一定有苦衷，山下应当不缺肉，我则每天等柴车上来，才有新鲜的鱼肉。"他指着外面吊着的一小块干猪肉。

"不是我贪吃，我跟太太吵架，她看不起我，笑我找不到工作，所以我突然对森林热衷起来。"

"好了，说说看你背囊中有什么东西？"

"一只狐狸，一只山羌，和其他小东西，山羌是给刚流产的女人补身体的。"比雅日看警察不再刁难，一五一十地告诉他。

"其实要你坐牢，我于心不忍，不然这样好啦，你把猎物留下，这样我好交差，你就可以平安无事。"

比雅日听到警察不再追究，他为了快回家与帕苏拉重聚，他害怕帕苏拉真的回她娘家，但他更害怕监狱的安静，于是忍痛把山羌拿给警察，自己获准拥有那只狐狸。

"拿去，督挥[4]。"比雅日用布农话咒他，暗想即使没有猎枪他还会再来，然后接住车锁，快速离开。

"喂！老兄，慢走，改个名重新做人吧，不要再叫猎人……"

——原载于《台湾文艺》九十三期，一九八五年三月

【注释】

1. 巴哈玉：布农语，梦中的暗示。
2. 撒布尔伊斯昂：布农语，鸟名，只在夜间出现。
3. 妈里卡比：骂人语，也是不雅之口头禅，"比"多作"屎"。
4. 督挥：布农语，土匪。

【导读】

拓拔斯·塔玛匹玛（汉名：田雅各布），布农人，一九六〇年生于南投县信义乡。就读高雄医学院时开始写作，其小说在二十世纪八十年代初期便已崭露头角，作品曾获吴浊流文学奖与赖和文学奖。他于行医之余从事文学创作，他的作品在台湾少数民族文学中具有相当重要的指标意义，因而受到广泛的关注与讨论，著有小说集《最后的猎人》《情人与妓女》，以及散文集《兰屿行医记》。

《最后的猎人》曾获得吴浊流文学奖，这也是《最后的猎人》一书中的代表作。这篇小说旨在形塑传统典型的布农猎人形象，作者以其生长环境为书写背景，将少数民族的生活形态融入小说之中。而在写作的手法上，系采取全知观点与写实手法，观照猎人比雅日上山狩猎的过程，并描述少数民族生活环境的困苦，且呈现少数民族与非少数民族的冲突。虽然猎人与农民是比雅日引以为傲的身份，也是荣誉的象征，但是在经济拮据的现实困顿下，他坚守布农人传统生活形态延续的崇高信仰，最终却导致谐谑嘲讽的无奈结局。

而在结构经营的部分，拓拔斯·塔玛匹玛运用许多技巧铺陈以营造冲突。例如，在男性与女性观念的对立上，比雅日坚持以狩猎为生，而帕苏拉却认为应另寻工作，才能维持家计，此处突显少数民族男女思想的不同。接着，两位猎人对于狩猎的看法有所差异，而祖灵托梦象征文化的传承，诅咒则为猎人所需遵守的禁忌。最后，比雅日与警察显示少数民族与汉人的对立，执政者强用法律制约，以汉族人的价值观拘限少数民族的生存空间，这无疑是一种生活权利的剥夺。不过作者以冷冽的语调对应，透露少数民族的无奈与不满，显示少数民族的生存问题与社会制度的困顿，亦是另一波冲突的所在。

《最后的猎人》是以少数民族的观点出发，因此更能透显当时少数民族真实的生活面貌，以及环境困顿与传统文化和现实社会的对立矛盾。拓拔斯·塔玛匹玛尝试以小说人物为整体少数民族的缩影，以理性的笔调道出他们的苦痛，批判汉人以自我价值观与文化思考为单一标准，迫使少数民族改变既有的生活形态。面对如此的窘境，不仅造成族群文化的疏离与流失，而这更是所有生活在这块土地上的人们所需要深刻省思的议题。

——林于弘撰文

图书在版编目（CIP）数据

爱与孤独 / 向阳主编；朱天文等著 . -- 北京：北京时代华文书局，2021.2
（二十世纪台湾文学金典 . 小说卷 . 战后时期 . 第三部）
ISBN 978-7-5699-4092-3

Ⅰ . ①爱… Ⅱ . ①向… ②朱… Ⅲ . ①小说集－中国－当代 Ⅳ . ① I247

中国版本图书馆 CIP 数据核字 (2021) 第 032989 号

北京市版权局著作权合同登记号 图字 01-2020-7618

本著作物经北京时代墨客文化传媒有限公司代理，由联合文学出版社
股份有限公司独家授权北京时代华语国际传媒股份有限公司，在中国
大陆出版、发行中文简体字版本。

爱与孤独
AI YU GUDU

主　　编 ┃ 向　阳
著　　者 ┃ 朱天文　朱天心　骆以军　等

出 版 人 ┃ 陈　涛
选题策划 ┃ 刘　平　王慧敏
责任编辑 ┃ 周海燕
执行编辑 ┃ 韩明慧
装帧设计 ┃ 所以设计馆
责任印制 ┃ 訾　敬
出版发行 ┃ 北京时代华文书局 http://www.bjsdsj.com.cn
　　　　　　北京市东城区安定门外大街 138 号皇城国际大厦 A 座 8 楼
　　　　　　邮编：100011　电话：010-64267955　64267677
印　　刷 ┃ 北京盛通印刷股份有限公司　010-52249888
　　　　　　（如发现印装质量问题，请与印刷厂联系调换）
开　　本 ┃ 880mm×1230mm　1/32　印　张 ┃ 8　字　　数 ┃ 200 千字
版　　次 ┃ 2021 年 4 月第 1 版　　印　　次 ┃ 2021 年 4 月第 1 次印刷
书　　号 ┃ ISBN 978-7-5699-4092-3
定　　价 ┃ 45.00 元